自然村列记

杨献平 著

天津出版传媒集团
百花文艺出版社

图书在版编目（CIP）数据

自然村列记 / 杨献平著. -- 天津：百花文艺出版社, 2017.4
（"记忆乡愁"散文丛书）
ISBN 978-7-5306-7145-0

Ⅰ. ①自… Ⅱ. ①杨… Ⅲ. ①叙事散文-中国-当代 Ⅳ. ①I267

中国版本图书馆 CIP 数据核字(2017)第 086014 号

选题策划：杨进刚　徐丽梅　　装帧设计：郭亚红
责任编辑：徐丽梅　刘佩莲

出版人：李勃洋
出版发行：百花文艺出版社
地址：天津市和平区西康路 35 号　　邮编：300051
电话传真：+86-22-23332651（发行部）
+86-22-23332656（总编室）
+86-22-23332478（邮购部）
主页：http://www.baihuawenyi.com
印刷：天津金彩美术印刷有限公司
开本：787×1092 毫米　1/32
字数：22 千字
印张：11.75
版次：2017 年4 月第1 版
印次：2017 年4 月第1 次印刷
定价：39.00 元

所谓南太行和一个农民(代序)

杨献平

大致是2003年春天，我从西北巴丹吉林沙漠回到莲花谷——出生的村庄，位于河北省南部沙河市以西的太行山区蝉房乡境内，西、南接河北武安并山西左权县，北通河北邢台及山西左权、和顺两县。因地势险要，多省份交界，古来为冀晋两省的通道，其军事作用自唐至明为统治者强调。如民国沙河县长王延升在明万历沙河县知事姬子修所编撰《沙河县志》基础上补充修纂的《沙河县志》上说："县之西境毗连山西、河南(明时武安曾属河南辖境)，虽中隔邢台一村，然三省交错，荒山僻壤，最易薮奸。是以大岭、黄背、数道三口皆有关墙，昔人尝驻兵防守，滋沐圣化，覃敷小小革面，不必鳃鳃以伏蟒为虑。"其中的"大岭"即至今仍存有遗址、位于莲花谷村西南三公里处的大岭关长城，"黄背"即位于莲花谷村与武安牛心山村交界处的黄背岩长城遗址。

斯时，四面坡上虽有新草萌发，枝芽暗起，但仍旧风带峭冷，沟壑背阴处尚还有小片积雪蒙尘冷清。见到母亲，问父亲去哪里了？母亲说，去黄背岩修长城了！我站在院子里举头向南偏西的高山上张望。黄背岩是沙河市和武安市的界山，呈南北走向，一头在武安境内，横穿沙河，再入邢台市境。以往，每当冬季，大地焦枯，万物藏匿，莲花谷一带的山除了南山黑压压的松林，就只有黑和黄两种颜色。

视线刚触到黄背岩，就被一道红、白、青混合的城墙吸引了。我知道，那就是黄背岩长城，只不过被今人重新修“饰”了一番。黄背岩与大岭关长城同为明“十三镇”长城“真保镇（即今河北保定）”长城的组成部分。大致建于1542年，其主要目的用来阻止俺答汗大军越岭而过，南逼中原，北危京师。双方经过二十多年的战争，最终以明朝妥协，答应俺答汗坚持多年“边内种田，边外牧马，夷汉不相害”的请求，由此结束了自明初以来朱明王朝与蒙古各部的频繁战争。

这一带的战事自此消停。清时，这里成为商旅票号西往山西，东往中原、京畿之地的近道。没有集团对垒与兵戈马蹄，黄背岩、大岭关及河北与山西交界的货郎神关（位于今河北邢台县与山西左权县上庄村接壤的白岸岭顶）等关隘便没有了功用，逐渐在风雨中耗损，渐被自然回收。傍晚，父亲背着装有锤子、凿子的布褡裢回到家。见我回来，皱纹紧攥的脸舒展开来。父子俩坐下来闲聊，我才知道，是一个因为开铁矿赚了钱的邻村人出资重新修建黄背岩长城。其目的很明确，即开发为旅游区。母亲说，这是个好事，既把老辈子留下来的东西修好了，又给当地人找了活干,不用到远处打工了。

我笑笑,抓住父亲的手,一层老茧,还有血口子。粗糙扎人,似乎长满尖刺的盆栽仙人掌。我叹息。也知道,这就是农民的手。常年与石头和泥土打交道,并以此获得微薄的生存所需。这是一种与生俱来的宿命。我想,黄背岩、大岭关等长城初建时,我家祖先也肯定参与过修筑。他们的想法,也可能和母亲刚才所说的那番话高度雷同。只不过,一个是新建,一个是坍塌后的维护。出资者身份不同,目的不同,但所用手段几无差别。这就是农民的命运,从明朝到今天,变化的只有时间。人的姓名变了,但命运几无差别。

这是南太行山区莲花谷人的一个生存状态缩影,但何尝不是整个南太行山区,乃至整个中国北方农村呢?我所说的南太行,即太行山在今山西东部、河北南部和河南北部的那一片峰峦叠嶂之地。大小沟壑之间,散落和“装载”了数以百计的大小村镇,总人口当有二百万以上。莲花谷村不过是总人口不过千余的“其中之一”。据民国王延升本《沙河县志》记载:沙河以西、武安偏西北、邢台县以西,在太行山建屋成村繁衍的人,其先祖大都是从明万历年间开始至清末,先后由山西迁徙而来的。我们家也不例外。我幼时就听爷爷说,我们这脉杨姓,也是杨业杨老令公的后代,老家在山西(其实,杨业祖上先为陕西神木人,后因军功至太原做官,成太原望族)。

因为没有家谱,祖先无从稽考,只剩下一代代人含糊其辞的口头传代。时间在人身上体现的摧毁力量叫人常感凄惶和悲怆。2004年夏天，我再一次从巴丹吉林沙漠回到南太行山区的莲花谷。却听说，黄背岩长城停止重修。原因是，出资的那位邻村人在一场意外车祸中丧生。这种自发的民间文化行为也随之戛然而止。我惋惜。也觉得，那位出资重新修缮黄背岩和大岭关长城的乡人是一种文化情怀的体现，也是有商业头脑的。尽管他的目的是出资修缮长城后，企图为个人积累更多的财富。但他这一出于商业目的、自觉民间文化行为，在某些方面比当地政府前瞻了一步。

父亲也说，要是全部修起来的话就好了！母亲说，自从那个乡亲死了后，本村人没了活干，就又扛起行李卷，去山西砖厂烧砖，或者到临近铁矿煤矿下井。继续在烈日和黑暗之中挖资源，把脑袋拴在裤腰带上生活。父亲老了，到煤矿铁矿干肯定不适合，只能是哪里修马路了，去干一段时间；邻村有人建楼房，再去挣几个零花钱。平时，就在家里种地，东坡到西坡，山顶到峡谷，种庄稼、锄草、撒肥、浇水、收割、脱粒、晾晒。村里几乎每家都一样，除非生意做得好的，家里有人在政府部门任职的，可以逍遥自在，或者做一些必定赚钱的事儿。社会地位显然优于类似我父亲那样的一般群众，生活水平亦然。

在泥土上活着、活下去，并以泥土为生，是数千年来常态性的农民生存、生命和社会标示及其毫无悬念的“生生宿命”。因为毗邻中原，又长期笼罩在儒道文化之下，类似莲花谷一般的北方乡村也有“学而优则仕”和“耕读传家”的意识，但真正实践并因诗书而获取功名的，莲花谷历来皆无。临近村镇也极其少见。正如祖父所说，咱这里的农民要想在官府里边弄个差事，除非河水干了，山倒了，太阳从西边冒出来！祖父也是莲花谷村一个少有的识文断字的人。他这句话中有愤懑，更多的却是绝望。

通过科举选拔人才，为王朝效力；以科举晋身统治阶级，光宗耀祖。这是一个双向的出口与平台，亦是江湖与庙堂，平民与贵族之间的阶梯。这一制度，大概也是家天下之帝国稳固长久的一个根源所在。至今似乎亦是如此。父亲只会写阿拉伯数字和自己名字。他出生和成长的那个年代，政治运动频繁，不仅城市人狂热，乡村也亦步亦趋，甚至有过之无不及。即使有满腹经书的祖父，父亲也荒芜了学业。那些阿拉伯数字和自己的名字，大致是父亲在扫盲班学习的唯一收获。一个无任何书本知识的农民，以耕地为生，只要精通农耕技术，在集体主义和年少时期，可能还是一种令人艳羡的优势。可一包产到户，个人或以家庭为单位开始单干以后，笨拙的农耕思维，再加上日渐贬值的农副产品，几片地、两三千斤的粮食糊弄肚子没问题，若再有孩子并随之而来的读书上学乃至盖房子娶媳妇、奉养爹娘及丈人丈母娘，其难度可想而知。因此，父亲必须在从岩石和泥土上“抠”生活的间隙，再以出卖力气的方式，到外面挣些“外财”回来，才能使得一家人的生活稍微“像样儿”一点。

父亲及我们家的这种生存方式，在莲花谷乃至整个南太行山区乡村占据多数。各家情况大抵如此。这时候，父亲虽然年届五十，但还有些力气。我多次对母亲说，不要再让父亲出去打工了。母亲说，你没事，可还有你弟弟！他（父亲）还能干！我无言以对，心酸。母亲说的也是实情。在母亲看来，父母前半生就是为了生养几个孩子，供他们读书；一旦有人考上大学，并有了一份体面的工作，那就是“上辈子烧了高香”“心头一块大石头总算落了地”；若是儿女读书稀松平常，“盖一座好房子，为儿子娶妻成家”就成为当务之急。此事完成，孙子孙女次第降生。在儿媳妇的观念里，“公婆带孙子（女）”是一项天经地义的“职责”。即使儿子女儿都成为人夫人母，甚至也做了爷爷奶奶，父母若还在世，并有活动能力，也还要为儿女们“尽己所能”。

这种周而复始的人生，好像一个圆圈，从原地出发，看似曲折地绕了一大圈，事实上又回到原地，期间没有任何的停靠。虽然有各种例外，但在整个南太行山区人群中属于凤毛麟角，只有发了大财、做了大官的孩子们，才会不需要父母亲的照顾，反哺于爹娘。类似我父亲一样的农民，几乎一生都在以“肉身的劳动力”，每天必须与由人（资本）控制和支配的自然物作“斗争”，如修路、烧砖，往卡车上装铁粉、煤炭、河沙、水泥等。这是最低级的生存方式，即使父亲，也觉得自己的身份和职业太卑贱。他们也想有朝一日发大财，像其他人那样开小车、逛城市，到任何人面前马上就会有一堆玉米花一样的笑脸……可这只能是梦想。父亲也知道他这一生无力改变命运。更多的乡亲们也清楚。唯一的希望就是自己的儿女们能有出息，在他们人老力衰、疾病满身时候给予他们一点回报。

莲花谷向东十多里的蝉房乡政府附近，曾开过铁矿，铲车卡车热闹了不过三五年，即以满山黑洞宣告资源枯竭。很多本地人开始到綦村、新城、窑坡、葛泉、册井、上关、白塔等地的铁矿煤矿打工挣钱。钱财诱人，拿命去挣。可与之相伴的，是几乎每一个月都有坏消息传来，不是西家的儿子在井下被石头砸死，就是东家的儿子因为冒顶、灌水或者瓦斯爆炸丧生。

与莲花谷村一山之隔的羯羊圈村的刘福贵，早年在新疆当兵。退伍后一度子承父业，做护路工人。后嫌挣钱少，转而跟随其承包铁矿的姐夫当领班。收益较好。忽一日夜里，他喝酒后，坚持要下井去看看其他工人有无偷懒。却不料，刚下去，井就塌了。其和十多个同乡尸骨都没拿出来。其妻子获得四十多万的赔偿金，修建了一座房子。二是距离莲花谷村五里的梧桐沟村尤有志。为家中独子。媳妇刚生了一个儿子。他就在上关煤矿井下被一块石头砸死了。妻子年轻，要带子改嫁。公婆不许。争执翻脸。以前和美的一家人，瞬间成为仇家。

与之相对的是，白家庄一人在市委组织部任职，其亲戚大都进城工作，或开诊所、或做生意；赵家村一人在县政府任科长，不久，其弟弟也进入国土局工作；李家铺子一人早年以承包砖厂、建筑队成为当地有名富人之后，其一对儿女并一个外甥分别到县政府、中学和医院工作。这种天然的不对等，权力和物质的致命绞杀，使得莲花谷及其周边村庄的农民也急剧分化。但没有人“仇富”。对这个杜撰的社会含量和覆盖面极大的新词，从它出现的那一刻起，我就深感怀疑，甚至愤怒。2006年后，我几乎每年都有回莲花谷一两次。从村人的语气和做事方式来看，对“官”和“官家”、“富人”、“公家人”，大都持有两种心理和态度：一是羡慕；二是献媚。羡慕“人家有本事，能挣钱。咱㞞，只能吃了上顿儿没下顿儿！”再就是：“等下辈子，求阎王爷给咱个好时光过。”也会说：“不管用啥方法儿，能混得有模有样，赚大钱就是有本事！”

2007年，我再一次回到家。为帮助弟弟一家过好生活(其实也就是一般意义上的温饱和体面)。父母亲也学村里其他人，弄了一个养鸡场。一排大房子，上千只蛋鸡，每天叽叽喳喳，要吃要喝。鸡场名义上是弟弟和弟媳妇的，可干活的主力却是父母亲。我们还在睡梦中吧嗒嘴巴，父亲就披衣起床，打着手电，到鸡圈里给鸡喂食、倒水、清理粪便。不论春夏秋冬，都是父母亲。弟弟和弟媳妇偶尔帮点忙，往往睡到太阳把屁股烤焦了才起床。我和妻子觉得这不公平。当孩子有了自己的家，就应当把自己的事情承担起来，还让父母亲为自己操劳，于心何忍？

教育和训诫基本无效。在弟媳妇看来，公婆为儿子的“日子”服务和操劳理所应当，累也好，不累也罢，反正那是“义务”。看着父亲越来越佝偻的腰身，几乎把整个脸拧成麻团的脸，忍不住眼泪纵横。可在母亲看来，公婆为儿子过上好时光再怎么辛苦也无可厚非。时常督促父亲下地干活。临近地方若是有下力气挣钱的活计，就撵着父亲去。可没想到，2008年8月，父亲忽然病倒，检查已是癌症晚期。我听到消息，在电话里对着母亲和弟弟就大声乱吼说：还让他没白没夜地干活了不？还说他还能干不？还舍得骂他去打工不？母亲和弟弟一顿沉默。

半年后，父亲毫无怨言地与这个世界永决，与我们阴阳两隔。他去世前一个月，我还和父亲说起他当年的一些事情，如出去打工、筑路、修水库、给人盖房子、烧砖、烧锅炉等个人经历。父亲说，他最怀念的有三件事：一是在綦村炼钢铁时候，一个很俊的大闺女不小心掉进了硫酸罐内，不一会儿就成了几根白骨头。“大炼钢铁害死了一个好闺女！”二是在黄背岩修长城。父亲说，他小的时候，就知道黄背岩有长城，觉得那是古代打仗用的，现在再修起来，把莲花谷变成旅游区，很多人就不用再出去下煤矿铁矿，到砖厂烧砖了，可以在家门口卖点土特产赚钱，要比在外面给人打工强得多。三是爷爷猝然离世和奶奶的癌症期间，他觉得没了父亲，精神上立马就有了一种负担。人人不愿意的死一下子就冲到了自己面前。奶奶患癌症卧床时候，他一个人伺候，洗澡、剪指甲、喂饭、清理大小便。一个儿子做了闺女的事儿。他觉得自己很细心，完完整整、没有一点疏忽地把自己生身母亲送走了。

从父亲的这些话中，我觉得了一个农民的悲悯情怀，也觉得了一个乡野之人的纯朴之心。他的话不自私，没有一点的农耕气息和小农意识。他去世到现在，差不多五年了，很多时候，我在想，父亲这样的一个农民，出生时候平淡，生而艰难困苦，死如一把镰刀无意中削断的一根草尖。除了与他有血缘关系的、有限的几个亲人外，极少有人对他的疾病和死亡表示惋惜、怜爱和同情。但他却在自己病重之时想到了他人，并梦想有一天在家门口可以赚钱养家糊口。在我看来，这是多么伟大的一番言语和一种梦想？父亲活了六十三岁。他的人生际遇与乡村生活，在某种程度上，基本上可以代表上世纪四十年代末期出生的大多数北方乡村农民。在战火硝烟将尽时来到人世，襁褓中，中华人民共和国诞生，弱冠之年及青壮年经历“三反五反”“反右”“大跃进”“四清运动”“文革”“改革开放”等重大政治运动和影响甚深的社会生活。

与之相对的是，父亲从没提及任何苦难。在外打工时的苦累，乃至受欺负和歧视，在村里受人的非难、邻里之间的怨隙等等，很多我都知道，但他只字不提。父亲去世后，我听村里人说：最后一个好人没了！他们将父亲称为“最后一个好人”，虽然只是在一千余人口的莲花谷村，虽然这句话褒贬参半。但我觉得，他们对父亲的评价是贴切的。2009年，我再次回家，想去祭奠父亲，却被母亲劝阻了。莫名难过。站在一如往年的院子里，再次看到黄背岩，却发现那一段新修的长城也不见了。母亲说，风吹雨淋的，草又年年长，（新修的长城）不是旧了，就是被遮住了。

奇怪的是，自从父亲去世后，每一年回家，同样的地点和自然物，人和村庄，我的心境却大不一样。有时候莫名地想，父亲躺下之地，便是我的根，无论身在何处，最终我都要以肉身和灵魂再次贴上去。宛如他和母亲生我时候那样。还想，一个没了父亲的人，人世间再伟岸的人和物都无法真正撼动他的心了。父亲一旦倒下，儿子就成为替代者，更有着伟岸与超拔、慈爱与博大的隐喻或象征。

2013年冬天回家，再次路过父亲埋身的山冈，草木枯疏，北风卷尘，鼻子酸，我咬了一下嘴唇，想抑制住悲伤。可当车子转过一道山岭时，却哇的一声大哭了起来，而且无法自制。载我的朋友只好停下车，扶着我到公路边，并说，要哭就放开哭吧！我站直了身子，迎着傍晚犹如刀刮的冷风，张开喉咙，对着空旷的山谷大喊了几声。那声音在胸腔和口鼻中似乎响雷，但在风中的峡谷里，回音却小得几乎没有。这可能就是一个农民的生与死，在庞大人世间所能体现的“价值”和所能产生的“影响”吧。路过黄背岩长城时，我特意下车，拨开一人多高的荆棘和蒿草，爬到岭上。确实的，那段新修的长城确实旧了，石缝里长出了不少杂草，石面上也长着一层绿苔。我看了一会儿，觉得那些石头都好像经过父亲的手掌。

目 录

南太行风物记

人世何卑微

消失的手艺

成长的大地

溃败的乡村

在口碑之间

村庄起源

除女娲、王母、悟空、愚公外，最先来到南太行莲花谷区域的，应是一位僧人，最终在南边山岭上，站成了一座双手合十、朝西膜拜的石头雕像；后来，是太极的张三丰，在石像背后的另一座山上凿壁安居；再后来，就应是在历代王朝中由各地迁徙而来的流民、草民以及隐匿者。毕竟，一片地域并不可以由一个人或几十上百个人来独享，需要不断加入者，以协作、通婚、繁衍、竞争等方式，拓展面积，改善环境；更重要的是，一个家族的壮大需要外来者的配合和支持，才不致因为自身繁衍功能衰竭而出现整体性消亡。莲花谷乃至其周边的羯羊圈、砾岩、杏树凹、李家庄、里沟、垴顶山、栗岩坪和奶头山等十多座村庄最初的情况毫无二致，都是几个同姓或是同胞兄弟落足后，经过原始的修整和积累，女嫁男婚，才逐渐繁衍成现在的规模。

但究竟是哪个村庄的先人最先在这里落足，后来者几乎没有一个人能够准确说出。但有一点可以肯定，一个村庄诞生不久，紧跟着又有一个村庄诞生。血缘上的亲近和家族依赖感浓烈且强硬，任何外姓的加入都会遭到一定程度的排斥。即使通婚的两个不同姓氏家族，在感觉上和行为上，也有很大差别。尽管时间可以推动社会和人们思维的更迭，古老的规矩或者族约偶尔也会被打破，但莲花谷和附近村庄的人们依然坚持着，即使一座村庄和另一座村庄仅隔一道山岭，只需蹚过一条河，甚至拿着一根长杆就可以搭在另一座村庄的房顶上，但决不会混淆，强行加入和别人指称都不可以，无论是谁，都会从心理上进行排斥，从语言和行为上加以反对。

由此可以判定：这一个山凹杨姓占领了，张姓便重寻一块地处，这一道沟李姓盖了房子，白姓就爬上了山腰……依此类推，逐渐形成了杨姓的莲花谷，张姓的栗岩坪，白姓的奶头山，傅姓的羯羊圈，曹姓的杏树凹，郭姓的垴顶山，李姓的李家庄。直到今天，莲花谷及其附近一个姓氏一个村庄，决不允许外姓人加入的族姓模式一直不曾改变。这一规矩曾经达到了近乎皇家律令，不容侵犯的严格程度。据祖父说，中华人民共和国成立前，谁要触犯了这一条“律令”，轻则被家族长辈号召年轻人捆绑起来，吊在梁头上用沾了水的荆条子抽打，重则逐出村庄，由他自生自灭。直到天下太平，成立了公社和大队，在政策和干部们的干预下，这一民间“律令”之威力才有所削弱，但有人触犯，还照样会受到全村人一致的口头谴责。所不同的是，当面说的人少了，背后唧唧喳喳的人多了，按照长辈话说：现在的人都变得圆滑了，有话不当面讲，背地大声骂娘，甚至损坏你的庄稼和器具,用以发泄心中不满。

最初,两个村的人见面了,开始时陌生,打过几次交道,就相互摸准了脾性。这个村的和那个村的人若是投了脾气,拜个干朋友,做个儿女亲家,甚至这个人的媳妇和那个女人的男人偶尔有个什么过分的事情,也都认为再正常不过。闲话还是要说的,但叽咕几天后,就在村人的嘴巴里面销声匿迹。

祖父告诉我:在咱们这几个村庄里面,羯羊圈和栗岩坪原先住得很远,都是后来从山里边迁来的。比如说栗岩坪,最开始在奶头山最里面,抬头就可以看见和尚山根,离咱村还有十五里路程。那时候也没有一条正儿八经的路,就是沿着河谷,慢慢地踏出了一条路,等夏天秋天河水大了,栗岩坪的想出也出不来,外面的人想串个亲戚,进山锯几根木头,都要等河水小了才成。

我十二三岁时,经常跟着父亲去那里砍柴、锯木头、采药材、捉蝎子、摘山楂。直到我参军的那年,那里还住着一个老光棍和一个孤寡老妇人。基本还像村子的模样,除那位老光棍住的房子外,原先的数十座房子都变成了废墟,满目荒凉、幽闭和破败。地基上长满荒草、枯树和细软的藤蔓。孤寡老妇人住得更高,离栗岩坪旧址还有五里山路。

整个栗岩坪旧址周围都是高耸连绵的山岭。树木、野花、杂草和荆棘匍匐、高举,葳蕤葱郁。河谷阳坡上面,以杨树、槐树和几丈高的大椿树为最。每年春天,杨槐树枝头上挂满了一骨朵一骨朵的白花儿,甜香味儿在整个和尚山的角角落落弥散,蜜蜂和大黄蜂嘤嘤嗡嗡。再向上,偌大的和尚山腹怀里的沟沟岔岔,坡坡岭岭上都长满了松树,松涛阵阵,鸟鸣穿谷,从这道山谷传到那道山谷。栗岩坪人整年都有绿色看,整年都有音乐听,还不缺柴烧,随便拣掉河边的石头,就可以种庄稼,不管种什么,都有水浇灌,就连麦子,也长得和人一般高。玉米和高粱穗子大不说,杆子硬实得可用来打狼。

这当然有些夸张,但森林里有狼却是真的,成群结队,具体数目狼自己也没数过。开始,也不知是栗岩坪哪一位先人,把村子建在这深山老林,简直就是跟狼作对,还有经常糟蹋庄稼的野猪、獾、狐狸和麝。野鸡、野兔和松鼠更不要说了,多得绊脚,随便在哪儿下个套子,一天都能捡十几只。

对最初的栗岩坪人来说,狼和野猪,绝对是个不小的威胁。听祖父说,那时候的狼很厉害,夜里大声号叫。一到晚上,每个村庄都被其叫声覆盖,就像在对面的坡地里叫似的。冬天晚上,狼成群结队地进入村子,在院子里乱窜,嗷嗷叫着,尤其有月亮的晚上,从窗户往外看,远远近近的山坡上,到处都是绿眼睛,沓沓的蹄声从河谷传来,敲得人心阵阵发寒,还撞人的门和窗户,劲道儿特别大。谁家的门板薄了,插销细了,一家人就非喂了狼不可。

夜晚是猛兽的天堂。这些自由、狂傲、不妥协的生命,英雄主义者的精神图腾,现在已经消失了。村里人谁也说不出它们消失于何时,以怎样的一种方式,如今的松林里,再也不见了狼。倒是庞大的尖牙利齿的野猪和獾,还在无日无夜地拱来拱去，咬噬庄稼，横行霸道。村里人自制土炮，炸死不少野猪；有剽悍的男人，几个人合起来，到山里去伏击野猪，屡次得手之后，人便狂妄起来，潜意识里认为野猪也不过如此。栗岩坪的张二黑就是一个例子，自以为五大三粗，一身力气，对付一头野猪没有什么问题，结果让恼怒的野猪给咬死了。还有白栓子的亲爹，葬身猪口也是因了狂妄的过错。

如今，咬死那两个人的野猪或许早已死了，不知在山的哪个角落，但它的子孙和人的子孙一样，又一一出现在同一块地方。在生存权利上，动物和人绝对平等。那些蔑视自身之外动物的人们，自己的血脉不一定就比其他动物久长。

郭姓的垴顶山离莲花谷只有五里山路，人口很少，把老的小的没有出世的全部算起来，至今也不过五十多口。也不知郭姓的先人当初是怎么想的，硬把一个村庄挂在半山腰上，还是下午太阳照不到的背坡。为此，邻村的人经常嘲笑垴顶山人：你们那儿天黑得恁么早，半天等于俺这儿一天。垴顶山人很生气，但不好发作，回敬说，那可不是咪，我们这儿的天早早就亮了，哪像你们，半晌了还在被窝里放臭屁给自己吃呢？然后独自嘿嘿笑，自感舒服许多。我们莲花谷和垴顶山遥遥相望，每天早上一起床，就相互看见。虽看不到人在干什么，但有一点可以肯定，大家做的事儿干得活儿吃的饭没有太大区别。即使现在，垴顶山谁家的儿子要说媳妇，一听是垴顶山的，张口就说：那地方半天不见太阳，到那里去过半天的日子呀。这是对一般人家或者穷人家说的话。如果是富裕一些的人家，被提亲的那一家大人就把这句话省了，衡量衡量条件，往前想想，朝后看看，觉得合适，还是要把自家闺女嫁给垴顶山人。

人们对风水依然看重，别说建村盖房婚丧嫁娶诸如此类的大事，就是出个远门，都要找懂阴阳八卦掐指算命的人算算，看今天是羊冲牛、虎吃鸡，还是马踏鼠，往东顺利还是向西平安。选址后，盖房子就成了头等大事，从选地方开始，就开始找远近闻名的风水先生，用眼和双脚勘探，罗盘定方位，主要是看这地处旺不旺人，下一代人傻还是俏，如果是可以诞生大官、大富之人，那主人家就兴奋得不得了，几天几夜都睡不着觉。遇到顶好的，村里人就相互争了起来，哪怕六亲不认，打出活人脑袋也寸步不让。

房主找个空闲时间，找些人来，叮叮当当地垒起房屋。人住多年，什么事情都没发生倒还罢了，若是谁家的儿子女儿考上了大学，当了官儿，在外面混出国家人了，就又旧话重提，说人家那房子地方确实占得好。

垴顶山人的先祖选址之初也找阴阳先生看了，可能是个平庸的要不就是混饭吃的假风水先生，胡乱比划说，这地方，面北朝南，站得地势高，面前的鸡冠山堆金流银。两边的山冈左拦右抱，背后还有一把太师椅。错不了。多年后，村里确实出了个当官的，也就是郭二愣子的大儿子郭大名在部队当了连长。这官儿要说大确实不大，但在村里人那里，那是很大很大的官儿了。至于别人家，也出过几个歪歪扭扭，有点智障的儿子、女儿。人们说：垴顶山的精气被连长郭大名拔光了，其他人家出几个傻子也正常,这比枣核还准!

羯羊圈在莲花谷后面的一道沟里,曲曲弯弯的沟坡上是一色裸露的褐红色岩石,荆条子和茅草稠密如漆。岩石参差,远远看起来,像是一群喝醉了酒的醉汉,一个摞一个地躺成了高矮不一的山峦。沟底有几片椺树林,林子边上,是一层层旱地,常种些花生、红薯和玉米、谷子等庄稼。再向前一段,就是羯羊圈村了。和其他村庄不一样的是,羯羊圈的傅姓人家谁也不跟谁合在一起。东面山坡上一家,西面山坡上一家,沟底甩着一家,沟口扔着一家,零零落落,彼此之间好像盖世仇家一样,谁跟谁也不靠拢。

在我曾祖父杨万身年轻时候,羯羊圈还在后面的大山里面。我小时候捉蝎子时去过多次。和栗岩坪旧址不同,羯羊圈旧址在阳坡的山沟底下,没有松树槐树大椿树,草和藤条很多,核桃树也多。大约十年前,我还吃过树上的核桃,用刀子从中间缝隙插进去,再顺着缝儿一旋,就可以吃到里面脆生生的白胖如婴儿的仁儿了。后来听祖父说,那沟里曾经吊死过几个人,有日本鬼子干的,也有自己想不开一吊了之的,有被鬼子侮辱而活不下去的妇女,也有穷得过不下去的健壮男人。这事后,羯羊圈夜夜不安静,不是他听见了鬼哭,就是你看到了鬼魂。村人请了几个阴阳先生,埋了犁铧、桃木弓、柳木剑、符咒等所谓的"镇物"。即使这样,该发生的还发生,该看到的还看到,把全村人搞得心神不宁。

村里人看这样下去不行,非再闹出个什么大事儿不可,就思谋着搬出这山沟，到莲花谷、栗岩坪和杏树凹附近重建村庄。

我真有点害怕，以致和父亲一块儿去那儿割荆条时，心里还很紧张。尤其是夏天的中午，蟋蟀和鸟儿的叫声更使沟底村庄的废墟安静得瘆人，冷不丁掉了一块石头，沟底就响起一阵回声。一想到吊死人的事儿，我就头皮发紧，头发好像竖了起来一样，全身起鸡皮疙瘩。

羯羊圈人记取了垴顶山人的经验教训，大规模迁徙虽有点集体行动的意味，但基本上是各顾各，谁也不给谁掺乎，即使亲兄弟。各自找了五个以上的风水先生看房基地选址，一个冬天间，就都搬到了离原址四里开外的山凹里，住进新房子里，种以前的地，说以前的话，生以前的火，冒以前的烟。

转眼到了一九七〇年，平（山县，现属石家庄市）涉（县，现属邯郸市）公路要从这里经过，当时说是战备公路。村人虽然穷一点，但一听说要修路，而且是战备公路，可是头等大事，男人们就一个个卷了铺盖，揣上粗瓷大碗，参加到了修筑战备公路的劳动中。因为山高石险，修路过程中，砸死炸死不少人，但路终于修通了，村里人娶媳妇再不用骑毛驴抬轿子，走路靠脚板，拿东西用肩扛、架子背了。远在深山的栗岩坪、羯羊圈和垴顶山的人们看到了挨公路近的巨大好处，就逐渐搬出远山深沟，和莲花谷、里沟、杏树凹、李家庄和奶头山一样，家家户户、参差不齐地住在了公路边。

迁徙与争斗

村庄向公路聚拢，体现了人们对现代文明的一种亲近心理。他们不会意识到，获取了生活上的方便，也带来了现代工业的油烟和偶尔的车祸问题。公路原本就在一道道陡陡的山岭上绕着，像一条白布，曲曲弯弯。路边除了村庄，就是犬牙交错的高低悬崖，坡度大都在三十度以上，没有几处平坦的地方。也许是在深山老林住得太久的缘故，栗岩坪人不管这些，搬迁时，一家家一户户跟大荒年抢吃食似的，将自己的房子盖在公路边上。但什么事情都有个先后，尽管大家一起奔跑，最先到达终点的永远是少数人。落后的人家看公路上面没了盖房子的地方，干脆就另找去处，大都把房子盖在公路下面。

乍看起来，公路下面的房子很危险。因为坡陡，汽车就在自己的头顶上，喘着粗气爬坡，像脱缰的野马向下俯冲，若是哪个半吊子司机手中的方向盘稍微一偏，“钢铁陨石”就会凌空飞起，不定砸在谁家房顶上。可过了多少年，汽车来来往往不下百万辆，到现在也没有发生过一起不幸事件。到了现在，栗岩坪村的年轻人愈发胆大，向着公路一个劲儿靠近。在路边又盖起了一些新房，其中，张秋林、张云和张之林等几户人家的房顶，几乎与路面齐平，距离也不过三尺远。

通常，一户人家的儿子大了，娶媳妇就要盖房子，再不肯和父母同住一个院子，同在一口锅里搅勺子。人人心里都想着开创自己的一片基业。村庄从诞生那天起，就一直重复着“娶媳妇，盖房子，养儿育女，再盖房子，再娶媳妇，再养儿育女”的圈子，在村人心里，这就是一个人一辈子的全部内容、奋斗目标乃至一生的价值。这实际上是一种与生俱来的扩张行为。人是活的，人人要生儿育女，儿子大了，就要另建家庭，自己过自己的时光。

人口逐年增加，村庄一点点长胖，原来的范围已经没有了可以容纳房子的空隙，向外发展就成为必然。开始时，一个村庄的人只会在自己所在的村庄范围内拓展，尽量不去侵占邻村的地盘，对这种约定俗成的规矩，前几年，几个村庄的人还都比较自觉，不去打邻村的主意，即使有人多势众，气焰嚣张的人家，充其量只是说说，也不敢强行占取。

栗岩坪后来居上，因为处在附近几个村庄的中间位置，大队又在那盖了戏园子、小学校和供销社，自然而然地成为行政中心。年幼时，有几次跟着母亲，在栗岩坪的大戏院前面空地上，参加过几次村民大会，好像是选举大队支书、主任、会计的事情。乡政府的人和村里的干部，按大小顺序，坐在一排桌子前面，一个人讲了话之后，几个帮闲的人就在人群中走来走去，把一张张纸条递给群众。后来我才知道，所谓的选举，不过是要群众在已经写好的几个人的名字上打钩或者画圈。栗岩坪的中心地位由此确立。

喜欢靠近或者占领“中心”，是村民的一贯思维，“中心”意味着方便、地位、权势甚至金钱。在这种心理作用下，离中心远一点的人家就想再靠近“中心”一些。有这种愿望的人很多，但能够说通或者能“镇住”栗岩坪村的人没几个，除了在职的政府官员外，就是近几年“一夜成富”的暴发户了。

最先进入栗岩坪，开创外姓人进入他人村庄先例的，是当时的书记兼乡长。书记兼乡长盖房子之初，也没有多少人私下嘀咕，忽有一天，刘家的人在栗岩坪地盘上打地基，拉石头运砖块，继而叮叮当当盖房子。几个村庄的人都觉得纳闷，但很快就释然，村里人几乎异口同声说，人家是书记、乡长，栗岩坪的人敢不让人家来？村人很会找理由，尤其是那些规矩之外的事情，就像刘姓人家进了张家的地盘一样，明摆着是人家拿官儿压着自己答应的，却说人家媳妇娘家在栗岩坪，迁过来很合理。有的还说，人家来这儿照顾岳父岳母的，多孝顺！

第二个进入栗岩坪村的，还是刘姓人家，虽不是官儿，但比官儿还高上一筹，一家人都在银行任职，大的当主任，小的做职员。第三个是当时的大队支书，还是刘姓人家。村里人都说，栗岩坪村都快被里沟村人占满了，姓张的以后也姓刘吧。栗岩坪人笑笑，不敢说什么。有愣一点的反对，队长、会计就做思想工作说，人家到咱们村来是好事，乡长、银行主任、大队支书，哪一个不是有本事的，咱们求着人家的时候多，占点地方又算得了啥呢。

愣人一想，别人都不说，就咱一家说，那不是明摆着和人家乡长、主任和支书过不去吗？还是关起门来，不碍自己的事情，看见就当没看见算了，反正不是占了自家的地盘。

没有权势，但极想进入“中心”的人看了这等情形，个个心里不舒服。有点实力的人衡量一下，变着法子跟栗岩坪的队长、会计关系要好的群众说，还带了烟酒给队长、会计放在家里。一般群众磨磨牙也就可以了，群众毕竟是群众，不掌握权力，最多说说话儿，发表一下意见，至于采纳不采纳，那是队长、会计的事儿，和他们没关系。

相比更大一点的官儿，队长、会计之流不过是土老帽，人家大队支书、主任让你当你才能当，不让你当也就一句话的事情。队长、会计也不傻，自会衡量轻重。一般来说，对待这等事情，向上看总比向下看好，向上不惹人，还可以得到好处，向下看只能吃亏。但下面也不可小看，遇到“难闹”的群众，暗地里变着法子整队长、会计，今天拔你几株刚抽穗的庄稼，明天砍你一棵树，更恶劣的，瞅个夜黑风高天，一把火点了你的老房子。派出所来查，大都查不出来，那些民警骑着摩托或者开着车装模作样的来几趟，吃几顿饭后，找不出纵火嫌疑人，时间一久，就跟什么事情没发生一样，不见了踪影。受害人家也只能是有苦没处诉，干吃哑巴亏。

类似的情况每个村都有。有的一个村的和一个村的闹，有的村子和村子之间闹，不是你占了我地盘，就是我盖房子影响了你走路。整天为此吵闹不休，莲花谷是其中的佼佼者。

相比栗岩坪，莲花谷的发展空间还很大。暂时不存在盖房子没地方的问题。但莲花谷人不习惯寂寞。若是随便跟一个人打听：莲花谷人喜欢干什么？他就会告诉你：莲花谷人就喜欢窝里斗。

自我记事起，莲花谷就硝烟弥漫，战火不断，不是杨大狗和杨恩林两家为了一块儿地皮吵，就是杨力华和杨二狗两家为了一个走路的过道大打出手，不是我们家和杨人新两家为了几株庄稼吵，就是杨富和杨润两家为了几棵树破口大骂……没有一天安闲的，在莲花谷人心里，好像一天不闹不吵不打架，就缺了什么？一个个变得无精打采，脑袋耷拉，跟瘸腿的狗一样。

在众多的吵闹打骂当中，以房基地和房子之间的空闲地带争端为最。

家庭或说家族人多或人少，在莲花谷，会直接关系到在村里的利益得失。每个家庭都在拼命扩充人力物力，每对父母都拼命生孩子。以前政府不管这黑灯瞎火的事儿；开始管的时候，大家还都是以前的样子，一个刚生下来不久，另一个就在腹中孕育，宁可被罚掉十年的收入，被计生办的人拆了房子，拉走家具，也还要跑到外面，把孩子生了，再回到村里，重建家园。“没人贫死人，有人不算贫”，是村人的一句口头禅，不但反映了传统的生育观念、经济意识和家族伦理，而且表达出了村人誓死捍卫生育本能的强烈心声。

我十二三岁的时候，母亲和父亲请人在村子前面的一道山沟里看妥了房基地。母亲捉钎，父亲抡锤，冒着寒冷和大雪，打了两个冬天的石头。第三年冬天，在大姨家几个表哥的帮助下，硬是用架子车把几百块大石头拉到房基地。次年正月，父母找人把房子盖了起来。母亲说，在村里住时，受够杨大狗、杨二狗和他们娘朱二妮的欺负，搬到离村庄远一点的地方，就不再受气了，别人的闲话可以不听，一心过自己的时光。

可没过几年，杨大狗就又撵了过来，在我们家后面盖了房子。母亲说，跑过来也没有逃出人家的手心，刚清净了没几年，人家又骑在咱头上来了。直到现在，我们家和杨大狗家一直为了房基地争吵。有几次，杨大狗趁小弟和父亲不在家，从门前过时突然冲到我母亲面前，使劲打了母亲两个耳光，又迅速跑远。小弟知道后，跑到人家门前论理，却被杨大狗一家七口围住打了一顿。杨大狗仗着自己家人多。我父亲是独子，我又在数千里之外的巴丹吉林沙漠当兵，再长的胳膊也不能为母亲和小弟遮挡杨大狗家人的打骂。

杨恩林和杨润是亲兄弟，可在房子问题上，寸步不让不说，还集体打了几场，两家都有人负伤住了医院。

随便在莲花谷待上几天，就可以听到打骂的声音，沿着深而弯长的河谷，吵骂的声音比河水更为响亮。

杏树凹和里沟，李家庄和奶头山四个村子，坡树和田地连在一块儿，这个村的占了那个村的一片地，锯了另一个村的树，哪怕是一寸一毫米，一枝一叶，双方都要争论个长和短。实在调和不了，就大打出手，谁人多谁就占便宜。人多的占绝对优势，人少的肯定吃亏。曾有一段时间，好多人开始练武，院子里面吊个沙袋子，或者买了武术图解，照葫芦画瓢，练个一招半式，不是用来对付越狱之后逃到这里的罪犯，而是为了在争夺地盘的“战斗”中显示威力。前几年，十几岁的弟弟辍学后，一心要到河南少林寺练拳脚，跟母亲说了好多次，母亲心疼钱，没有答应弟弟的要求。我那时候是个士兵，自顾不暇，没有能力为弟弟提供经费，直到现在，一提起这件事情，我和弟弟都遗憾地摇头。

村里人总是把这种吵闹打骂行为省略为“吵架”，就村里人争夺地盘的残酷程度，称“战斗”更合适。若以人性论，称作“战争”也恰当。《辞源》上说：“战争，国家或武装集团之间的斗争”。一个人就是一个国家，一个人就是一个集团，个人的行为和品性在很大程度上代表和表达着一个地域乃至一个国家的文化特征、意识形态和政治意志，人与人的勾心斗角，恶意伤害、诋毁和打击，与炮火硝烟的战争几无差别，都是不人道，灭绝人性和摧残生命的可恶行径。

南太行莲花谷人之间这种持之久长的“战争”，让人心痛又叫人愤怒，让人可怜又使人悲哀。这种邪恶始于何时，人人都可以说出，而结束却遥遥无期。

非正常死亡

二十世纪五十年代末，以前冷清荒芜的山上突然热闹起来，远远近近村庄的人们被集合，一个个背着铺盖、锅碗瓢盆进驻深山，开荒种田。满坡的绿树和青草被锯倒、翻开，挥舞的镢头和羊镐溅起火星。在汗水和鲜血间，逐渐形成了一片片田地。坡度稍缓的地方，田地就大些；坡度陡的地方，田地小些。祖父说，那地里种的谷子，一年下来籽种都收不回来，纯粹闲费工夫真扯淡，还不如赶马车给供销社拉一回货赚钱买回来的粮食多。至今，村庄远近山坡上，还可以看见许多荒地，一条条，一片片，参差不齐。不见了庄稼，只看见春风吹又生的杂草，茂密无疆，随风飘摇。

接着是大炼钢铁。祖父说，那年九月，公社干部突然号召大炼钢铁，不管男女，只管老少，实在跑不动的人留守村庄，种植棉花和小麦玉米；凡是有点力气的，都要到离村庄八十里之远的綦村镇大炼钢铁。祖父眼睛盲了，无法参加劳动，由奶奶和父亲顶替着去了。父亲后来回忆道:在綦村上千人吃一锅饭,质量还不错,有大米、土豆和豆芽,比在家里吃的强一千倍。就是太危险了,几千个人在高炉上下忙活,一不小心就会掉进烈焰熊熊的炉子里面。李家庄一个叫玉兰的闺女,才十八岁,晚上填废铁的时候,闪了进去,还没等喊出声儿来,就烧得连骨头渣子都没了。就那一年秋天,光在綦村就死了十几个人,大多是还没尝到人活着到底是个啥滋味的小伙子和大闺女。

人生有地,死无处,谁都不愿意过早结束自己的生命,虽然当时生活条件苦一些,人活得累一些,但活着毕竟是美好的。乡言"好死不如赖活着",不仅反映了村庄人们的一种生存观念,更体现了村庄人们的一种与生俱来的生命价值意识。这是无法篡改的,但作为一个集体,以强制的手段将许多人聚拢在一起从事危险的劳作和生产,这不道德,甚至有将人的生命视如草芥蝼蚁之嫌。当生命不再被视作生命后,面对的那一定就只是简单的欲望和赤裸裸的利益了。

很快,遍布城乡的简易高炉废弃了,曾经热闹的场地一下子空旷了起来,砖头碎石砌起的锅台,远处近处的田间地埂上到处都是人的粪便,还没有来得及融化和投进高炉的废铁和矿石堆积着,一片狼藉。几乎与此同时,不知从哪里飞来的蝗虫占据了村庄的天空和田地。父亲说,那年的蝗虫就像冰雹一样,噼里啪啦下了一天一夜,清早起来,就看见地上的庄稼,一株株一棵棵变成了光杆儿,一丝不剩。再看地上,蝗虫厚厚一层,脚一踩,就发出噗嗤噗嗤的爆裂声。大片的蝗虫又蓦然飞去,好似乌云一般，太阳不见了，嗡嗡的响声接连不断，像日本鬼子的飞机，遮没了整个天空。

父亲说，庄稼都让蝗虫吃了，秋天颗粒无收，人饿得不行，就把山坡上岩石根儿的细土和了麸糠吃。那土叫观音土，吃一顿可以顶好几天饿。那一年，村里远远近近的榆树可遭了殃，一个个被剥皮抽筋。剥下来的树皮被细嚼慢咽，到了人肚子里面。更奇怪的是，连山上的兔子和野鸡都无缘无故地死了，到山上一转，就能捡几只死了的野兔和野鸡回来。人都饿到那份儿上了，只要有吃的，谁还管它干不干净?!

人饿极了也逮蝗虫吃。蝗虫那东西和人一样怕饿，先用荆条筐子扣住，饿上几天，蝗虫就死了，再一个个掐头去尾，把锅烧开，用水煮了，放些盐，晾干存起来，吃的时候用油炒了，味道比观音土好，也好消化，就是拉肚子。还有的人饿极了，逮住蝗虫，拉头，一下子就将蝗虫的肠子和内脏带了出来，剩下的部分直接扔进嘴里，大口大口嚼。父亲说，你从河南逃荒来的姑夫，就是吃着蝗虫和地牛牛儿长大的。关于这一点，我确实还有印象，大概是一九七九年，虽然不怎么缺吃少穿了，姑夫刨地时翻见“地牛牛”之后，还一个个捡起来，或者直接放进嘴里吃掉，多了就带回家，用油炒了吃。我见到过几次，姑夫还要我尝尝，我一看见就嗓子发堵，大口呕吐。姑夫还笑着说，傻孩子，不知道东西好吃。

这当然是后话，生于二十世纪七十年代的我和更多的同代人自然无法深刻体验和了解村庄往事，只是听从祖父、父亲和母亲的诉说。如果说吃蝗虫、野鸡和野兔尸体，吃榆树叶子和皮，吃观音土，都还算道德的话，那么，人对人的吞噬就显得不可思议、骇人听闻了。奶头山的栓子，爹早年在森林里打野猪被野猪咬死了。一九六〇年，村里人多少天不见栓子他娘的影子，就问栓子，栓子就说在家呢。有一回，村里的老光棍朱佛生到栓子家串门（“串门”一词在当地被引申为已婚男女之间的苟且之事），怎么也找不到老相好，转到废弃多年的驴圈里解手的时候，顺着一股烂臭味道，才看到栓子娘已经饿死在房后的一块巨大的青石板上。

这还不算，就剩下一副骨架了。

肉肯定是栓子给刮着吃了！

父亲解释说，栓子是个傻不愣怔的半吊子，要是换了稍微俏一点的人，就不会娘死了都不管。而我想到的是，建立在贫穷、饥饿基础上的伦理和良知是极其荒唐的。这只是一种表面行为，在极度饥饿的年代，人伦崩塌，进而显示出来的是毫不利人，保命要紧的原始行为。在饥饿、死亡与吃饱、活着之间，栓子选择了后者。他的这种选择显然违背了村庄人群一贯的游戏规则，如果他吃掉的是自己妻子或者孩子的肉，那么，谴责的声音和力度就会大大减小。

关于一九六〇年的特大洪水，记事起，母亲讲了很多，许多年后，我只记住了其中一个片断。那年夏天，雨下个没完，开始下的还是雨，半个月后就不是雨了，像血，一串串地从天空掉下来，连房顶上的青石板都染成红的了。接着是洪水，远处山上大水泛滥，气势汹汹，在宽大的河谷汇成大河，轰隆隆地向着村庄冲了过来。村里人事先将自以为贵重的东西转移到山顶的岩穴里，连家都不敢回，一个个像老鼠，住在阴暗潮湿的岩洞里。眼睁睁地看着洪水将自家辛辛苦苦盖起的房子像推火车一样冲倒、打散。一个月后，对面那座叫作小扇子的山突然塌了，偌大的一座山，硬生生地从中间裂开一道缝。褐色的巨石随着不甚陡的山坡，轰隆隆地向下翻滚。

连年颗粒无收，洪水一过，大地到处瘫软，踩一脚，石头都会破损都会下陷。村庄好多人走出家门，穿着破衣烂衫，拖家带口，到山西要饭去了。除了几户稍微有点积余人家按兵不动外，通往山西左权、和顺等县的山地小道上，到处都是饥肠辘辘的逃荒者。母亲说，摩天岭的山间小道上，饿死病死的人的尸体到处可见，每一具尸体上，都落着一群哇哇乱叫的乌鸦。

我姥姥就是在那条路上被毒蛇咬伤死的，我曾祖父也在那条路上饿得头晕眼花，失足从悬崖落下摔死……至今，村庄公路上的两座桥上，还高悬着“备战备荒为人民、深挖洞、广集粮、大海航行靠舵手、永远忠于毛主席、永远忠于共产党”等字样。多少年了，除颜色稍微黯淡一些外，竟没有一个毁坏或是掉角儿的。

地主轶事

二十世纪三十至五十年代，南太行莲花谷和附近的村庄有几家地主和富户，上盆的曹白鹭、李家庄的白青山、莲花谷的杨明小等，都远近闻名。莲花谷及其周围村庄，三岁的孩童也都知道这几家人有钱。但据一九九〇年谢世的祖父说，莲花谷的地主富户，还没有达到富得流油、头上长角，对乡亲们颐使气指，逼死人命的地步。大一点的也就雇几个长工、养几个丫环、给自家儿子闺女请个私塾，房子多、大、漂亮、结实，其他也没啥。也和村里的穷困人家没有什么隔阂，谁家过不去了，还拿出一些钱和粮食接济一下，也不放高利贷。

即使差一点也不学周扒皮半夜鸡叫，欺男霸女，打骂乡邻。人都有个比照，要是对人不好，小鬼难推没杆子磨，再富没人敢近，找长工也找不上，就是万亩地，也没人种，等于白搭。不过，也确实有常年给地主做长工的人被地主整惨了的，不是苦干到年底不给一文钱、半斗粮食，就是用不小心摔死、病死的牛羊诬赖人，七扣八扣就把一年的工钱给顶掉了。

像莲花谷的杨明小，有一年，曾爷爷杨万身给他家种了一年地，最后一分钱没给，反过来还说曾爷爷偷了人家五斗米，还把他家一只羊羔在山上偷宰了烤吃了。隔了一年，又来找曾爷爷做长工，曾爷爷不想干，可一到春天，家里瓮就见底儿了，一家人饿得跟黄鼠狼似的。不干也不行，全家人都指望着他一个人苦巴着挣来填肚子呢！曾爷爷也不相信狗能改了吃屎的毛病，签了契约害怕再受欺负。后来，大爷爷读过几天私塾，有点文化，就拟了几条“制度”，找杨明小商量。杨明小心里虽不大情愿，可短工确实难找，长工就更别说了，只好噘着个老鼠嘴点了点头。

杨明小鹰钩鼻子鹞子眼，上额窄得像脚板，嘴巴上不长胡子，说话像他娘，嗓门眼儿被屁打了一般，细声细气，还有点发哑。这小子走起路来像贼，一点声音也没有。经常蹿到山上去，看放羊的长工有没有冲着自家的羊儿撒气。遇到故意抽打、用石头狠砸和把刚生下来的羊羔儿掐死的，就趁人不注意，鬼一样蹿到长工面前，照脸上就是一个嘴巴子。然后返身就蹿，一会儿就没影儿了，比兔子还快。

那年，五林子他爹给杨明小放羊。秋天，山里有很多的山楂和野梨。有一天，他摘了好多，想带回来给饿狼似的孩子们填肚子。天快黑时，刚把羊赶进圈里，锁好门，扛着一袋子山楂和野梨。可能是心里边高兴，就一个人哼唱着“杨明小，夹着萝卜胡乱搞；鹰钩鼻子鹞子眼，一看就是杂种蛋”往家走，正在自个儿图高兴，冷不丁屁股上面挨了一脚，五林子他爹“哎呀”一声，停下哼唱，转过身来，看见杨明小手里拿着一根短木棍子，瞪着两只老鼠眼，气喘吁吁地看着他。五林子他爹一看就知道咋回事儿了。急忙说：“东家呀，恁别生气，村里人都这么说的，不是俺编的，不是俺编的！”

说杨明小那玩意儿小，具体谁也没看见。村里人有捕风捉影的习惯，一个说啥另一个也说啥，不一会儿，整个村子就统一了口径，你再狡辩再解释也都是白磨牙。最初，关于杨明小那玩意儿小的事情，村里人是从里沟刘明起那里听说的。刘明起赶大马车，经常往山西的辽州、河南的安阳跑，一出门就是一个多月。

村里人问他咋知道的，刘明起说是自个儿看到的。有一次，他和拜把兄弟张流水一块儿上山西，路上闲扯，扯出事情的真相。苍蝇不叮无缝的蛋，刘明起年轻那会儿，赶马车到河南滑县，挣了几个小钱，手就痒痒，和张流水喝了点猫尿后，两个人就大着胆子进了一回窑子。刘明起搞得那个妓女就是他现在的老婆。那娘儿们爹娘死得早，没活路就进了窑子，心里多少有些不情愿。再说，好多的娼妓到头来都没有个好下场。做事那会儿，那婆娘一看刘明起笨手笨脚，找不着地方，好不容易放进去，就一泻千里了。知道刘明起还是个“囫囵货”。刘明起还没有过瘾，感觉到很不舒服，心疼自个儿辛辛苦苦赶马车挣来的那几个小钱，在人家面前唉声叹气，抠抠唆唆就不愿意勒上腰带。那娘儿们大概也看出了刘明起的心事，觉得这小子还挺老实,唯一不好的就是一个土不拉叽,赶大马车混饭吃的乡巴佬。男人嘛,往窑子里面送几个钱也是应当的。就破例让刘明起歇了一会儿以后,翻身起来,又搞了个第二次。

村里人再傻,也知道婊子都是无情无义的货色,掏钱脱裤子,完事互不相识,各走各的道儿。可刘明起不这样想,出了窑子门后,就放不下那个娘儿们了。回来路上,躺在大马车的铺盖卷上,脑子里、眼皮底下都是那娘儿们的身子和脸。第二次到滑县,忍不住又去了一次,点名就要上次的那个娘儿们。老鸨不知道他说的究竟是哪个,随便拉了一个出来他不要,指着上次睡过的那个房间,就要去年腊月初四黄昏和他睡的那个。老鸨一看知道来了个痴情的乡巴佬,没办法,少做一个人的生意就少收入一分钱,趁都闲着,让窑姐儿们都出来,破例让刘明起挑了一回。

那娘儿们早把刘明起忘了, 刘明起那天晚上啥事也没干,给那个娘儿们说了半天,要人家做他老婆。那娘儿们觉得好笑,仔细一想,自己身上爬过的男人少说也有百十来个,到头来还没有一个像刘明起这样的痴情种。盘算了一下,觉得自己年龄也不小了,再在窑子里混几年,也还得找个人家嫁了,过正儿八经的生活,就基本上同意了。最关键的问题是怎么走。两个人都觉得给老鸨交钱赎人太亏了,毕竟自个儿用身子给老鸨儿效劳多年,也赚了不少钱。两人合计了一会儿,一不做二不休,从窗户后面逃了出来。刘明起把三匹马打得皮开肉绽,连夜出了河南省界,到了邯郸时,看没人追来,两人才放下心来。

刘明起常年在外赶马车，做过窑姐儿的婆娘实在难熬。偏偏杨明小那小子就乐意串门子跳墙，老婆和他生气，问他偷人有啥好。杨明小就说：家鸡哪有野鸡香。老婆气得没办法，严加看管。是个牲口还可以拴住，可人有手有脚，上个茅房都可以转眼不见，管是管不住。对刘明起拐骗窑姐儿的事情，杨明小早就知道了，一次到里沟找人放羊，故意从刘明起家门前晃过，故意停下点烟，看那婆娘不出来，就干咳几声，刘明起老婆探头一看不要紧，两个人都是风月老手，四只眼睛一对，就冒出了火星。等刘明起回来，老婆显得不太热情，就知道里面有点故事。刘明起就生气，甩老婆耳刮子，老婆就反驳说，你又不是不知道俺以前是干啥的，你用他用不都一样，磨不烂，穿不透的，你用的时候不耽误用就行了呗。刘明起想想也是这么回事，再看看杨明小给他老婆的那块大红绸布，心里气就消了一半。后来，两口子做事时，老婆说，你比那个杨明小强。刘明起说，咋个了？老婆说，杨明小那家伙小，一会儿就不行了，拿着萝卜来作弄人，真不是个好东西。

祖父年轻时也给地主做过长工。主家是五里外上盆的曹白鹭。曹白鹭的老婆是莲花谷杨人金的远房外甥女，南街铁匠张大栓的二闺女。张铁匠有个打铁的手艺，而且在附近几十座村庄里面，干铁匠的独此一家。家境也不错，曹白鹭他爹和张铁匠小时候拜了个干朋友，两家生养孩子后，相互觉得门当户对，曹白鹭和曹张氏还没有成年，两家大人就给他们订了婚，曹白鹭刚满十五岁，就把比自己大两岁的曹张氏娶了过来。

曹地主长得瘦小，除了骨头就是皮，手指像鸡爪子，屁股像麻花头，大得有点邪门的眼睛像旗杆上的两只探照灯。经常戴一顶瓜皮帽，哈着腰，哼着《铡美案》，在自家的地边监工，谁偷懒就捡一块土坷垃，瞄准偷懒者的屁股或是脑袋，使劲儿砸过去。往往，做工的只要脑袋和屁股一疼，不用看也知道是曹白鹭嫌自己干活慢和偷懒了。曹白鹭虽然监工很严，但从不大声骂人，下工后也不对谁唠叨，就当没事似的，该笑还笑，该给吃啥还给吃啥。

祖父说，曹白鹭除了身上没肉之外，就这一个优点。

曹白鹭有个闺女，叫香兰，和她娘曹张氏一样，长得细皮嫩肉，一掐就流水。曹张氏年轻那会儿，村里男人看见嘴巴就成了泉眼，上吊也都想挨一挨，就连里沟的老光棍刘二那样的半吊子，竟然也发誓非曹张氏这样的婆姨不娶。倒是杏树凹经常给人家抬轿子的傅连球逮过一次便宜。曹张氏过门那天，给人家掀轿门的时候，手背在人家屁股上擦了一下，回来后就兴奋得不得了，忍不住和自家老婆炫耀，老婆一个巴掌打过来，脸上就有了五根手指印儿。

长到十八岁，父母就开始为香兰找婆家。富人家的闺女，村里的穷小子们只能看不能摸，只可躺在被窝里胡想，不可以把人家拉过来一起睡。那年冬天，听说曹白鹭和李家庄的大地主白青山结成了亲家。村里人大都认为是应当的，门当户对嘛，村里的年轻人私下说：马就应当配马，骡子和驴想也白想。地主和地主间的事儿，穷人不方便打问，更没有权利制止和提意见。毕竟中间隔着钱，有了钱，什么话儿都好说，没钱啥事儿都是扯球淡。

村里人很少能看见曹香兰。大户人家的闺女，除了春天出门到后山摘几枝杏花、梨花和野黄花之外，再就是天快黑了的时候，到门前的地埂上走走，一般都有她娘陪着，不是亲戚的人隔着老远给人家说话，好的时候，她娘曹张氏哼哈一声。穷人给富人说话，那是仰着脸的，富人给穷人说话，是可以不用眼睛看的。

到了腊月，灰蒙蒙的天空飘下了雪，一下就是好几天，东边山上，西边林子，还有房顶和麦地，到处厚厚的。原定小年二十九过门。早十天前，曹白鹭颠着一身干皮和骨头，跑到乡公所买了酒、粘牙糖、大红绸子和土制旱烟，又在木匠杨支松那里订了穿衣镜、衣橱和两把大靠椅。一张瘦脸上整天贴着一堆笑，见人就说要把闺女嫁得体体面面，热热闹闹。说完，又故意唉了一声，头还没有抬起，瘪瘪的嘴巴里就又冒出一句:有钱也麻烦。

村里人不笑，心里头都认为曹白鹭这小子炫耀，背地里骂曹白鹭这小子有几个臭钱净拿穷光蛋开心，简直不是个东西。生气归生气，骂归骂，曹白鹭这小子也不算坏，村里人对他还是比较尊敬的。听说曹家要出嫁闺女，一个个都来帮忙了，挂灯笼的挂灯笼，写对子的写对子，扫院子，帮着擦拭家具、油漆大门，你来我往，偌大的曹家大院到处都是不停忙活的乡亲。有些半大小伙子，帮着干活是假，拿着扫帚心不在焉，两只眼球直往曹香兰住的房子窗户瞟，其实什么也看不见，可还贼心不死。

曹白鹭何等精明，对那帮子年轻人的心思了解得很透，就鼓动小伙子们说，大家快点干，干好了叫香兰出来倒水大家喝。小伙子们一个个用起劲儿来，霎时间把个曹家大院搞得尘土飞扬，不到半天工夫，就把曹家二十四间房子，三个大院和四个过道打扫得一尘不染。

腊月二十八那天早上，村里人起来一看，曹家大院挂了几天的大红灯笼不见了，红漆涂抹的院梁上除了几张没撕干净的红蓝纸之外，一点喜气都没有。村里人说，也不知道这老家伙搞什么鬼，挂着好好的灯笼取掉干啥呢？一时间，村里的男女老少都莫名其妙，三五一伙，蹲在灶火边，或是盘坐在热炕上，悄悄议论，个个都是一副猜不透的样子。

算命刘说话了。只要他那张长满胡子的嘴巴一开，村里人就像猴子一般从自家门洞窜将出来，钻进算命刘那间被柴烟熏得像黑窟窿似的房子，坐着或是站着，听算命刘信口胡诌。算命刘说，我昨儿个黑夜里掐指一算，午马冲了子鼠，东南方向冒起一股黑烟，就知道这事不行了，肯定会出问题。算命刘还没说完，心急的已经等不及了，一个个张着嘴巴问咋了咋了？比自家婆娘跟着说书的跑了还着急。算命刘看大家的胃口吊起来了，就叫桂林子倒一碗水来，摸出旱烟，用火镰石（石英石）点着了，抽上一口，吐出一团烟雾，再喝一口水，这才话归正传。

算命刘原名叫刘家林，他爷爷也是一个远近有名的地主，家财和房屋规模一点儿不比曹白鹭家逊色，可惜他爹刘如风是个大烟鬼,整天没命似的泡在白塔镇的大烟馆里吞云吐雾。算命刘的爷爷刘德贵气得发疯,可刘如风不管老子死活,爱怎么闹就怎么闹,只要自个儿每天能到烟馆过瘾就行了。刘德贵把不争气的儿子吊在侧屋的梁头上,用沾了水的麻绳抽打,刘如风哭爹叫娘,浑身上下没有一块儿好肉,还用针穿刘如风的嘴巴。要不是他娘阻拦,刘如风恐怕连饭也吃不了了。可皮肉之苦不解精神之渴,刘如风就是改不了抽大烟的毛病,伤口还没好,结着满嘴的疤,就又蹿到了大烟馆,不管死活地抽了起来。

刘德贵看着这个儿子死活不改,也就不再打骂了,口口声声说自己前辈子造了孽,这辈子来偿还的。这样一想,刘德贵也就没那么气恼,认命了。任着儿子把家里的钱财拿去烟馆,然后变卖家具田地房产。到最后,老两口死了连口棺材都没有,刘如风就在坟地里打了两个坑,把爹娘的尸体用草席裹了,扛到坟地埋了完事。

算命刘的娘看着没活路,就跟着一个河南的说书人跑了,到刘如风死也没有回来看过半回。算命刘的舅舅见外甥可怜,就把他交给邢台县北章村一个算命先生,让他学一门手艺,冻不死饿不着,还能混碗饭吃。算命刘也真争气,掏空了算命先生的绝招后,自个儿走村串镇,给别人算命、看风水、降妖除魔,在方圆百里混出了名头,每天来请的人不下三个。

其中,算命算来老婆可能是算命刘一生中最为荣耀的事情了。说起这件事情,算命刘满脸的胡须都笑得翘起老高。那一年,山西四庄一户人家的闺女患了病,请了好多医生都没看好,眼看一个黄花闺女就要命归黄泉。闺女父母抱着死马当作活马医的侥幸心理，让算命刘降妖除魔。算命刘在人家房前屋后溜达一圈，转头，拿了黄表纸、梨木砦子、桃木弓、柳木箭，在人家堂屋里折腾了大半夜。按照算命刘后来透露的消息，那不过是诈唬诈唬，自己也抱着一种侥幸心理。不料想，那闺女第二天就有了生气，能吃下饭了。闺女父母欣喜若狂，把个算命刘捧到了天上。最后，人家问他要什么，算命刘说俺啥也不要，其实是在卖关子。人家父母过意不去，执意要算命刘要点什么。算命刘就说，把你闺女给了俺算了。原想说个笑话，没想到，那家父母一合计，还真把闺女给了算命刘。

算命刘名气大了，架子也就大了，凡是来的人，如果没有带烟酒或是不交押金，就吊儿郎当地板着个驴脸不理睬，非要人家请上三四趟不可。记得上小学的时候，母亲还带着我到算命刘那里算命。算命刘已经八十五岁了，老婆早在十年前得肺痨死了。

算命刘摸摸我的前额下巴，眯着眼睛把我的生辰八字在指头上一掐，睁眼说：这小子一辈子算不上大富。顿了顿又说，可小贵也不错。又拿出六十四张牌让我用左手恭恭敬敬抽了三张，我只记得其中一张是：老鼠拉木锨，大头在后边。我不知这是什么意思。母亲说是大了后才好过，才享福。直到现在，算命刘的话还使我将信将疑。

算命刘对着满屋子人，压低声音说，曹家那丫头根本就成不了白家的媳妇。我给白家那小子算过命，也给曹家丫头掐过指，他们两个一个是石头上的绿缪子(苔藓)，一个是灶爷板上的土，两不掺和。听的人几乎异口同声“啊”了一声，嘴巴能塞进个驴毬，然后合上，算是明白了。可明白只是明白，曹家还和白家是亲家，虽然闺女没嫁，儿子没娶，两家还像以前一样，按亲戚的礼数你来我往。表面上笑哈哈，互敬如宾。

过了好多天，村里人才听到风信，曹家的闺女得病了，曹白鹭骑着毛驴专程到李家庄去了一趟，向亲家说明原因，恳请等闺女病好了再婚嫁。白青山何等精明，眼球一转，想着是亲家肯定有了其他想法。按照一贯的婚嫁规矩，到闺女出嫁的前几天，想个办法，找个借口，再向男方要点财礼，抠一点是一点，总比没有强。

再说，嫁闺女一辈子就这一次，错过这个村就没这个店儿了。白青山心想，你个白骨精曹白鹭，使这一招儿无非想再要些财礼罢了！这心眼儿，跟别人玩说不定还能蒙过去，我白青山岂是肉眼凡胎？便上前问道：“香兰好端端地怎么突然病了呢？”这句话原以为正中曹白鹭要害，谁知曹白鹭两眼一翻，捋了捋下巴上的几根鼠须，说：“亲家呀，你不是不知道，这人得病简直就像一阵风，说来就来，谁也防不住呀！我看咱们香兰好好的，吃能吃得下，睡能睡得着，白天还和她娘在院子里绣花，谁知道第二天早上起来就病了。这不，已经有四天没好好吃饭了，总说肚子疼，疼得在地上打滚儿。找了那么多医生，也都查不出是啥病。”

曹白鹭这么一说，白青山也不好再说啥，只好将婚期向后推了，具体的时间，是等香兰的病好。

十天半月后，村里人就把算命刘的话忘在了脑后，生活还一样贫苦着，春节一过，该出门的出门去了，该做长工的还做长工。曹白鹭还是老样子，整天阴着个瘦脸，在自家的田埂地边胡窜，行为举止上基本没什么变化。村里的婆娘们就暗地里喳喳起来，咸吃萝卜淡操心地猜测曹香兰得的是啥病。有好事的装作关心的样子，去打问曹白鹭，曹白鹭习惯性地将眼皮一翻，瞪一眼，好的甩一句快好了，不好的就是一句关你屁事。

转眼就是六月了，收割了麦子，又打了雷，下了雨，玉米苗儿就一天一寸疯长。一天中午，祖父和村里的人正在啃窝头，在上盆村给曹白鹭放羊的杨三回来了，带回来一个炸人的消息。杨三说："昨天晚上，我把羊赶回圈，到羊圈旁边的小房子拿荆条子，却发现里面躺了两个人，腿脚都成了直棍，直直地向上竖着，样子吓人得很。我叫来东家，曹白鹭一看，就号啕大哭起来，原来是自家的闺女香兰和花木村的尕小子朱大宝死在了里面。"

祖父说，人死在夏天，一打雷，尸体就会奓起来，胳膊腿儿像直棍一样，怎么弯都弯不回来，棺材里装不下，就得把长出来的那部分砍掉放进去。无疑，香兰和朱大宝是喝毒药死了的。村里人谁也没想到，地主曹白鹭家的香兰竟然和长工朱大宝有这回事儿。多少年后想起来，虽然时过境迁，村里人还觉得不可思议，对我来说，也很是震撼。那两个人竟然用死为自己的爱情造了一间洞房，不知道那里面有没有灯笼和红绸布。

土改之前，莲花谷和上盆还是一片风平浪静。一个人死了，几家人合起来帮着埋进土坑；一个人出生了，亲戚们拿着白面或是鸡蛋前来眊眊。对于村庄及其人们来说，人世上所谓的大喜大悲，人生厄难，也不过是一阵悲痛，一片号哭和男女老少的一阵嘻嘻哈哈。通常的情形是，一些人走进黄土，一些人就迅速占据了他们原来的位置，父亲睡在了祖父炕头，儿子占领了父亲房间，儿媳妇对着婆婆叫骂不久，自己又变成了婆婆，被自己的儿媳妇呼来唤去。一茬茬变老，一茬茬长大，一个个出生，贫穷而自然的村庄，到处是一片原始的安静。

外面的浪潮很少能在村庄引起响动，即使是辛亥革命，日本鬼子南京大屠杀、抗日战争等等，如果不是烧到自个儿门前，习惯于日出而作，日落而息，经年鸡鸣犬吠，水波不兴的村庄，根本不会听到一丝风声。那个年代，地理和心灵的封闭，莲花谷乃至上盆村的人们几乎生活在蒙昧中，高大的山峰阻挡了外面的炮火和声浪，也堵塞了他们的听觉和远望的目光。

一阵风后，革命来了，可对于莲花谷乃至临近村庄的人们来说，对这一新事物完全陌生，甚至将革命理解成了“革”地主坏人的“性命”，打倒一切就是将比自己富裕的那一部分人摁倒在地，让他们不再趾高气扬，作威作福。把富人的财产变成自己的财产，把富人的老婆小妾分配给光棍，田地人人有份的狭隘境界。

对于莲花谷内外的那些地主，长期的封闭和对知识文化的疏远，导致了嗅觉和信息上的迟钝。土改时候，许多地主们还沉浸在自家的富足生活和进一步扩充财产规模的简单理想中，外面发生的翻天覆地的巨变丝毫没有影响到他们。而时代的脚步不会对任何人表示怜悯，也不会对什么人格外垂青。它只是迈着自己的步伐，向着既定的方向行进。在时间和新时代的面前，一切都无可阻挡，一切都可以踩在脚下，哪怕尸骨堆成山峰，鲜血流成江河，也是毫不可惜和全然不顾的。

谁也想不到工作组会来上盆这个小村庄。在村里人心中，外面的世界太大了，上盆村不过是一只蚂蚁，一贯的自生自灭，一贯的幽静和不闻世事。历史上，别说皇帝大臣，就连沙河县的历任县老爷，也没有真正踏进过上盆村和莲花谷。

工作组的到来，自然在村里人的心中激起了响声，人们窃窃议论，声音压得比苍蝇还低。可议论归议论，对工作组的真正意图，谁也说不出个一二三来。

第二天一大早，村里的张大秀才和王二贡生就被工作组叫去了，人们聚在一起摸肩膀咬耳朵。到下午，身穿军装，腰里别着匣子枪的工作组人员，拿着白面熬的糨糊，把一张张写满黑字的纸张贴在了老戏院和各家各户的墙壁上，花花绿绿，满街满墙都是，看得人眼发花、头打晕。祖父后来说，除了大地主家的婚丧嫁娶，村里人还没有见过这么大的阵仗。在村里人一贯的意识里，这种权力和开销，不是地主，就是官府和富商。

这种阵仗，对于已经贫苦多年的上盆人和莲花谷人来说，无疑是一针兴奋剂，老人们颤巍巍地走出门洞，抬头看看依旧飘着云彩的天空，喃喃道，难道这天真要变了？更大的骚动在年轻人那里，一个个辞掉了地主的活计，从远处近处回到家里，大家围在一起，讨论即将要发生的事情，以及事情的发展方向和自己的利益。

而地主们的骚动是最明显的，一辈子谨慎如王老大、曹白鹭、曹宝印之流，一个个心神忐忑，搓着手掌，皱着眉头，在屋地上转来转去，像热锅上的蚂蚁。

刚吃过晚饭，曹白鹭家的大门吱扭一下，瘦骨伶仃的曹白鹭出来了，在门前站了一会儿，磕掉烟锅里的烟灰，回身掩住大门，夹着一尺多长的旱烟杆，走下青石台阶，低着头，碎步走在窄小破旧的街道上，眉头拧着一团疙瘩。路边的人见曹白鹭出来了，就打招呼，曹白鹭就像没听见一样，自顾自走。但曹白鹭明显地感觉到了，以前那些在自己面前点头哈腰的穷光蛋们声音大了，少了许多的卑微和巴结，还夹杂着一种说不清的味道。

白白的太阳刚刚隐进后面的山峰，一绺日光仍还顽强地抓着错乱的青石房顶，张家的猪猡或者李家的毛驴正被自己的主人牵着赶着，往房屋后面的圈里走。

走到大戏院门前，曹白鹭站住，墙壁上的标语让他心里发紧，背后的骨头像是折了一般，想挺直后背，却总感到有种东西压着。看着面前熟悉的大戏院，曹白鹭突然有了一种陌生的恐惧。以前，曹白鹭每年都要请戏班子来唱几台戏，每次来都挺直腰板，村里人自动让出路来，让自己和老婆儿子女儿先走，等自己一家穿过人群，坐在了最前面的位置之后，村里人才各找地方，支架着个脑袋，等待锣鼓呛呛，大戏开场。

而今不同了，大戏院成了工作组的办公室，曹白鹭已经没有了自由进出的权利。大戏院门上的锁子也不知道什么时候换了，齐整整的石头墙壁面孔也生硬了许多，更没有了往日那种朴实和亲切感觉。工作组可能分头到谁家吃饭去了，已经剥落了油漆的大门上贴着大红纸，上面写着“打倒土豪劣绅，农民翻身当家作主”一串大黑字儿。门口左边墙壁正中，写着“办公室”。这些语词，曹白鹭不陌生，但几个字拼在一起，就让他害怕起来。

许多年后，村里人还说，曹白鹭还不算是土豪劣绅，也没有做过多少缺德事儿，那一天，同村的曹培德老婆得了痨病，他还给了十几吊钱和一斗麦子，村里人有什么难事大事找他，多少也帮点忙。村里人恨起来就恨得要死，牙根都咬烂，宽容起来也没边没沿，哪怕你气死亲爹，租卖亲娘，照搭理还搭理，而且张口不提旧事。

工作组的人回来了，曹白鹭学着喊了声同志，一个半大小伙子看了看曹白鹭说，你就是上盆北街的曹大地主是吧。曹白鹭一脸惶恐，忙不迭地回答是是是。曹白鹭像自己家以前的老长工一样，哈腰跟着那同志屁股后面，进了办公室。同志点燃了煤油灯，淡黄的光打在旧桌子上。曹白鹭本来就很蜡黄的脸更显得没有血色了。两只手捏着旱烟袋，脚尖并拢，把探照灯一般的眼睛尽量眯起来，做出卑微的样子。自古以来民不和官斗，人要能屈能伸才行，曹白鹭深知这个道理。

曹白鹭出了大戏院，就颠着一双瘦脚，一溜小跑往家赶。老丈人张铁匠和曹张氏早等得着急了。张铁匠一见曹白鹭进门，就从椅子上跳了起来，冲到女婿面前，一个劲儿地问咋个劲儿。其实，张铁匠不用问，但看曹白鹭那张沮丧的充满皱纹的脸，就什么都明白了。

第二天一大早，曹白鹭就挨门挨户跑了一趟，毫不痛惜地主动将自家的田地分给了乡亲们。事后，同村的曹培德说：曹白鹭一进门，还没等点着旱烟，就对他说，把河沟边儿的那块水地你种了吧。我哪里敢？可曹白鹭硬是要送，俺就不敢要，谁知道曹白鹭扑通一声就给俺跪在了地上，鼻涕一把泪一把说就当求俺帮个忙。俺一想，人家以前还给过咱十几吊钱和一斗麦子，到这份上，不帮忙就说不过去了。

事实也是如此，曹白鹭东门到西门地窜了一天一夜，也就是办了这么一件事儿，将自家的六十亩地通通给了乡亲，就留下房后一亩旱地。主动将几个没儿没女的孤寡老人接过来住，给了粮食和衣裳布匹，比自己的爹娘还亲。

村人说，曹白鹭这个人就是精明，其他的地主还在按兵不动，踌躇观望的时候，他已经主动做了，散尽家财，自己落了个清清白白，也为村里人做了好事。而从工作组那边传来的消息却不容乐观，据说，村里有人偷着到工作组告了曹白鹭一状，说曹白鹭那是假慈悲，他爹曹景山坑害过山西的一个李姓财主。

某一年，人家在他家里住了一夜，第二天起来，带着的五十两银子不见了，问曹景山，曹景山说你的银子谁知道，要不你把我家翻开来找。再有钱也是外地人，强龙难压地头蛇，听曹白鹭这样一说，只是哼了一声，抬脚就走了。本来两家关系很好，年年都走动走动。这事儿一出，山西的李财主再也没有进过曹家大门。

白青山和王老大闻听曹白鹭做的事儿，就想照着葫芦画瓢，学曹白鹭这一招儿。可惜的是，他们已经迟了，工作组已经明令禁止这样做。王老大看形势不妙，就带了细软，老婆孩子一夜不见了影踪，有人说，夹沟那地方离山西近，又有山路，逃跑很方便。工作组发现后，就派人住到了杨明小、曹宝印和白青山家里，还组织了几个半大小伙子，把通往沙河城、山西辽州、河南滑县的路口给把住了。

隔了一些日子，工作组理好了头绪，摸清了莲花谷、上盆村一带的地主情况，就开始了行动。最先被揪出来的是李家庄的白青山，那老爷们儿还不知道怎么回事，就被工作组带来的一帮子群众从老婆的被窝里拉了出来。那时候正是初春天气，北风呼呼地刮，地边的茅草都还没露头。白青山被五花大绑，用一根棒子插在后背的绳套里面，远远看起来，白青山就像拉磨的驴子一样，整个身子弯成直角。

工作组发动群众，在上盆村宽阔的河道中间用木头搭起一个台子，上面用草席棚了起来，叫每个村的村长把十里八乡的群众叫了来，一起参加对地主的批判。一时间，昔日空阔的河道一下子被黑压压的人群站满了。人到得差不多了，工作组庞组长走上台来，拿着一张纸，讲了几句话，大意是打倒土豪劣绅，分田分地，让群众结束几千年来受剥削受压迫的苦日子，过上人人有田种，人人有粮吃，人人有衣裳穿的好日子。

庞组长还没讲完，台子下面的人就炸开了锅，嗡嗡的声音一浪高过一浪，每个人的脸上都充溢着复杂的神情，既是高兴，又是怀疑，有人在笑，也有人在哭。笑自己即将得到从来不敢想的，天变得不可预料；哭自己将要一无所有，变成赤裸裸的穷光蛋，再也不可以雇用长工丫环，衣来伸手，饭来张口。

白青山被推上台子，人群顷刻鸦雀无声，偌大的河道，只有头顶的风在不明所以地吹动。人们的目光一下子聚在了白青山的身上。祖父后来说，真想不到，大名鼎鼎的白大地主，以前都是背着双手，哼着评剧走路的，怎么一下子就被五花大绑，押到高台子上去了呢？世道真是变幻无常，今天是这个样子，明天谁知道又是啥样儿？

白青山微胖，皮肤白，就像一个养尊处优的半老徐娘。由于腰大幅度弯着，人们看不到他的脸，只是看见裸露的脖颈，涨成了猪肝色。工作组的一个半大小伙子说：同志们，老乡们，这就是当过汉奸，贩过私盐，李家庄大地主白青山。受剥削受压迫的老乡们，我们要打倒白青山这样的汉奸大地主。

村里人说，白青山之所以最先被揪了出来，当过汉奸是最致命的。那天，白青山可能是平生第一次当众出丑，挨了鞭子，之后又被关进上盆村口大槐树下的一间破房子里，家里人给他送铺盖来，被工作组的人挡了回去。

瑟缩在破房子里的白青山，后背紧紧贴着墙壁，虽然墙壁很凉，挨在皮肤上像刀子割一样，但一会儿之后，就有了一点热劲，总比蹲在屋子中间的干地上暖和。心里一直在恨自己，当什么不行，偏偏当汉奸。虽然没有帮着日本鬼子伤害过一个人，但鬼子给的那面膏药旗还是在手里摇了个把月，跟在保定来的大汉奸魏德行后面，走村串户，喊了几天"皇军万岁"，说了几回建立大东亚共荣圈好。至于贩盐那事儿，纯粹是为了赚钱。又不是偷不是抢，更不是从村里那些人身上刮下来的。

好不容易挨到天亮，白青山冻麻木了，身上的细肉冻得青一块紫一块，嘴唇裂开了口子，血都冻在牙齿上了，要不是后半夜在屋子里一刻不停蹦跳，早就冻死了。那一夜，白青山想了好多，几乎把自己大半生的每一件事儿都想了。白青山真没想到，风风光光几十年，到小六十岁了遇到了这样倒霉事情。真是人生无常，命运诡异啊！等到群众拉白青山出来的时候，白青山显得平静，低着脑袋，眼睛在地上数石子，嘴里不停地念叨着说：人不如石头，活着到底为了个啥？

第二个被拉到台子上的是莲花谷地主杨明小。杨明小倒没有当过汉奸，但他打骂过长工，刁难和克扣过长工工钱，还好诬赖人。行为不检点，和里沟、骡子圈的几个娘儿们不清不白，道德败坏。工作组宣布了几条罪状后，抽了一顿鞭子，就由专人押回莲花谷看管起来。

接着是曹宝印，几乎和杨明小一样，押上台子，抽打了一顿之后，押回家中看管。

又过了没有多少天，白青山、曹白鹭、曹宝印的钱、房子和地被充公。曹白鹭自个儿分给村里人的不算，重新收回，由工作组统一分配。工作组的人说干就干，雷厉风行，把地主一个个拉出来亮了相，宣布罪状，照例打了一顿，再召开群众大会，按照人口，将地主们的财产分了。

批斗地主们的时候，工作组动员群众上台诉苦，出气，开始没有一个人敢上前去，揭地主的短，骂地主的娘，村人认为，都是乡里乡亲的，抬头不见低头见，更重要的是，谁知道这天什么时候变，还是不说的好。村里人虽然穷，没有文化，但明哲保身的技巧却无师自通。

但当另一个运动到来后，村庄的人们在公社干部的宣传和教育中，逐渐明白了当前已是社会主义江山一片红，不会再像旧社会，鬼子土匪军阀来了走了，不是杀就是抢，没有一个正经东西。而现在不同了，新中国的曙光已经照在了每个人的心上。

因此，不必再害怕地主有朝一日翻过身来，要回自己的房子财产，现在是穷人当家做主的时代，地主没有好下场！白青山再次被揪了出来，戴上高帽子，脖子上挂着一块木板，写着“大汉奸”、“卖国贼”等大字，被群众揪着，用口水吐着，鞭子和棍子打着，从李家庄一直游到二十里外的公社门前。与上次不同的是，这次是群众自发的行为，对地主和汉奸毫不留情，因为他们是阶级敌人。那时候的上盆街上，到处是热血浪涌的红卫兵小将，砸了地主老财的族庙老坟，推倒了庙里神像，凡是旧的反动的阶级敌人的东西，都如秋风扫落叶一般收拾得一干二净。

当年表现良好的曹白鹭也没能幸免，挂着假慈悲，伪君子的牌子被群众推搡着，敲锣打鼓，四处游街；逃跑的王老大被愤怒的群众五花大绑，吊在夹沟村南岭上椿树上面，用绳子和葛针（即长满尖刺的枣树枝）抽打。杨明小被几个愤怒的男人抓起来，身上浇了煤油，放火点着，杨明小带着一身火焰，没命奔跑，大概是烧得不行，就跳进路边的一个池塘，家人赶到的时候，浑身焦黑的杨明小已经浮在了水面上。汉奸白青山也没有落下个好下场，游斗时候，身困力乏，一不小心，从李家庄到上盆路边的悬崖上摔了下去，听在场的人说，脑袋都摔烂了。

时间窜到八十年代中后期，不断听人说，几个地主的子孙在拆老房子的时候，在墙缝和地下挖出了金子和银圆，我没有看见，不敢判定真假。不过，有一年，听弟弟说，那些人挖到金子后，一个个高兴坏了，杨明小和曹白鹭的重孙子分别在饭店里面摆了几桌，亲朋好友一起祝贺，那天，好多人都喝得摇头晃脑、俩脚都在尘土上飘，还把酒饭吐得满大街都是。

婚丧嫁娶

羯羊圈村一户人家儿子结婚了，次年生了一个儿子，村子当中会有人去看，主要是看孩子，连声夸小孩子长得俏（俊美的意思），说这孩子额头大，耳朵也大，将来肯定有出息。还有一些不去，这些人肯定与主人家有怨隙——仇恨是最大的隔膜，也是柄双刃剑，但存在了，就必须记着，寻机会把丢掉的找回来——不但不去，还背地骂：他娘的，还生了个小子，老天爷眼瞎（村人念xie，也是4声）了！

远处的亲戚闻听风信儿，总会来看看，当地人说"瞧"，生病了去看叫瞧，生了孩子也叫瞧。方言说：姑家的儿媳妇生了，啥时候去瞧瞧。来瞧的亲戚大都买了吃的带来，血缘近的还要给孩子扯上一块布或者买一身衣服（主要以关系远近和被瞧者的地位身份为依据），血缘较远，但情分上一定要去的，就带些吃的东西去——以前都用木头升子端了自己的白面，最多再拿些鸡蛋。现在有了方便面，去瞧人时，买上一箱两箱，拿着也体面。

要是去看老人，尤其是生病的，主要是拿鸡蛋、饼干、方便面和牛奶。这些年，乡里的小卖部多了，各种货物也多，方便面大都是本地产的，牛奶什么牌子都有，名牌的要多几块钱。乡里人总是说，钱就是一毛一毛省出来的，花起来格外小心，能省绝对要省——等到人家儿子满月，忙得没顾上去的一定要去的亲戚，到了人家家里，还得说个好听话——“俺家那堆事儿啊，叫人头疼死。早就说来眊眊大人孩子的，总是走不开。”主人家听了，知道是啥意思，赶紧笑脸回答说：恁忙嗳，孩子大人都好，还费那个心来眊啥嗳？

没过多少天，南窑村一个老人死了，儿子儿媳披麻戴孝，头上戴着四角形的白帽子，鞋面缝了白布，全身缟素；女儿也是。孙子们则只是戴一顶四角白帽子，上身穿白衣服。侄儿侄女儿则头上只缠一条白布。老人去世的第二天，穿好衣服，把棺材抬出来，就近找个开阔地方，搭一个灵棚（一般是租来的，上有各种绘像，大都是歌颂老人功绩或者表现极乐情境的），孝子贤孙按次序跪在灵柩前面，放声大哭，或者嘤嘤唧唧。儿媳妇一般不会真哭，但必须要哭出来，不然的话，村人就会耻笑她不孝顺。

不管再不孝顺的儿媳妇，生前曾把公婆打骂得抬不起来头，这时候也都是一脸悲伤，哭声震天，比亲闺女还悲伤。

管事的人大都是本家族的年长者，这些人经历事多，知道该怎么处理。先是找了一帮人，通知亡者在外的闺女和儿孙，再请了阴阳先生，按老人死的时辰，确定下葬的具体时间。还差人到小卖部买了香烟，给每个前来帮忙的人发一盒。中午吃捞饭

（小米干饭），就咸菜，或者土豆炒白菜。晚上吃面条，白水煮的，没有一点味道。

这些年，大致是生活水平高了，丧事也丰盛起来，要是夏天，帮忙的人必须喝啤酒，冬天则白酒。起灵的时候，几个大汉把棺材绑了，再用长木杆"嘿呦"一声抬起来——有路的放在拖拉机上，没路大家就轮流抬到坟地里。这时候，孝子贤孙们放声大哭，跟着黑色或者红色的棺材，一路走，一路哭号。到坟地，由长子摔掉瓦盆，再填上第一铁锨土——这时候，哭声戛然而止。村人讲究说：这时候要哭，就会把自己也埋进去。

这个讲究很有意思，一方面，有体恤孝子贤孙的人情味；另一方面，也暴露出了人性当中虚伪的部分。大致是从16年前开始，每逢丧事，当晚或者次晚，死者家属总要放一场电影（以前有钱人请戏班子唱几台，以示孝敬。现在仍然还有，但大都被电影代替了）。丧事一过，孝子还得带上吃食，到亲戚家走一趟，这叫"谢孝"，报答亲戚们去参加丧事的深情厚谊。

死的要是年轻人，未婚，不办丧事，趁夜埋葬，而且还不能入祖坟，需要买回一个合适的早夭女性尸骨，方可名正言顺地与家族其他亡者同列；若死者是黄花闺女，则另寻一处，不挖坑，用石头把棺材砌起来，再用水泥浇铸缝隙——因为早夭的男性多（疾病，大多数是在煤矿铁矿事故当中丧生的），为了安全起见吧。近些年来，早夭女性尸骨大受欢迎，价格从几百元飙升到一万多块钱。有的实在买不到，偶尔遇到合适的，打听实了，还会趁夜偷回。

冬天一到，四处可见说媒的人，儿子到找对象年龄的家长凑到一起，说的最多的是去哪儿给儿子说个媳妇，心里把附近村庄所有适龄闺女盘算一遍，认为有可能的，不管有人说没人说，总要去“探探口”，要是女方大人有意思，就找了合适的媒人，以最快的速度“下手”，生怕一闪眼就被别人家抢跑了。闺女们一般自己不做主，全凭大人拿主意，说好就好，说不好就不好。

只有少数闺女有自己的主意，嫁谁不嫁谁心里有谱儿，也有耐不住大人威逼利诱的，心里再不情愿，也得顺着父母意思。讲好了财礼钱(二十世纪八十年初为几千元，九十年代3万元，现在最高要到10万元)，双方没啥大的分歧，媒人就带了女婿来，安排两人见上一面。男方家就会拿出两块红枕巾，包了数目不等的钱，递给女方，女方接了，就算订婚了。这是太行山南麓村庄通行的订婚仪式，俗称“递手巾。”

这样一来，别的人家就不再张口了，有时候提起来，也只能说：“人家有主儿了。”觉得不错的会叹息一声，后悔自己说得迟了。

附近村庄每年都有庙会，两天前，男方家就送了钱去，随行就市，多少不等；算上蝉房、河浦、水墨头、白塔、渡口的几个庙会，一年下来，少说也得几千元给女方，还不算在早就说好的财礼钱中——这样拖几年，再少也得白给女方上万元。但只要结婚了，成了自家人，这钱就再不用给了。为了省钱，订婚没半年，男方家就差了媒人去对女方大人说：早点把俩孩子的事儿办了吧。

女方家要是不满意，有退婚或者再多要点财礼钱的想法，就会想方设法拖延，男方家着急，只要还能承受，就咬牙给，但也不能不还价，实在讲不下去了，背地骂得热火朝天，但脸上还得挂上笑容。我记得，大表哥结婚时候，总共花了一千多块，那是1978年；1980年，二表哥结婚，花了四千多元；2001年，小姨家的表弟结婚，乱七八糟加起来，花了六万多元，其中，四万元是净给女方家的。

说好了日子，男方家早早布置了新房，买了酒菜，结婚那天，锣鼓铿锵，鞭炮齐鸣，高音喇叭在树上或者房顶上对着山坡乱喊。亲戚们早早就来到了，同村人也早早来了，昔日即使门可罗雀的人家，此时也人头攒动。车早就在那里等着了，头上玻璃上都是红花囍字，小车准备迎接新娘，大车承载娘家人。还有一辆卡车，几个人站在车厢里，一路放炮。到女方家，先吃饭，娘家人故意把闺女所在的房间门插上，男方家人递上钱来，才给开门，允许把新娘接走——以前来回没路，新娘大都乘坐毛驴，近一点的自己走；再后来坐拖拉机、三轮车，现在是小车（从北京吉普、天津夏利、上海桑塔纳到广州本田）。

男方家人山人海，吃了喝了，亲戚们不能白吃，得留下贺礼——舅舅给的最多，其次是姨和姑姑，以前几十块钱后来几百，现在好像是一千元。大人吃饭，孩子们围着新娘转，叫嫂子的闹洞房，最常见的游戏是捉了新娘手脚，提起来，把她屁股往墙上或者其他地方蹾，俗称“打油蹾”。夜里，要放电影，邻村的好友还会来送贺礼。客人散尽，才是新郎新娘时间——第一夜不能插门儿，还得在窗下放一把扫帚（我至今不知道是啥讲究）。有调皮的小叔子会提前钻到床下——第二天出来，四处宣扬新娘新郎做爱的细节和动静。

婚后三天，娘家人来了，再吃喝一顿，把闺女接回家——这里面一个明确的理由是“叫四日（日，方言喜欢读成平舌音，‘意’音）”，就是娘家人，主要是父母、姑姑、姨姨之类的亲戚来到闺女家，吃喝一顿，再把闺女接回去住几天的意思。隐晦的则是：怕初次尝到甜头的两个年轻人不知轻重，索要没有分寸，伤了身体，采取这样一个规矩，把他们分开一段时间。这应当说是石盆村人婚娶的最后一道仪式。

几天之后，新郎再把新娘接回自己家，两个人就真正成为夫妻了。他们也知道，性爱只是其中一部分，再过些日子，如果没啥差错，就要有孩子了——生计问题占据了两个人生活的头等位置。

谁家也没专门堆着钱给儿子结婚，除了家境特好的，大都有借债，作为当事人和受益人，儿子（当然还有儿媳）必须承担——有的儿媳不愿意，和公婆争执甚至吵闹；有的儿媳聪明，知道从男方家给自己父母的财礼钱当中要一部分留在自己手里——乡亲们说：钱是硬通货，一分钱逼死英雄汉，这也算是乡间朴素而残酷的生存经验总结。

还有一个习惯是：婚娶大都在冬天进行，一来食物不易变质，二来相对清闲。但老人过世或者年轻人夭亡，都不是自己可以说了算的——随时都可能发生。

我还在乡村的时候，先后经历了祖父的死、二表哥的自杀、邻村的一些正常和非正常死亡事件；也参与了几场婚娶——往石盆村送了表姐，从花木村迎接了三表嫂，还有村里的几个堂哥堂姐。年幼时，每逢他人婚娶，总是跟着瞎兴奋；稍大一点儿后，也梦想着有一天能像他们一样，用锣鼓和鞭炮，轿车和火红的绸缎，笑脸和内心，迎回一个属于自己的新娘——但十多年过去了，直到我离开的那年，也没有实现这个梦想。

又很多年过去了，村庄还在原来的地方，山川巍峨，草木枯荣——而夜夜狼嚎早已不见，一茬茬的人方言雷同，面孔如一，风俗照旧，脾性不改——在偌大的世界当中，那么大的地方，那么些人，在庞大的世事和时间当中，一点点成长，一点点深陷，无论怎样的姿态，也都不过一个个的瞬间——截至现在，我想，除了我，似乎再也没有人这样隆重说出它们的脾性和姓名，过往和现在了。

一九九二年的村庄史

时间:1992年。村庄。位置:太行山南麓。

十二月的十三个断片

1.草木寥落,小小的地域,风在地面和空中,深夜有人咳嗽,白天的山坡上,从这里到那里,有人的身子石头一样移动。夕阳之下,猪猡哼哼,风中的树梢发出呜呜的响声。夜色像是一张巨大的网,棉花一样柔软,落在村庄当中,连同它的茅厕和鸡圈、田地和院落。

2.张三林的大儿子张虎回来了,从100公里之外的张村煤矿。第二天碰到张三林,脸色很好,走路背着双手,见谁都笑眯眯打招呼。村人说:张虎这次带回一万多块钱,是他家近十年来收入最高的一次。张三林曾任村支书,执政三年有余,至今叫人念念不忘的有三件事情。其一,村里架设市电,张三林一家7口，停止烟火，到大食堂大快朵颐，儿子张虎吃得最多，每顿3碗猪肉炖粉条，外加3只馒头。其二，张三林与外村一个妇女相好，3个月后，那位妇女到村支部找到他，对着其他人的面，冲他要钱。恰张三林手紧，说没有，那位妇女，大叫说：俺不能让你白睡，不给俺就不走！张三林尴尬，搓手在地上打转，中午到女婿家借300元，说买化肥给庄稼追肥。其三，他的儿子张虎是个愣头青，浑身横肉，老子又是村支书，一次看电影，摸了杜莲花的屁股，杜大叫，闹得看电影的都转身看她，老子杜麒麟咽不下这口气，给乡派出所报案说，支书的儿子耍流氓。张三林无奈，多次磋商，给1000元摆平。

3.腊月初六，张福生女儿张巧凤出嫁，除了在外回不来的，全村男女老少87人，分乘2辆大轿车，在鞭炮和锣鼓的护送下，奔赴3里外的牛登台村，放开膀子吃喝一顿，下午返回。张巧凤先前和四海村的朱启明订婚。起初，两天不见，张巧凤就站在东边的山岭上，像个木桩一样，朝四海村的方向看。那时，朱启明买了一台东风牌卡车，到山西拉煤，生意很好。订婚3个月后的一天，不慎撞死一位老人，赔了3万块钱。再来，张巧凤躲着不见，月后退婚。牛登台村属武安县境，张巧凤的新婚丈夫老家在山西，几年前搬来，因为有个养殖场，养了几千只蛋鸡，收益不错，很早就买了1台夏利牌私人轿车，前年，还被县电视台当作致富能手宣传过。

4.农历二十一，学校放假。平时在学校聚集的孩子们活跃起来，马路、山坡、房顶、麦场等处都是他们闹场。其中，张有为的儿子张猛年龄最大，从小学一年级开始，先后3次留级，直到15岁，才勉强到中学读书。这小子读书不行，玩儿很在行，曾以一张嘴巴，说得几个小他几岁的孩子甘愿给他当马骑，任张猛用布绳子拴了脖子，一路奔跑，还咴咴嘶叫。某年暮秋，率领一帮弟兄到山上掏鸟窝，爬到树上，张着嘴巴往树洞里看，冷不防，一条水蛇猛然窜进嘴巴里。最小的孩子是张林富家的张云峰，别看年龄小，尤其喜欢打架，没事时候就跟着张猛，在村子前面的麦地里和李岩村的孩子们对着干，他的投石很准，几次把李岩村的孩子打得头破血流。

5.腊月二十六深夜，睡梦中，忽然一声爆响，村人纷纷起床。听到张武林站在空旷的黑夜，大声叫骂：谁炸了俺的屋檐谁全家死得连一根毫毛都不剩！这两天，村里唯一的光棍张三恰好不在，据说去了十里外的二姐家。

6.开始蒸馒头，做吃食了，村里到处都是香味，干结的面粉在水汽中成为可口饭食。有人买了成桶的花生油，回来炸麻糖，连各家的烟囱和墙缝里都透着扑鼻的香味。孩子们一边吃油条，一边和同伴们追逐嬉闹。

7.几天之后，张三回来了，派出所传讯，双手被铐子铐着，抱着电杆，坚持两昼夜。

8.村路上来往的人逐渐增多，大人孩子一大堆，穿红挂绿，说笑着，来到和离开。第一个：孤寡老人朱二妮的哑巴女儿，带着外孙，还有一些衣物和吃食。老人哼哼唧唧，鼻尖上悬着一滴白色的鼻涕，坐在烧热的炕头上，指挥女儿做饭。第二家：张伟长远在南河县的女儿女婿。因少在田间劳作，皮肤白如薄纸，村里同龄妇女啧啧赞叹。这天中午，张伟长的三个儿子，带着老婆孩子也都聚集在父母家里，一起生火做饭，满屋子吵吵嚷嚷，远听像是吵架。第三个：常年在山西左权做木匠的张丰春，两手空空，高高的个子隐没在自己的家门之后，瞬即关上，过了好一阵子，板门吱呀而开，接着是夫妻两个的吵架声。媳妇声嘶力竭，男人大吼如狮。他们的声音在村庄四周的地沿和山坡的石头上碰撞。第四个：朱昌海嫁到山西左权的妹妹来看他，多少年了，还是一口的河北方言。一起来的孙女舌头打卷，像含了一个小茄子，村人说听不懂，也听不惯。

9.腊月二十七，入暮时分，零星的鞭炮声响了起来，在地面和空中炸响。这时候，大人们不在意空中的火光。大人们在忙着做过年的吃食，有迷信的妇女，不约而同，端着馒头或饺子，跪在灶间，请灶王上天言好事，下界保平安。我母亲和奶奶也是，她们下跪的姿态，虔诚的神情，我曾多次目睹。

10.农历二十八，家家户户打扫房屋，把家具和被褥搬到院子里，用长长的扫把将一年的灰尘和蛛网扫下来。在正墙上贴上新买的年画：那些鱼们、花们和身穿蟒袍、长裙宽袖的人们在墙上静止或者舞蹈。有人扫院子，飞扬的灰尘，硝烟一般，迎风向上。

11.小年夜，村庄灯火，最小限度的辉煌。张丰春家又传出哭闹声。媳妇嫌张丰春给老丈人的年货少了，媳妇埋怨，唠叨多了，张丰春动手打。张丰春的四个兄弟都来了，还有白发苍苍的母亲，指着张丰春的鼻子，又哭又号。这天夜里，张凤君闲置多年的老房子忽然起火。因为离村子较远，直到火光照亮了对面的山坡，村人才惊呼而去。

12.凌晨，鞭炮齐鸣，远近村庄都在不断的爆炸声中，一盏一盏灯火从漆黑中醒来。有人走动，从这家到另外一家，从爷爷、奶奶家转到兄长嫂子家。天光放亮，孩子们还拿着鞭炮，在街道上点燃，呼啸往来。大人们则坐下来，在自己家或者别人家，喝酒聊天，说淡话，一个个和善可亲，笑容可掬。初二，村人都到远处的亲戚家磕头拜年。初五后，年味消淡。最先出门打工的是张四海，一个人，用编织袋装了被褥，上了去山西阳泉的班车。第二批是张流水和他几个侄儿，去了涿州的某一家砖厂；张丰春还是空着双手，沿武安向西，继续到山西左权做木工。孩子们都在忙着寒假作业，少了呼啸打闹，一个个神情严肃，坐在日渐温暖的阳光里，面对一张木桌摇头晃脑。

13.张武林父亲第一个往地里运粪，七十多岁了，挑一百多斤的土粪，冒着热汗，从粪堆到田地，半天6个来回。这时候，野草返青，向阳的田地里，去年留下的瓜秧又举起绿色，韭菜也是，抖掉去年的干枯，一夜之间，就绿茵茵的了。河沟里的坚冰不时破裂。林间聚集的乌鸦不知何时不见，它们同伴留在麦地里的黑色尸体开始腐烂，或者被汹涌的春水冲到地边。各家的公鸡们也活跃了许多，面对成群的母鸡，一只只咯咯乱叫，毫不妥协。羊只们疯了一样，往麦地跑，拦都拦不住。

春天的六个情景

1.元宵节一过，壮年劳力都出门了，向东或向西，留下的都是带孩子的妇女们，也像男人一样，上山下坡，侍弄田地。有干不动的重活儿，有亲戚的找亲戚帮忙，没有亲戚只好找别的男人。张武望媳妇朱桂花找了邻村的光棍胡二毯，帮忙运粪、刨地，还重新垒了去年被大水冲塌的田地。

2.没几天，麦子就长到膝盖了，怎么看怎么心疼。村人开始在麦垄间点种玉米和豆子，人在绿中，蝴蝶乱飞，不少的蜜蜂也开始在周围的花树上，在花朵中嗡嗡嘤嘤。杏花败了，桃花也败了，小小的青色果实缀满枝丫。有好事的孩子，要大人摘了吃，酸得都把嘴巴和眼睛拧在了一起。对面山上的松林依旧青青翠，马路上的车辆呼啸来去，沿着盘山公路，逐渐去远。

3.张武的母亲去世了，癌症，从发病到死亡，不到一个月。伊初肥胖的老人家，只剩下一把骨头。张印的第七个儿子也死了，那几天，正好下了一场透雨，想回来给父母帮忙种地，没想到，家门都没进，在半路上，随着一声巨大的爆炸声，和另外24个人一起丢掉了性命。没隔几天，乡党委书记的大儿子也死了，27岁，癌症。张义霖的老婆怀第三胎了，乡计生办紧追不放，两口子趁夜逃跑，追查几天，不见踪影。半个月后，他们再回来，先前装饰一新的房子门窗荡然无存，一个家具都没有留下。张义霖跑到乡政府，交8000元罚金，拉回自己的家具。

4.四月，干旱。龙王庙里插满了柏香，老远就可以嗅到。河水干涸，巨大的石头晒得皎白。玉米苗儿枯萎了，新点的种子大都没出来。人人都望着天空——高天湛蓝，热风徐徐。秧苗将死，村人只得挑水挽救，一个个，沿着曲折的山路，铁桶和木桶在人的肩膀上，浑水荡漾。两天时间，水井就见底了，池塘也见底了。张福林和张义霖因为一点水打了一架，两个男人，雄狮一样，踏坏一大片新生的玉米苗。张丰春的媳妇和张丰均的媳妇吵起来了，两个女人，在河边，相互揪下对方一把黑色头发，脸上的指痕渗着鲜血，看起来好笑又很可怖。

5.月尾，大雨滂沱，雨水发热。干裂的土地瞬间缝合，就连久不见水的山坡上，也有泉水冒出。人人都笑了，已经没有劳作能力的老人坐在屋檐下，看着一阵紧似一阵的雨水，不时发出叹息。看院子里过往的人和落雨的天空。有些水沿着沟渠流到田地，泡塌了石头砌垒的地沿。河沟里水声哗哗，携带着泥沙和枯草，向着乡政府所在地，猛兽一样。张三发的老房子泡塌了，又是一阵轰响，大雨之中，仍旧可以嗅到浓烈的腐朽味道。张丰均的媳妇带着孩子，没来得及藏干柴，只好重新生起煤火炉，在房檐下架锅做饭。雨过天晴，到处都是软稀稀的，尤其是黄土地，踩一脚就是一腿黄泥。

6.庄稼长得快，野草也长得快，不几天，田角地边就长出了一尺多长的野草和野花。其中，野菊花最美，很小，一蓬有二十几个花朵，味道涩苦。有人拿锄头，或者用手掌，将野草和野花一并铲掉。临近的柿子树阴影庞大，伸展到田地上。柿花小而白，花蕊微黄，蜜蜂纷纷下落。不过几天，花儿枯萎，继而长出青青的，枣般大小的柿子。孩子们放学回来，在夕阳下打闹一番，各自挎了荆篮，在地边和河边刈割猪草。端午节那天，张丰均的媳妇突然和光棍胡二毬吵起来了，一个站在自己的院子里，一个站在马路边。胡二毬说，你和俺睡觉，俺给你干活，咱俩谁也不欠谁的，还给俺要钱，求门都没有！

夏天的几件事情

1.五月末，麦子金黄，到处都是炎热。蝴蝶在麦芒上落下又飞起，麦熟的香味在村庄周围飘荡。村人纷纷磨了镰刀，带上干粮和水壶，一家人泡在麦子中间，将沉甸甸的麦子割断，放倒，一天下来，汗水洋溢，钻进衣服的麦芒扎得人浑身发痒。在外打工的张立军、张武飞、张立民、张立光、张广润、张思和、张相臣、张云妮、张彩云、张花巧等人先后回来了。有了男人，女人和老人们清闲起来，做饭，呵斥孩子，往地里送水和干粮。有的女人也和丈夫一起收割麦子，但不时停下来擦汗，或者躲到阴凉里，边喝水边说话。

2.麦收之后，玉米苗壮，打工的男人又走了。女人的村落，到处都是红色、蓝色或者绿色的身影。7月初，太阳连番照耀，田地再次龟裂，正午的杨树叶子萎得打卷，柳树长在水边，再干旱也比山坡上的树木滋润。7月，相对有点清闲，除了去地里拔拔草、摘些豆子、瓜菜之类的，基本没有什么事情。各家房前屋后的果树果实满缀。不少的孩子们蹲在墙根偷，抓住了还不承认，问得紧了，大哭起来，声震山河。

3.这个月第8天，孤寡老人朱二妮死了，无病无灾。埋葬她时，村人穿过张毅麟和张丰春家的麦地，在长有4棵柏树的老坟地下葬。村前马路上有一辆卡车翻了，掉进几丈深的沟底，司机死了，另外两个乘客奄奄一息。

4.8月，雨水充足，阴雨连绵，把田地和房地基都泡软了。深夜的雨声在叶子和泥土上蹦跳，深夜的婴啼隔窗不闻。河谷里的杨树被大水冲倒，只露出几根叶子寥落的树枝。柿子、核桃、苹果、山楂纷纷掉落。羊只们冒雨吃草，驴子身披大雨不停号叫。

5.张四妮失踪三年的儿子张志军突然回来了，多日不出门，在自己的房间，吃饭都要他妈送。村里一些半大小伙子们没事喜欢找张丰春5岁的儿子张再兴说话，问：李沟村的李二毛是不是每天黑天都去你们家？张再兴说：是呀！那李二毛是不是在炕上跟你娘打架？你娘还哼哼呀呀叫唤是不是？张再兴说：不是的，俺娘不是叫唤，是哼哼。

6.红透了的柿子落下来，噗嗒噗嗒，在青草或者石头上。杨树的叶子有点老了，像是一群笨拙的手掌。核桃也快熟了，满树都是松鼠，有人在自己的核桃树上绑了葛针。孩子们带着锋利的铅笔刀，坐在树上旋核桃吃。后山的板栗也快熟了，毛蓬蓬的，扎手。老茧丰厚的汉子，不怕刺扎，随手捏开一枚，取出其中的栗子，给儿子或者孙子吃。野葡萄也熟了，虽然又小又酸，但孩子们喜欢吃。

7. 张四海的女儿张凤莲跟着外地一个江湖医生跑了，听口音像是河南的，有说是陕西的。张全福扛着鸟枪打兔子，从山崖掉下来，等人发现早断气了。他尸体的旁边，有一处尿印。

8.会算命的张北望迎来好几拨客人，有邻村的，也有远地的，有政府的，也有做生意的。有天晚上开村民会，队长和会计吵架，27个人赞同队长，29个人站在会计一边——多出的两个，一个是他媳妇，一个是他爹。

秋天的村庄

1.收核桃。村人挑了扁担，带了长杆，到后山，找到自己家的树。男人爬树，女人在地上捡，不大的孩子站在一边的空地上，仰着脑袋看。白露了，核桃也打完了，都放在河水里，去皮，再用药水洗。

2.田地里的玉米、谷子、大豆、高粱也都秸秆干枯，在风中，飒飒的，似乎谁在搓洗粗布衣裳。村人大都整家出动，收拾了这一片地，再收拾那一片地。然后刨掉玉米茬子，秸秆还田,撒了化肥,把田地翻了,种上麦子。张丰春媳妇一个人忙不过来,叫来娘家哥帮忙,一共3天,但没有人说闲话。

3.摘柿子。柿子这东西比较娇贵。树下都是石头,需要铺上破被褥和苇席接着。捡回来,放在屋顶上,好的用旋刀旋成柿牛,坏了的做成柿饼。不几天,青青的柿子就变成了红色,再几天,长出一层洁白的霜,很甜。板栗相对好打,落在地上,用木头做的镊子一夹,放在荆条篮子里,回来褪皮,晾干就可以出售了。

4.打板栗期间,张四海从板栗树上跌了下来,屁股蹲在一块石头上,尾椎骨裂开一条缝。张义霖的妹妹张素华考上了河北大学英语系,张武林的妹妹也考上了邢台师专。张浩参、张浩飞、张四虎的儿子或者女儿名落孙山。

5.秋风一起,大地空落。田地里面的事情告一段落了,村人闲了,妇女们脸色黝黑,一个月没见面的孩子忽地长高了。张五森着手为大儿子张良伟找媳妇,先请媒人说邻村李双竹的大女儿李赛花,不成。后来说村支书的女儿白先凤,不成。再说张庄村朱友良的女儿朱军花,不成。张良骏的女儿与上庄村村支书的儿子张建林订了婚。张林甫的二儿子张虎军喜欢邻村支书的女儿,一连写了一百多封求爱信,托同学张庆贺送给人家。几天后,收到回信,打开还是自己的,不过,后面多了一行字:从此我们不认识。

6.清晨的白霜像盐和白糖一样,落在背坡上。原先青翠的瓜秧枯萎了,有的变黑,有的变黄。山坡的酸枣树也落尽了叶子,几颗鲜艳的红枣悬挂树杈。满山遍野的紫荆也落尽了叶子,有人提了镰刀,割些爽直的荆条回来,坐在阳光下面编花篓子,一个可卖5元钱,要是手脚麻利,一天可编2到5只。

7.初冬。真的冷了,到处都在上冻。早晨的河水一边结着一层白白的薄冰。麦地的冬水已经浇过,但麦苗停止了生长,刀刃般的小叶子浮在土地表面,像是委屈的孩子。11月中旬,天气又暖和起来,阳光像春天的。有人出门去了,做木匠,或者拉大锯,做生意。第一次下雪时,有一种久别再来的新鲜感。大雪飘飘,到处都是人和动物走过的痕迹,对面的松林也是白色的,少数裸露的绿叶,看起来很黑。傍晚的炊烟像是雪地的皱纹,从各家的烟囱蹿出,被风吹斜,又在风中消失。

8. 到砖厂打工的人陆续回来了, 带回数量不等的钱;在煤矿上班的至少还要一个月才能回来。张五森儿子张良伟终于找到了媳妇,听说是上盆村的,姑娘姓赵。

9.张福林家盖房子,叫了好多人帮忙,他家在东边的山岭上,像一座碉堡。冬月二十四:张永光“元气大伤”,儿子张合林与东沟村的蔡桂英结婚,给女方定金5000元,彩礼(含衣物家具首饰等)28000元,宴请宾客、租用车辆等4600元。

10.光棍张三在外村遭到毒打,原因是半夜敲李沟村杜齐鸣老婆的窗户,被突然赶回的杜齐鸣逮个正着,暴打一顿,扔到马路上。

11.村干部挨家挨户收取农业税、特产税等;张武林家三个亲弟兄因为巴掌大的一片地大打一场。张福良在市政府上班的儿子一年内回家3次：分别乘坐桑塔纳、三菱越野和奥迪。

12.剩下的事情，微小的事情，小到生活里，有点不值一提——又一场大雪之后，阳光还很温暖，不到晌午，阳坡上的积雪就消失不见了，留下一片黑黑的湿地；村边的槐树林里落着不少乌鸦，还有总也飞不高的麻雀。

自然村列记

砾岩

南岔在石盆南边的山沟里面，一道不宽的河谷左面，是一些从高处低下来的山峦，山坡上长满了杨槐树——大致是在公社时期，由群众集体栽种，几十年过去了，现在已蔚然成林；树间夹杂着不少紫荆、榆树和杨树灌木。我小的时候，这里常有狼群出没；天还没黑，狼嚎声就此起彼伏，声声不歇了。有人说：石盆村的一个孩子回家晚了，在路边遇到一匹狼，还以为是狗，走过去看，狼一伸舌头，就把他半张脸舔了下来。

唯一的一条公路是"文革"前修建的，桥的两侧还用水泥贴着"大海航行靠舵手"、"中国共产党万岁"等字样，虽然颜色剥落，但依旧清晰。两头的石头桥墩上，也写着"备战备荒为人民"、"深挖洞，广积粮"和"打倒美帝国主义野心狼"等标语。从一生下来，我就从这里来回行走了，开始是由母亲或者父亲抱着，后来是跟着他们，再后来是自己走。那时候，石盆都通上了市电，一个个骄傲得像只刚从母鸡背上下来的公鸡，见到我们这些“山里的”，连牙缝里都洋溢着一股瞧不起。

石盆村一些人家闺女找婆家，一听说是山里的，第一句话就是：那地方连电都没有，吃饭都吃到鼻子里去了，俺不！事实上，石盆村通上电也才不几年的事儿。人确实是随着环境变的，没过几年，我们也告别了晃晃悠悠、阴影幢幢的煤油灯，被新架的电线杆带到了现代化的世界当中。接通市电前后，南岔村发生了两件事情。一个闺女看上了电力局一个来帮忙架电线的小伙子，走到哪儿跟到哪儿，偶尔也会在树林里情不自禁地抱抱亲亲。可通电了，人却不见了，那闺女坐在桥头哭得天昏地暗，连天空都忍不住下起了大雨。

另外一件事是，乡里发现了储量较为丰厚的铁矿，开办了选矿厂。村里几个小伙子去当工人，一天干十几个小时，连轴转，累得够呛。有一天骑着自行车向选矿厂走，大伙儿一商量，到一边山坡上平撇了根大树枝，站在高处，往低处的高压电线上一扔，一时间，火花乱冒，手指粗的电线断了不说，还把设在石盆的总闸给烧掉了。人倒是轻松了两天，到第三天，派出所的人来，几个小伙子被明亮的手铐铐走了——按照他们自己的话说，他娘的，就算老子住了半年的免费旅馆，白吃了半年公家饭。

一路都是上坡，河沟右侧，是石盆村的田地，最顶上是鸡冠寨，下面是苹果园，除了山坡，就是田地，有石盆的，也有南岔的。沿着平涉（平山到涉县）公路再行五里地，第一个到达的是南岔的砾岩村。村里人大都姓张，至于他们从哪里迁徙来的，我没有打听过。

与其他村子相比较，砾岩村一个显著的特点是：出了不少痴呆者(智障)，而且集中在公路下面的几家。其中一家，一口气生了三个痴呆孩子，两男一女。我小的时候，老是不敢从他家门前路过，那个女性痴呆者总是坐在门前的石头上，披着一头长满黑泥的头发，张着眼睛，恶狠狠看人。有一次，我正要路过的时候，她忽然扑了过来，我急忙一跑，只听得砰的一声。回头一看，她的脑袋撞在了对面的石墙上。

后来，她出嫁了，婆家在很远的地方。她男人很聪明，长得白白净净，说话还很文气。两年后，她生了一个男孩，和正常人没啥区别。另外两家，也各有两个患轻度痴呆症的男孩子，都要比我大很多岁。其中一家还有一个健全的女儿，长得虽然不算好，但嫁了一个当了好多年乡干部的汉们。

到二十多岁，姐夫出面，给他找了一门相对的亲事。

新婚第二天，有人问他说，咋样啊？他嘿嘿笑笑，抬起袖子摸了一把口水和鼻涕说，妈的，俺还没想到，干那事还挺使得慌(累)啊，半夜饿了，起来煮了两包方便面。又有人问他：一晚上能整几回？他也老实回答说：第一天晚上整了十二回，后来少了，得劲儿(舒服)是得劲儿，可妈的就是使得慌。没过几年，老婆给他生养了三个姑娘和一个儿子。

另外一个轻度痴呆者没他那福分儿，三十好几了还光棍一条，正好又住在一个院子里。虽说脑袋不灵便，但天性中的本能却还没有泯灭。久而久之，就跟他的半痴呆老婆——王八看绿豆,对上了眼儿。有一次,两个人正在热火朝天,他突然回来了。推门看到,也知道这是男人不能容忍的事儿,当即大发雷霆,抓住裤子都没来得及穿的老婆和野汉子暴打一顿——还是气得没办法,抓了一把剪子,拉开架势,要把野汉子的命根儿剪下来喂狗。

男女的事儿,古人说是干柴烈火,洪水猛兽,一发不可收。丈夫的突然出现,不但没浇灭烈火,而且还火上加油。消停了一段时间,两个人瞅了机会,又粘合到一起了。丈夫再次发现,竟然没发火,平心静气坐下来,三个人达成了一项协议:野汉子每来一次,妻子须向他交上五元以上现金,等价物品也行。

无独有偶的是,在砾岩村,不仅痴呆者讨不到闺女做老婆,就连那些极其正常的汉们,也有不少终身打光棍。大致数数,总共有十几个之多——大都是家境问题——按照乡里话说:闺女们的眼睛都是往上看的,谁家门槛高身子往哪儿斜。张三家姊妹弟兄四个,大哥大姐结婚很早,只剩下他和二哥,躺在老屋的土炕上,弟兄俩,俩光棍,夜夜烙肉饼。有一年冬天,下了一场大雪,白茫茫一大片后,二哥晚上就很少和他一起睡了。不过半个月,就从村人嘴里听说,二哥和本村一个堂嫂子好上了——堂哥在煤矿下井,一年里回不来几次。再后来,张三又听说,二哥又和堂嫂的妹妹好上了。这事儿在村里很新鲜,几百年不遇一次,长舌妇们挤在一起,红口白牙,交头接耳,说得舌头都起了桃红色的水泡,还是不肯闭嘴。

没过多久,二哥就和堂嫂的妹妹结婚了,锣鼓鞭炮,喜笑颜开，婚礼虽然简单，但也很热闹，亲戚朋友一大群，吃喝了一顿，两个人就顺理成章地睡在了一起。张三心里觉得不公平，老二是人我也是人，他能的我也能。恰好这个堂嫂还有一个三妹妹。每天吃了晚饭，嘴巴一抹，趁着徐徐降落的夜幕，踩着硬硬的石板路，晃到堂嫂家。一开始肯定不怎么顺利，没多长时间，从张三的脸色判断，一定情况发生了质的转变。

可张三没他二哥幸运，次年冬天，堂嫂的三妹妹出嫁了，也是锣鼓鞭炮，热闹翻天。人家三妹妹头顶红绸布，鬓插两枚红布花，脚踩红皮鞋，乘坐一辆头上挂着大红绸缎、贴着大红喜字的汽车，从他门前经过，进了别人的门槛。

这大概就是命了，张三认了。但仍和堂嫂好，每年出去打工回来，多少都能挣些钱，除了自己已经花掉的，大致都落在了堂嫂腰包——对此，村人没怎么议论——再长的闲话也有到头的时候，不是遗忘，而是没有说的必要了。如此过了两年，又一年冬天，腊月，大雪虽然纷纷，但也没挡住渐渐浓郁的春节气氛，孩子们燃着柏香和木棍，蹲在院子里、马路上放炮，噼噼啪啪的声音炸得河谷回响，山峰沉默，大雪纷纷，日子明亮。大年三十黄昏，张三堂嫂家废弃的老房子忽然起火了，火势熊熊，照亮村庄，如席大雪和瓢泼大水也都无能为力。堂嫂号啕大哭，堂兄咬牙清点后，扯着嗓子说：总共损失了咱他娘的三根丈三长的大梁，还有几千斤用来喂猪的麸糠！

垴顶山

每天早上起来,砾岩的人都要习惯性地往南边的山坡上看看,一看太阳升到哪儿了,二是看看垴顶山的人在干啥。两村人遇到一起,熟悉的难免会开玩笑,斗斗嘴。大多时候,砾岩人也会像石盆人一样,嘲笑说:恁都住在那个背坡上,别说太阳照不到屁股,就是脸也像水库里的王八,整年不见一道光。垴顶山人听了,脖子红,眼睛发紫,鼻孔里的粗气能吹着火。忍不住也埋汰砾岩人一句:看恁都晒得像驴球似的,连屁股都红罡罡的,哪儿还像个人哩?!

垴顶山在砾岩对面上方的山梁上,因为是背坡,到中午以后,阳光才照上去,最多三个钟头,就又沉浸在巨大的日光阴面了。不多的简单民居也还是一些石头房子,青色或者红色,矗立在山间林间,古朴幽静,但田地都在下面,无论干啥都得背背肩扛担子挑。很多闺女也不愿往垴顶山找婆家,都嫌地势高,生活不方便。

在南岔八个小村庄当中,垴顶与众不同的地方有两点:一是日本鬼子骑着高头大马出现的时候，堖顶山首当其冲，当人们看到，刺刀已经架在脖子上了；另一个是村里早年有一个当兵的，后来在部队当了连长。以前，村里人老是欺负人家娘，组织上派了人来，专门召开大会，对那些无故欺负人的村人进行了严厉警告。此后，村人恶性收敛，这一事件，也被附近村人口碑相传到今天。

日本鬼子人人怕，其他的村人看到，早就跑到山洞躲起来了，偏有一个上了年纪，耳朵又聋的人死活不肯走。还大声对儿子说：那鬼子也是人，他还能把恁爹我的咬掉不成！等鬼子冲进村庄，把他拖出来，用不怎么流利的汉语问说：八路地，窑洞（存放着八路军的粮食、弹药和布匹）的，在哪里？老人耳聋听不清楚，反问说：洋桶（铁皮做的桶）？没有！小日本又问，老人还反问“洋桶”。鬼子急了，抽出三尺长的马刀，喊了一声“八嘎”，就把他的脑袋砍了下来。

趴在山上的人看到了，鲜血喷起老高，身子像个木桩，倒在地上，手脚还动弹了一下。但没有人敢出来报仇，包括他的儿子们，等到鬼子走后，才哭喊着回家，把头捡起来，擦掉尘土，放在脖子上，哭号着埋到自己祖坟。再后来是石友三的部队从堖顶山经过，据爷爷说，那部队就像一群老公鸡，当兵的一个个无精打采，耷拉着脑袋，脚跟儿贴着地面走。至于那个在部队当了连长的人，大致是中华人民共和国成立前参加了八路军，到现在也没回来过。

等我长大，堖顶山还在那里，阳光晒不着，每每从下面的马路上过，总要举着脑袋看一下，几座房屋像是巨大的磐石，被数棵梧桐、杨树或者槐树包围着，安静得不发一声。倒是常有新鲜事情发生，大都是男女间的。其中一件耐人寻味：砾岩村的一个妇女，生养了三个闺女，又堕了几次胎，就是不见儿子。垴顶山村正好有一个光棍，人很白净，也很聪明——妇女随即深夜前往，公然寻欢，连续数月，直到怀孕——十个月后，果真生下了一个儿子。

长到18岁，我只去过垴顶山两次，一次是捉蝎子从背后山上绕到那里的，没进村就从一边山坡上回家了；还有一次是同学的哥哥结婚，我和同村的几个伙伴去送贺礼，晚上又到那里吃喝了一顿，然后大呼小叫跑回来。有一年回到家里，母亲说了一件我与垴顶山有关的事儿——她说，家里还请媒人给我说过（提亲）那位同学的妹妹。

这件事我全然不知，同学的妹妹比我小不了几岁，前些年，还记得大致的模样，现在一点印象没有了。有一年妻子（那时未婚）一个人回到老家，说是垴顶山有个个子只有一米四左右的娘儿们（村里已婚妇女的俗称）总是到家里找她玩，好像也有智障，只要一吓唬，就像兔子一样，沿着山路跑远了——这个人我从来没见过，也想象不出到底是个啥模样，更不知道是谁家的媳妇。

有一次回家，在路上遇到一个半痴呆的汉们，嘴里嘟嘟囔囔不停，走到哪儿说到哪儿，也不知道说的啥——我从来没见过，问母亲，才知道他也是垴顶山的，神经有点儿不正常。这些年来，垴顶山人也大致认识到了高居山阴的不好，很多人家都在对面的阳坡修建了新房子，搬了下来。但还是有人在上面住，大都是一些老人，天天冒出些孤单的青烟，像是飞天的青蛇，从山坡升到山顶，再升到空中，直到消失不见。

羯羊圈

从我们家后面，爬上一道山坡，再翻过去，下了山岭，迎面是一道阴森森的小山沟。一座矮小的石头庙中，一尊泥塑神胎样子怪异，不知道供奉的是哪路神仙。每次路过，我都不敢往里看。旁边还有一个坟地，孤零零的，不知埋着谁。再旁边的一棵柿子树上，据说有一个人上吊死了。尤其是傍晚和夏天正午，一定要路过，我就绕道走。上到草冈上，忍不住回头看一下，总觉得有一股说不清楚的气息，巨大的黑色线团一样，在低低的山凹里缠绕和飘荡。

这里有我们村的旱地，后来栽了些苹果树。没有几年，苹果树就被虫子们一棵棵地害死了。只好锯掉，拿回去烧柴做饭。下面也有一些旱地，大都是羯羊圈村的——好像没有几户人家，而且大都不认识，我小的时候，有一户人家栽种了杏子树——个子很大，成熟后呈金黄色，吃起来特别甜。我和弟弟去偷过几次，趁着傍晚，从另外一面陡峭的山坡上绕过去，先趴在山顶上看有没有人看，然后一个人放哨，一个人上树去摘。每次都满载而归。

有一次被人发现了，我急忙从树上爬下来，拉了弟弟，沿着侧面的山坡跑到另一道山沟里，躲在一大片材树林子里。这里是羯羊圈的外围，很偏僻，小时候，我帮着父亲放羊，曾经来过，因为距离村庄远，很少有人来。我没有想到的是，很多年后，村里的一个堂伯死后埋在了这里，开始我不知道。再后来，他的一个儿子也出事故死了，我帮忙埋他，才发现这里已经是坟地了。

羯羊圈虽然没有垴顶山地势高，但也在背阴当中。十多户人家围着一道浅浅的水沟，数十座石头房子错在一起，街道很窄，而且很陡，背后有少量的田地。村下是一座石头砌起的羊圈。每次路过的时候，我都想，这羯羊圈的名字从哪里来的，先前真的是羯羊圈吗？有一次问别人，他也说，以前可能就是圈羯羊（公羊）的地方，还没说完，就呵呵大笑起来，神情极不周正。

据爷爷说，羯羊圈村以前不在这——在后面的山沟里，两边都是高大的山坡，只有一条小路进出。那里我也去过，至今还有一些房屋倒塌的痕迹，周边长着好多庞大的核桃树，一边的山坡上藤蔓众多，夏天时绿叶扶疏，匍匐向上，很是好看。至于羯羊圈人为什么搬出来，大致有两个原因：一个是当时抗战胜利了，再不用躲日本鬼子；另外一个是因为前面修了公路，出门做事都方便些。

但还有一个问题限制了他们，建村之初，田地都切在了附近。农民是靠土地生活，没了地就没了命。在这种情况下，人只好顺从于地，纷纷把房子建在了地边。再后来，有一部分人把房子建在了对面的阳坡上，那里阳光充足，除了紫荆灌木和茅草，就是材树了。还有几家搬在离村较远的另一道山沟，背靠面对石盆村的鸡冠寨山。一侧的山坡上也栽种了不少苹果树，因为远，很少有人专门去偷。

我十多岁的时候，听说一个人得了胃穿孔——老师也拿这个病例教育我们，不要老是咬铅笔头。这个人就是羯羊圈村的，死时不到四十岁。嫂子后来嫁给了小叔子，这在当时，也算新鲜事，主要是考虑到羯羊圈人找老婆不容易，弟弟娶嫂子也合情合理。但没过多久，弟弟得了一种怪病，几个月后也离开了人世。

等我再去的时候，已经是2003年了，几十年过去了，羯羊圈还是原先的样子。只是，少了好多人，也有一些人陌生了。其中一个最为熟悉的，早年在新疆当兵期间，家里给他找了一个对象。可能是有点兴奋，四年回来三次，村人都说，这样的兵肯定不是好兵。女方家不愿意了，准备退婚。这小子得到消息后，立马跑了回来，到女方家大闹一场，不知又要了什么花招，把未婚妻弄得心服口服，家里再反对也要跟他过一辈子。

我去，是想买些土鸡蛋回来给不到一岁的儿子吃。一个人沿着曲折的、茅草丛生、灌木横斜的小路走到羯羊圈村。先是询问了一个家住在村下的老太太：她几乎认不出我了，连声问我是哪儿的，是谁家的小子。我笑笑，转到另外一家，是一个三十多岁的妇女，她看了我好半天，不大的眼睛里面满是疑惑。我又笑了笑，转到河沟上面的一户人家，找到了土鸡蛋——称完斤两，付了钱，那个妇女又问我是哪儿的，谁家的小子，我说我认识你，然后说了她和她丈夫的名字。她夸张地哦了一声，原来是你啊，杨家庄子杨恩富的大儿子。

正要离开的时候，侧面屋里走出来一个怀孕的妇女，二十来岁，脸上挂满了妊娠癍，眼睛很大，模样俊美。先前的老年妇女说，这是她大儿媳妇，娘家在石盆南窑。我惊诧了一下，忽然想起，十多年前，石盆人是不愿意嫁到山里来的，况且是至今偏僻的羯羊圈村。那时候，我也喜欢石盆村的一个女同学，暗恋了好多年，表白了1000次，她也没嫁给我，就连一句抱歉和安慰的话都没说过。

杨家庄子

杨家庄子人都姓杨——杨天啸、杨怀玉(村庄最早的两位先祖名字)、杨元祥(爷爷)、杨恩富(父亲)、杨献平(我)、杨锐东(我儿子)的杨,也是杨广(隋炀帝)的杨,还有杨修(三国名士)、杨涟(明朝官宦)和在太行山击毙日军"名将之花"阿布规秀的八路军名将杨成武将军的杨——源自周朝姬姓,也算是名门望族之后吧,但村人不知道这些,只是说自己是山西杨继业,北宋名将的后代。但又没有家谱可以佐证,只是自家人闲下来的时候说说而已。

我们这脉杨姓人家,不仅三百年前是一家,还是三个同胞兄弟的后代。据老辈人说,想当年三个从山西来的兄弟,走得累了,看这里土质肥沃,青草茂盛,树木成林,遂决定就在这里安家立命。以原始的体力和铁具,盖起了房屋,砌了田地。我至今不明白的是:他们的媳妇从哪里来?是附近村庄的吗?还是在山西的原配? 所有这些,没有流传,也没有记载。

大概是太微小或者卑微的缘故吧——流传的都是达官贵族,诗人骚客,流氓草寇,平头百姓谁予记载?这是悲哀的,也是无奈的。我小的时候,村庄也很小,挤在一面山坳里,简单的石头房子堆在一起,中间是一条铺着青石或者红石的小道,一溜儿上坡,也一溜儿下坡。最顶上是旱地,一色的黄土,天旱了,庄稼籽粒瘪得可以当镜子用;天不旱,打的粮食还比下面的水地多。最下面的一块田里是杨复生爷爷家的坟地,埋着的那个人我至今还有点印象。

死者的辈分很高,比我爷爷还要高两层,活了八十多岁。他死后,下葬当夜有奇怪的事情发生——天刚擦黑,一盏红色的灯笼从那里出来,在村子上面的材树林里晃悠。开始,村人还以为是谁打着灯笼在那里捡柴火,民兵连长是个二杆子,拿出步枪(那时候还有枪?我不明白)冲天开了一枪,那灯笼似乎受到了惊扰,电闪一般,在林子里飞奔了一圈儿,然后消失在坟地里。

这有点像《聊斋》,但村里人说得绘声绘色,异口同声,不由得人不信。再后来,我长大后,晚上和爷爷睡在一起,他总是说些村子里的旧事,其中就有我们的这位老、老、老、爷——年轻的时候,当了队长,大饥荒时期,村里一个比他小好几辈的妇女家孩子多,一个个饿得跟黄鼠狼似的。有一天晚上这妇女背了袋子去偷生产队的玉米,被队长捉住了,要开群众大会批斗她挖社会主义墙角的罪行。这位妇女急中生智,转身对队长说,你要放俺一回,俺啥都给你。队长犹豫了一下,没答应。这位妇女很会观人颜色行事,一声没吭,脱了裤子,往草地上一躺,叉开两腿，闭上了眼睛。

这事情不久就传开了，村人觉得新鲜，那么大的辈分和一个小自己两辈的妇女发生关系，到底是个不光彩的事情——队长后来死了，这位妇女的汉们也死了，村人也觉得蹊跷，就说这娘儿们天生克夫的命。没过几年，又和邻村的一个光棍好上了，但没有出嫁，有时候到外村住，有时候回来住。到包产到户时期，两边村里都有地，村人就夸她有本事。等我长到16岁，有一次中午去她家，莽撞进门，却看到她躺在炕上，那个光棍趴在一边，先用嘴嚼了饼干，再掏出来用手指喂给她。

那时候，她已经七十多岁了。没几年，那光棍也死了，患病期间，她去伺候了几天，每夜回来都不空手，不是扛着小包面粉，就是和孙子儿子一起拿着各种值钱的家什。光棍死后，抱养的儿子一分钱遗产没得到，存了5000块钱还被她哄走了。去年回家见到她——快一百岁的人了，身体还很好，走路不用人搀扶，脑袋无比清晰，还像以前那样精明。

我们家住在村子下方，与对面另一户人家的房屋两两相对，院子里有一棵巨大的梧桐树，小的时候，有几次，我拿小刀划了好几下。长大后，刀疤越来越大，也越来越深——这叫我惊诧，没想到一个小小的创口竟然让它携带和痛苦了一生。弟弟三岁的时候，有照相的人来，母亲让我和弟弟以邻居的房屋和梧桐树为背景，合照了一张相片。上次回家发现，带回来扫描，存在电脑硬盘里了。

院子西面是几个人合盖的一座石头楼房，很高，但很破旧。

先前，住着爷爷的亲侄儿，他家闺女四个，儿子一个，仗着人多势众，老是欺负我母亲。父亲木讷老实，见到他们家人骂我娘，就躲了出去。有一次，他的二闺女拿着一只粗瓷大碗，猛然朝母亲头上扔来，母亲看到了，用手一挡，殷红的鲜血溪水一样留下——我吓哭了，拉着娘赶紧回家。

再下面，住着一个堂叔，但不是杨家亲生的，那些年，媳妇老是给公婆闹，谁也不理谁，直到老两口死，养子和儿媳也没有披麻戴孝，或者到屋里看看。村子的最上面，是一片材树林，不多的茅草之间，裸露着红色的岩石。总是有一些鸟儿在那里飞，鸣声好像孩子笑。树林下方，住着两户人家，其中一家，生养了八个儿子，两个女儿，幼时，老四上房顶拿柿子吃，不慎蹬下一块石头，正好砸在老五头上。家人大都信仰佛教，家里的香案青烟缭绕，条幅飘飘，佛龛下面常有新鲜供品。另外一家信仰黄教，时常半夜起身，在地上跪到天亮。也因此学到了一些阴阳法术，风水算命的本事。

我也找他们算过几次，好像不大准确，近些年来，不少远处的人，开车或者步行来到这里，带着烟酒，请他们捉捏前途、把握命运。其中，有商人，也有政府公务员，还有一些新发迹者和平头百姓。最近几年回家，爷爷那代人几乎都不在人世了，但老坟地也没有丰满起来——大家都重新勘了坟穴，将先人就葬各处，希望以此保佑后世子孙荣华富贵，人丁兴旺。

再后来，从我们家开始，村人大都把房子建在了村外，东一家西一家，坐落在村前的各个山沟里。家里的房子如今已经老旧了，母亲总是说该翻修了，我也想。有几次回到家里，晚上，躺在黑暗里，感觉像是又回到了从前——这样的晚上，睡在爷爷身边，他总是要给我讲一些故事。至今还有印象的是：他在给生产队看庄稼的夜里，总是要拉一会儿二胡再躺下睡觉，山上的麝闻声，就一点点向人靠近，听到最后，就在人的身边，猫一样睡着了。

奶头山

奶头山村堆在巨大的河沟一边，背后是深深的峡谷，尽头突起两峰，其中一座叫茶壶山，一座叫奶头山，村庄因此得名。传说山上有仙茶，还有一窟石桌、石炕、石墩等一应俱全的石洞（十多岁时候，我亲自看到过），明朝的道教名人张三丰在这里住过几年。村里没几户人家，大都和相距一里地的西沟村人一起姓刘，只有一家姓白。这在大都一个族姓聚居一村的南岔村，算是个例外。一个人打官司告状，再平常不过，可是告国营企业，这在石盆村以上，至少是个顶稀罕的事儿，算得上百年不遇。打官司的不是本地人，据说是小时候从河南滑县逃荒来的，正好有一家人没儿子，就留了下来。

改姓刘，这只是一个说法，要想长久留住，老婆孩子是最好的绊脚石和拴心桩。等到婚娶年龄，老两口紧锣密鼓，在附近村里给他娶了一个媳妇，不几年，就有了三个孙子。倒是再不用害怕他跑了，但新的问题出现了，这小子根本不喜欢养父养母，闹到最后，跟仇人一样。几年后，养父死了，养母实在咽不下整天被儿子儿媳白眼训斥的气，一个人又跑回了以前的旧居。离村很远，在奶头山的半山腰，野狼成群不说，野猪也十分嚣张。老人便用粗大的木头把门窗都封了起来。夜里，即使狼眼绿幽幽地在窗户上冒火，也不用担心被吃掉。

日子一天一天，不依不饶，老人一天比一天老。有一天，请了一个木匠到家里，做了一口黑皮棺材，放在屋地上，有人去了就说，哪天自己不行了，往里一躺就啥事都没了——房子做坟墓，啥都是自己的。到上个世纪80年代末，忽然听到，这老人被送到了养老院——她以前的丈夫曾是八路军战士，这下，村人才觉得这老妇人有福气。可不到一年，反馈来的消息说，这老妇人在养老院不安生，老犯作风问题。

大队干部找养子说，该去看看她的。养子就是不去，说，俺早就和她恩断义绝了，不看，不看，打死也不去看！村干部无奈，只好作罢。大概又过了几年，传来消息说，老妇人死了——人死如灯灭，一了百了。养子也没说什么，回头把老妇人留下的李子树、苹果树看管起来，每年还能卖些零花钱，又请人帮忙拆了老妇人的房子，把有用的木头和家什搬回自己家。

不知怎么着，他和林场打起了官司，据说因为一面山坡。林场说那是林场的，他说是他的，官司打了几年，也没有结果。但他毫不气馁，判输了接着再告——打了十几年，好像没赢过。听人说，为打官司，他几乎花掉了所有积蓄，还欠了好几万块钱外债——听说了这件事情后，我立马想起了电影《秋菊打官司》，感觉这个人很顽强，也很悲壮。

村里还有一个医生，我小的时候，他就开门诊部了，在小学校一边。有一次我得了带状疱疹，疼得满地打滚，一天晚上，一口气吃了11片去痛片。

第二天随着母亲到他那里，说了这件事，他说，你小子命大，吃了那么多去痛片还活着。接着，他又给我开了一些药，都是消炎的。吃了两天，还是疼，疱疹就要合拢了，母亲带着我到石盆去看，一个熟悉的老医生说，这是带状疱疹，咱这儿叫"蛇缠腰"，两边一合拢，人就没（命）了。母亲听了，吓出一身冷汗。他开了一个药方，主要成分是硫磺、蜈蚣、碘酒，并交代母亲说，要逆着涂在疱疹上才有效。

李家庄

家里有两个如花似玉的闺女，这在乡村，是足够骄傲的。这户人家姓李，父亲在一个煤矿当工人，上个世纪80年代，顺应潮流，把老婆孩子都办成了城市户口。开始几年，大家羡慕得眼睛冒血——吃到了商品粮，国家还给孩子安排工作——这在乡村，简直是了不得的好时光。眼看着，大闺女出落成一朵鲜花了，说媒的人前赴后继，踏破了门槛不说，凳子都坐坏了好几把。两口子为了堵住那些不知天高地厚前来说媒的人，定出两条规矩：1.非城镇户口不嫁；2.非吃商品粮的请勿登门。

这样一来，说媒的少了很多，那些在家务农的子弟，只好咽了唾沫，闭了嘴巴。没过多久，一个刚刚大学毕业，在乡里中学当了教师的小伙子跟随父母和媒人来到她家，先是说了一顿淡话，笑了一阵后，男方媒人拿了两块儿红色的枕巾，包了1000块钱，恭恭敬敬放在了女方爹娘手上，完成递手巾的订婚仪式。

没过几年，二闺女也出落成一朵出水芙蓉——她比我大一届，也算是同学，每次从她门前路过，忍不住都要看看，但也只是看，即使有爱慕之心，也得憋在心里，就那两条“规矩”，足够我这个祖宗八代都是农民的小子自惭形秽了。

那时候，她才17岁，可也订婚了，男方也是一个煤矿工人的儿子，家境算是不错。有几次，我看到她的未婚夫站在她家的院子里，与正在开放的鸡冠花形成鲜明对比。20岁那年，她结婚，我也离开了乡村。第二年回家，却听说她离婚了。有人说，她在婆家总是耍小姐脾气，和公婆闹得很僵，动不动就跑回娘家，丈夫不来说好话就不回。这是乡间妇女的惯用绝招，也是夫妻斗争的策略之一，刚结婚的女孩子经常用，屡试不爽。到第三次，她回娘家好多天了，丈夫还迟迟不见人影儿。又过了几天，传来一个消息，丈夫在邢台又有了新欢，并向她“下达”了离婚协议书。

这件事在村里流传很久——谁也没想到，但谁也拗不过事实。据说她哭了好长时间，但一年后又出嫁了。至于嫁到了哪里，我没打听过。

李家庄坐落在一面山坡上，红色的岩石裸露出来，像是一堆堆正在燃烧的火炭。背后是高高的红色悬崖——要是倒下来，十座李家庄村也会彻底从地球上消失。但李家庄人的先辈似乎看透了山的脾性，再斜也不会倒塌，好几百年过去了，山还是那山，可人，除了血脉里还流着他们的血之外，一切都变了。

我小的时候，听爷爷说，李家庄村以前有个大财主，唯一能让人说起的一件“光荣品质”是小气，走到半路上，突然要便溺了，但还是咬牙忍着，一定拉到自己的茅房里。还有一次，去邯郸买东西，逛了一次窑子，掏钱的时候，不知怎么着，和老鸨吵了起来。人家一听说话是山里来的，叫了几个大汉，上来就把他揍了一顿扔在门外了。他铁青着脸回到家，别人问起来，他说：那天遇到一个大官，光顾着看人家，不小心从学步桥（邯郸名胜）上摔下来了。

无独有偶的是，相隔不到百年，村里又出了两个当官的。一个是乡镇诸侯，正在声望日隆，呼风唤雨之时，妇女主任出来发难：说他在市里开会时候，人家不让，他硬是把人家按在了床上；另一个当大队干部期间，好不容易去市里参加了一个会，晚上没事干，到歌舞厅去玩，三陪小姐刚进来，就被公安捉了，交了8000块钱，才灰溜溜地放了回来。最近些年，李家庄有好几个人考上了大学，有的回来当了老师，有的在外地工作。还有一家人，父子六七个人都在信用社上班。

还有：在小学时吵过架的一位女同学成了我的堂嫂子，现在是两个孩子的母亲；有几个这个村庄出身的老师教过我。最近几年，有一些小伙子相继结婚了，但没过几天，媳妇跑了，再也不肯回来。有一次路过李家庄，看到几座盖起不过几年的半边楼——在众多的红石老房子当中鹤立鸡群，神情显赫而又落寞。

南窑和北窑

它给我的感觉是迷离的，好几年时间，我几乎天天都在那里，但没有真正进入过——它叫南窑（不是河南的南窑村），与隔河相望的北窑、西边的坝上以及东边的东沟村合称为石盆。公社时，这里设大队部，统辖了这里和南岔、梧桐沟等大片的村庄。大队第一任书记好像是我前些年才去世的二舅，带着村人栽种了不少的树木，修了堤坝，干了几年，后来下台了，据说是被他自己培养的几个“新秀”取而代之的。

奶奶的娘家在南窑，我第一次去，是跟在她后面。不知道从什么时候开始，每年农历九月二十，石盆都有庙会。四面八方的村人聚集在这里，上午在杨儿上围着卖东西的摊贩转悠，下午坐在戏台下看戏。有一次，跟着奶奶在杨儿上转了几圈，太阳就趴在了西边的山岭上，样子慵懒，颜色血红，远处一片苍茫。我跟着奶奶，沿着曲里拐弯的巷道走。两边的青石墙壁很黑，有的上面还抹着些干了的鼻涕。

到一个院子坐下来，吃饭，好像是麻糖稀饭和咸菜。吃完后，抬头看到一个和我一般大小的女孩子——后来，我一直怀疑她就是我从十五岁暗恋至今的那个人。晚上到南窑东边的戏院看戏。奶奶神情专注地跟着台上的锣鼓笙箫、咿呀唱腔喜怒哀乐。我则心不在焉，一个人出去玩儿，到戏院的外面，花1毛钱买了几块糖。上学后，每年六一，几个学校的学生都跟着老师到南窑村的大戏院参加活动，大致是表彰三好学生，组织大合唱或者百米赛跑之类的。

小学五年级时候，有人在戏院播放电视剧《霍元甲》《射雕英雄传》（翁美玲、黄日华主演），我去看了几次，自此迷上了武侠小说。到初一，看的第一本是《射雕英雄传》，再后来还有《白马啸西风》《碧血剑》《七剑下天山》《白发魔女传》和《侠客行》等。有一次在课堂上正在埋头狂看，老师突然站在面前，一句话没说，就把小说给没收了。我心里特别不舒服，也突发奇想，想自己改名为杨康（金庸书中人物），遭到同学们大面积的耻笑。

不久，南窑村发生了两件事情：一个眼睛盲了的算命先生，与本村一个闺女好上了。闺女家开了一间小卖部，有一天晚上，两个人正在制造和享受肉体欢愉，忽听得门口一阵鞭炮声响，火光频闪，引来了好多看笑话的人。这件事纷纷扬扬了一段时间，就在村人的嘴巴里销声匿迹了。后来，那闺女出嫁了，好几次见到，虽然与己无关，但心里总是有一种怪怪的感觉。另一件事儿是：一户人家的媳妇和一个看林子的光棍儿好上了，常瞒着丈夫行男女之事，有时候在山里，有时候在村边，更多的是在女方家里。此事传开，在外面给包工队做饭的丈夫羞愧难当，心情糟糕，一次切菜，竟剁了一根手指下来。

南窑村边原先有个铁匠铺，每次路过，都有几个光着膀子，前面戴一块厚厚油布的男人，从火焰中夹出弯曲的铁，抡锤使劲锤打一阵子，再放在盛满清水的木桶里，发出嗤嗤的响声，还不断冒出白白的烟雾。

初一那年冬天，住在南窑村姥姑家里。第二年冬天，搬到对面的北窑村大舅家，和他几个孙子（不是亲传的）睡在一起。大舅很和蔼，我对他的最初印象是：我还不怎么记事时，在他们村后面的田地里，有一个男人，头包白羊肚毛巾，咧嘴笑着抱我——母亲说，那就是你大舅。后来，又在下面的二舅家住了一阵子。听母亲说，我1岁时，她带我回舅舅家（姥姥姥爷早已去世），我一个人玩，不小心，从上面路上摔到离地三米多高的猪圈里，脑袋差一点没砸在倒立的三角石头上，一口老母猪跑过来就要啃，母亲跑下去把它赶开了。

北窑村的人家和房屋都在山坡上，远看像是一面扇子，房屋参差不齐。很早就听说一件事：斗私批修的时候，几个地主老财被群众戴着高帽子游街，后面有人拿着棍子打，围观的群众使劲儿吐唾沫。其中一个，十九腊月天，全身包了白布，被吊在一根旗杆上，冻了一天一夜，落了个残废。还有一对年轻人，两家大人矛盾很深，世代为仇。他们却“爱”（在我的记忆中，这个村庄似乎从没出现过真正意义上的爱情，所以用引号）上了，任凭家里打骂，两人就像两块麦芽糖一样，难舍难分。忽然好多天不见,家里人找,在后山废弃的羊圈里,看到两个裸体男女,四肢高举,形状恐怖。

这是几百年来,在石盆乃至附近村庄里唯一一件激烈的殉情事件,它让我看到了某种血性,乃至少有的捍卫爱情的悲壮举动。与此相对的一件事情是:一个男人娶了媳妇,但媳妇不喜欢他,夜夜拒绝同床。男人觉得很没面子。某夜,以捆绑的方式,完成了对女方的肉体剥夺。

到初中,和北窑村的几个同学,其中一个老是擦不干净鼻涕,而且鼻涕发黄,说着话鼻涕就流到了嘴唇上。还有一个女同学,当时家里非常富有,人都羡慕,有一次去看在她家做木匠活儿的四表哥,不小心动了电刨子,左手中指血流如注。

后来,这个女孩子嫁到了本村,丈夫在一家银行上班,没过几年,因挪用用户存款,入股铁矿,并买了汽车,显赫一时,东窗事发后,东躲西藏好多年,最后以赔偿欠款,减免罪行了事。初二那年,大姨家的表姐嫁到了这里。表姐夫是家里的单根独苗,为人实在,且十分勤劳。此外,还有一件记忆朦胧的事情:在二舅家睡的时候,每天早上,总是看到对面房子里的新婚夫妇,女的好像很忧郁,面庞白净,看我的时候,也是冷冷的,叫我摸不着头脑。

从北窑村上去,朝梧桐沟村方向,有一座大水库。夏天,水满如镜,波光粼粼,但不烟波浩淼。我们经常到那里玩水,从高高的大坝上扑入水中,撅着屁股扑腾一个来回,气喘吁吁上来,趴在一边的水泥板上,青蛙一样,向着炽烈的太阳,鼓着白白的肚皮。有一年，坝上村的一个孩子在水库淹死了，我们害怕，再也没有去过。到初中三年级，我开始暗恋南窑村的一个女同学，每天站在学校西边的山岭上，看着她蝴蝶一样飞去又飞来，心情沉重也兴奋，总是梦想着能够和她在一起的美好情景。

南窑和北窑，好像两个面面相对的人，你看我，我看你，看来看去都是一样的日子。有钱的人也多，没钱的人也多，无论怎样的日子，都是人过的。此外，这两个村庄有一个令人备感蹊跷的事情：一个村庄有人故去了，不出三天时间，另外一个村庄也会有一个人死去，多少年过去了，这种现象始终不改。现在依旧是。多次回家，据我个人观察，这些年来，南窑北窑最大的变化还是体现在房子上面——有钱的第一件事就是盖房子，相互攀比，你盖啥样儿的我也盖啥样儿的，久而久之，房屋雷同得就像日复一日的生活；再一个是小卖部和诊所也多了起来，而且都挨着。最令人高兴的是，石盆也有了幼儿园——但不知道到底是啥样子，每次回去，都想看看，可就是走不到那里去。

神秘的梧桐沟

从我们村到梧桐沟村，隔了两座奇大无比的山峰，到处都是高逾十丈以上的红色悬崖。要去，必须要从石盆村绕道。穿过南窑和北窑村之间的石头枴儿，再路过舅舅门前，迎面是坝上村。站在一面山梁上，右边是从梧桐沟伸过来的河沟，乱石横陈，细水叮咚。常去它后面的水库玩水。有一年冬天，村里一个堂姐嫁到这里，我和很多村人来送，才算是平生第一次在坝上村里坐了一会儿。

这村里大都姓朱，还有其他一些姓氏。从地势上看，坝上村算是梧桐沟村的门户，进出必须经过。这里也有几个同学，但大都没了印象。有一年在舅舅家，忽然看到一个坝上村的女同学，但没说话。从一边满是河卵石的小道上走到山顶，迎面是大片的田地，一色的黄土，冬天看起来特别凄凉。正对着是大寨山，早年间，还有和尚修行，海拔千米的石崖上还有一汪泉水，迷信的人遇到病恙，还专门爬上去喝。小的时候，常听到有石盆或者梧桐沟村人不慎从大寨山上滚下死亡的消息，都很蹊跷，也很悲惨。

据说，大寨背后还有一个村，因地取名，叫“大寨背后村”，只有不多的几户人家，前些年，有几个学生考上了大学，村人都惊叹说：那地方还能出大学生？自此改变了以往的轻鄙看法，也有闺女愿意嫁到那里去了。不久，还发生了一起通奸的事情，闹得沸沸扬扬，石盆附近的村庄都知道了。具体情况我没有听清，反正挺激烈也很有悲壮意味。

在这里，要说的是：在乡村，通奸似乎并不是一件可耻的事情——村人大都为父母包办婚姻，肯定有不如意处；再还有，一个人遇到了又一个令自己感觉到亲近的人，最终的肉体结合或者证实也无可厚非。只是，乡里人喜欢流传闲话，拿他人取乐，是天性，也是风俗习惯。有些人做了，因为捂得严实，短时间内没露馅儿，暗自欣欣然，慰慰然。但纸毕竟不是包火的东西，总有不小心的一天——对此，我甚至觉得，他们都是从内心希望在婚后得到更多人的疼爱的，男人不仅仅是为了猎奇、寻求肉体满足，女的也不仅仅只是为了一点物质利益或片刻之欢。

从沟口进入，第一个村叫老石岩，不大的几户人家，大都姓冯，几棵老朽的柿子树横在门前，几乎看不到人，不多的石头房子映衬在巨大的大寨山红石山崖上，古朴，安静，有世外桃源的味道。对面是塔铺村，也不大，正对着早晨的太阳。村里有一个老光棍，妹妹嫁在我们村，去了几次，就认识了。他有个外号叫“天气预报”，来源于他经常仰头看天，见到谁都说天气如何如何。

这是我在石盆村附近村庄发现的唯一一个喜欢长时间抬头看天的人，一生未娶，也没有多少毛病，死的时候，还对身边的哥哥妹妹说，明天就要下雪了，还是好几百年不遇的，说完，就闭上了眼睛——听到这句话的时候，我忍不住打了一个激灵，蓦然觉得了一种模糊的神圣。

到朱家庄村，仰头看到一座独立的山峰，状似一根巨大的男性生殖器，当地人都叫“驴鸡巴山”，村妇骂人时，常借助这座山侮辱对方。远处，还有一座状似伸张五指的山，一色褚红，晚霞之下，更是鲜艳。朱家庄后是白家庄村，村里都是乱石，背后是巍峨山崖。最后一个村庄叫太阳屹崂儿，据说这里的一个人曾在市委组织部任职多年，成为乡里人抬举和羡慕的对象之一。还有一个在政府做了局长的人，某一日，其父到办公室找他，胡子拉碴，满面皱纹，形态邋遢。同事问他这老汉是谁，儿子回答说，不知道从哪儿跑来的一个老头子，真鸡巴烦！

翻过西边的一座山，就是武安地界了，有几个村庄，但说话变了，舌头打卷，方言中句句不离鸡巴、屌（如，你屌干啥嘞？鸡巴吃饭嘞没？）。往南的山岭上，至今还残留着一段宋代长城，全是用石头砌起，连瞭望塔也是。我看到的时候，已然断毁，埋在松林和茅草之中，遍布青苔。开始竟然不知那是声名显赫的长城，有几次和伙伴们捉蝎子路过，翻越的时候，不小心被上面的尖石头划破了手臂，鲜血滴在上面，犹如墨汁。

仔细想想，在乡下十多年，但没去过几次梧桐沟村。最近一次，是2004年冬天，和弟弟骑着摩托车，走到朱家庄返回。在塔铺村边，看到弟弟的一个女同学，举止大方，言语得体，不由得暗暗称奇。对于我个人，几乎从一开始，就总觉得梧桐沟很神秘，那里的人好像都罩了一层面纱，看不清楚，也搞不明白，至于是什么原因，我也不知道。

武安的河浦村

李家庄村之后，也是红色的高耸的山崖，曲里拐弯，连绵不断，在各个山间和山岭环绕。有一年重修，一处老是滑坡，乱石成堆，清了又塌。穿过宋代长城，就是武安地界了，仍是山峦叠嶂，但地势稍微低些，过了牛登台村，就是贺家村。村人总是把“贺”说成“he”，而且是4声。据母亲说，早年间，石盆村也有几个闺女嫁到这里，好多年不见了，恐怕也开始苍老了。

早年间，这里也有一个痴呆者，蹲着走路，见人嘿嘿笑，一口大白牙，头发很长，可以看到成串的泥垢。后来听说他在黑夜被车撞死了，第二天早上才发现。

贺家村后，是大片的田地，麦子很是茂盛，秋天玉米茁壮。其中几块田地当中，孤立着一堆坟茔。有的坟头上还是新土，花圈尚好，有的毛草满身，柳树成荫。即使白天，我们也觉得害怕，一个个骑着车子，没命蹬着跑到河浦村（先前设乡政府，后与活水乡合并）。这里生产的酱油和醋很好吃，刚学会骑自行车那几年，常和几个同学骑车到河浦去打酱油。一路上坡下岭，推一阵子骑一阵子。有一次遇到了一个面相凶恶的人，我们急忙跑开，回到家里，大人们听了说：那可能是逃跑的罪犯。那时候，好像是第一次严打时期，一些漏网的家伙们就跑到偏僻的地方，企图逃过劫难。

那时候，大人们还没有报案的意识，更没有电话，还生怕那坏人报复。见了都躲着走。河浦村很大，窄窄的河沟里，一连好几个村。每次去，我们都去老得掉牙的“河浦供销社”，墙上边还写着毛主席的一句诗，好像有“春风”、“柳丝”、“东风”等几个关键词。售货的是一个面容姣好的女人，刚结婚不久，眼睛不是很大，但出奇的清纯动人。一听说话，知道我们是沙河那边来的，格外照顾——我们很高兴，别的地方再好也不买，就到她这里来。有一次回家晚了，路过一大片芦苇丛，有人说，芦苇当中最容易出那些古灵精怪。越说心里越紧张，骑着车子逃一样的跑，叮叮当当的声音在旁边的河谷乱响。

河浦村向西，也是一道深沟。两边的村落，坐落在大片的杨槐树下，背后依旧是褚红色的山崖。穿过一道双崖夹峙的山道，再上面的一个村落叫黄庄。十多岁的时候，我去过一次，遇到一个据说快三十了还没出嫁的闺女，一头乌黑长发，脸庞也黑，但黑得周正，俊美，两只眼睛特别有神，看我的时候，像夏天的一盆凉水，冬天的文火。还在她家住了一夜，躺在陌生的炕上，忍不住想她的眼睛，以及她三十还不出嫁的原因。

上个世纪90年代末，河北一个重要媒体的记者去了，发现这里的人大都可活到一百多岁，写了报道，引起当地政府兴趣，立即开发，命名为“长寿村”，并将一股从山上流下的泉水称为“长寿泉”，市里的官员大抵来此运水饮用，有一些游客隔三岔五开车来，不爬山，只在饭店吃喝，沿红石砌起的小径攀援直上。到顶上，有一座神仙庙宇，也经过人的美化——彩旗飘飘，气象庄严。

这两年回到老家，先后和妻子，带了母亲、小姨、弟弟和侄女儿去过两次，母亲说，这里上去，就是山西左权县下庄、小南庄、大南庄和四平村了。我们爬到了明代遗址峻极关前，一岭之上，俯瞰冀晋两省。山西的羊群在山坡上漫游吃草，浓重的骚味随风弥漫；河北的黄牛犹如一块块滚动的石头，偶尔哞叫几声。山上有一条石板路，据说是清朝时期，大南庄的一个财主出资铺建，我走的时候，巨石仍在，油光可鉴，还有深深的马蹄印迹。遥想当年，空山幽谷，马铃叮当，蹄声过处，财富摇荡，感觉有一种古典的美，商业的美和行旅的美，让人心醉。

每年5月中旬，河浦村都有庙会，因为离得近，我们也去。几个小孩子蹦蹦跳跳，蝴蝶一样，飘过山间，累得满身大汗，兴冲冲地在庙会上游荡。到初中一年级，在河浦庙会上，买了一本琼瑶的爱情小说——《失火的天堂》，往回走的时候，一边看一边回家，又躺在炕上看，直看得热泪盈眶，心潮起伏。暗暗发誓：将来也要像他们（书中男女）一样，轰轰烈烈地爱上一场。

至今还记得，从河浦村前马路出来，不远有一个村落，叫下天庙，据说是玉皇大帝下凡的地方。正面的马路，连通到了涉县以及山西长治。前些年,有一趟邯郸通山西阳泉的班车,就从这里过。还有通我们村的,一天一班,我们去山西看亲戚时,就乘坐那车来去。

山西枒儿镇

我家有好多亲戚在山西左权县的枒儿镇。对左权这个名字,小时候感觉很陌生,不知什么意思,有一次从涉县方向到左权县城,在麻田镇,看到一座高高耸立的纪念碑,才得知是八路军名将左权将军牺牲在这里——忽然觉得,这里是一个有来头的地方,英雄的地方。很多年后,在电视上看到,这里有个红都村,民歌叫人揪心的迷醉和心疼。

枒儿镇位于左权以北,太行山内,据说张艺谋主演的电影《老井》就是在这一带拍摄的。沿河再向北30公里,就是和顺县的松烟镇了。如果乘坐邯郸到阳泉的长途班车,过了邢台县的路罗镇,翻过白岸岭,过上庄和下庄村,在一个村落旁边,有一眼幽深的水潭。爷爷对我说过,那叫黑龙潭。从前,有个木匠深夜路过,遇到了一个长白胡子的老人,邀请他做木匠活儿。让他闭上眼睛,一阵晕眩,就到了一家大宅院。叮叮当当地干了好多天,完工了,老人给了他一把黄豆,算是酬劳,又让他闭上眼睛,一眨眼就回到原来的路上。木匠生气，干活儿只给一把黄豆，就要扔的时候，却发现是金子。

再向下500米，路边有一座将倒不倒的红色山崖，崖上20米处，有一个巨大俊美的手掌印，下面还有不少的佛龛。有传说曰：那是杨二郎小时候偷懒趴在山顶睡觉，母亲发现了，追着打他，追不上，顺脚蹬下一座山来，就要倾倒的时候，杨二郎用手托住了，用力过大，便永久性地留下了自己的手印。我和弟弟专门到近前看了一次，手印圆润，形状合理，栩栩如生，并不像是人工凿琢的；众多的佛龛大小不一，也像是自然形成的。两个人仰望了很久，心里惊异，默然无语。

我十二岁那年冬天，跟着奶奶，乘上邯郸到阳泉的班车，到杨儿镇的李家庄村看望两个姥舅和姥姨一家。到杨儿镇下车，还得步行十多里地，才能到亲戚家。那时候，镇子路边有一个春香饭店，是以老板娘的名字命名的，她有两个如花似玉的大姑娘，我见过，确实是美，美得我从来没见到过。老板娘从三十岁开始，就一直单身，多少年来，绯闻不断，这里的亲戚们时常说起，大致是她和哪个男人的故事。

两个姥舅都很精明，朴实善良，但都一生没娶，我们去了，很是热情。奶奶总是趁这些闲时候，为他们做些衣服。我东家西家玩，村人大都是河北人或者在河北有亲戚的，老年人说话和我们村差不多。只是有一些姑娘丫头说的一口左权方言，一开始听不懂。感觉他们在用舌尖说话，不像河北那样，说话时鼻子嘴巴一起用。姥姨和姥姨夫没有子嗣，早年要了一个，我第一次去，养子刚结婚。

因为地势高，这里要比河北冷得多，北风在四周的山冈上奔腾呼啸，掠着枯黄的茅草，在头顶和街道上胡乱奔窜。没过几天，纷纷扬扬地下了一场大雪，枯山洁白，万里冰封，道路封堵。我感冒了，躺在姥姨家的土炕上，关节疼痛，呻吟不停。有一次睡着了，睁开眼睛，忽然看到一张俊美的脸庞，皮肤白如石膏，眼睛很大，睫毛很长——我一阵羞涩，赶紧闭上眼睛。

后来我才知道，她就是姥姨养子的媳妇，我该叫婶子的。一连好几天，她趴在炕边看我，目不转睛，而且距离很近，可以感觉到她的呼吸。病好了，她再也没有看过我。此后几天，不知怎么着，每天早上醒来，睁眼之前，总是想着她那张脸就在上面——心里边竟然有一种淡淡的期待和失望。这个情节，让我幼小的心有了一种突如其来的温暖和潮湿，至今铭记不忘。

村庄对面的山坳里，还有一户人家，住着一个单身寡妇，年纪不大。有一天，听姥舅他们说淡话提到：昨晚有人去敲寡妇的门，寡妇大呼小叫，提着镰刀出来追赶，那人跑得飞快，到一块玉米地里，再也不见了——他们猜测了一会儿，说了好多陌生的名字，我都没听说过。

后来又去了好多次，姥舅还在他们村里给我介绍了一个对象，是姥舅的隔壁，姓侯。她对我很好，有时候在她家里睡，睡前总是要抱抱她。她很乖顺，我躺下，她坐在旁边很是喜欢地看我一会儿，再回房睡觉。两年后，我离开了她，没几年，听说她嫁到了枴儿镇另外一个村庄。2005年夏天，我和弟弟再次去，三姥舅去世10年了；姥姨也是，姥姨夫死于2003年冬天，一个人在地里干活儿，死在地里一天，才被人发现。听姑姑说，姥姨夫的养子和儿媳一直不孝顺，吃饭都不让吃饱，冬天还让老人出去干活儿。在我印象中，姥姨夫是个精明、人情世故圆滑通透的人，也很善良，但未得善终，心里总觉得不是滋味。

晚上，和姥舅睡在一起，说起在路上遇到毒蛇和下雨的险情，还到和我处过对象的侯家看了看；她母亲还在，还像以前那样说个不停，也说到了这些年村里的人和事情。第二天一早，到柺儿镇，正逢庙会——今天的柺儿镇，已然变了模样，新式楼房多了起来，还有人开着私人轿车。到处都是穿红挂绿的漂亮姑娘，打扮入时，举止之间，颇有现代气息。我想再去看看曾经的春香饭店，到原来的地方，却已换成了汽车修理铺——忍不住矫情地想到时间，想到"人世沧桑"、"昨是今非"等词语，就要离开的时候，到柺儿镇外的松烟河边，还忍不住回头深深看了一眼。

南太行风物记

大裳山

山峦、水、石头，乃至风和日月光亮，在村庄上方、四周，还有下面。从我们村向后五公里的样子，有一座山，不高，但是分界线，一边属于一座村子，另一边归于另一座村子。正西那面，一草一木都叫邻县。

山名叫大裳山，似乎村庄的尾巴——我们村，凡是有关山水草木、生灵活物的，都从这里开始。

凡是山，都需要爬，人爬，动物爬，连附身在它上面的楸子、野枣、漆、柿子、核桃等树木，连同杂草和藤蔓，也都像人一样爬。但石头不是，石头是山的自身存在，当然还有泥土。

山半腰有一窟逼仄的洞穴，洞口蓬涌着紫荆和杂草，遮蔽严实。不到近前，绝对不会发现。祖父说，他壮年时候逃鬼子，一家人爬进洞里避难，里面早有一个当兵的人，眼窝深陷，气若游丝，怀抱的枪支已锈得拉不开栓了。曾祖父给了几只烤红薯和土豆，他狼吞虎咽之后，苍白的脸上才有了一点血色。天下太平以后，那洞穴早就没人钻了。有一次去看，洞门口上净是鸟粪，洞壁光滑，好像被什么动物用身体长期摩擦一样。

大裳山背面又是山岭，阴面长满了松树，我小的时候，松鼠也小。因为丰密，夹杂其间的紫荆和各类灌木长得尤其茂盛，根茎堪与松树相比。十三岁那年夏天一个黄昏，我和父亲回来迟了，走到那里，刚想歇一会儿，猛然发现对面不远处蓝火苗一样的眼睛，轮廓像狗。父亲说是狼，叫我走在前面，他断后，急忙忙走到沟底，再回头看，它早已不见了。

山根有一汪泉水，四季常冒，清清的水夏天发白，冬天冒着热气。白天悄无声息，夜晚汩汩有声。政府还允许养殖牛羊时候，泉边到处都是牛羊的蹄印和粪便。我也曾在那儿喝过水，也趁没人时候洗过几次澡。

泉水一边有一块巨大的岩石，不知哪年从山上滚下来的，石面光洁，体积相当于一间房子。村人来这儿干活累了，就在这块石头上休息一会儿。有传言说那石头已经成精，睡过的人都落下了腰疼病。我也曾在上面睡过，但没有觉得腰疼。巨石一边，长着一大片野葡萄，有的藤蔓长达数丈，攀附在野枣树和楸子树上。秋天，野葡萄成熟，呈紫黑色，汁液也黑，小如婴儿眼睛，味道酸、涩，据说可以当药引子。

山两边，有两道山岭左右分开，向东。阳面多红色岩石，其中也有一窟洞穴，深得不知道几百里。还有人说，那洞穴连着村后的水井。老人们坚持认为，那里面住着蛇精。十几岁时候，有一次和老民棍子、二黄毛等人雄心勃勃，发誓要找到洞口，到里面看看到底有没有蛇精,可惜,到现在也没找到。

山坡杂草茂密处,有党参、黄芪、黄芹、桔梗等药材。阴面多细草,质地柔软,中间夹杂着一些柴胡、丹参等药草。有阳光的地方夏天时还生长一些山丹花。蒲公英也多,风一吹,满山都是它们的白色羽毛。

细水流过

大裳山的泉水到底有没有向村庄方向流，站在泉边觉察不到。向低处再走200米，还有一汪泉。我想它一定是上一眼泉水的子民或者兄弟。再向低处，好远的一段河滩，再不见一滴水。

乱石和砂土两边，有一些田地，因为没有水可以引通，村人都叫旱地。旱地的两侧是山坡，阴和阳两两相对，又两两分开。狭窄处，各自身上的树枝和茅草连接在一起，但不多。再向前，还是宽阔河沟。红色、青色、紫色、白色的石头胡乱挤在一起。少量的砂土夹杂其中，丝毫不见水分。

再向前是村里的第一个池塘，很大，一些细水从石棱下流出来，大概是地势低的缘故，没有一丝声响。池塘很大，但储水量很少，天旱时，水面还没到池坝腰部，就有人打开水闸。浑浊的水沿着坡上的土石水渠，蛇一样逶迤向前，它通常到达的是田地，但它们也会半途逃亡，冲开水渠的某一处，流到另外的地方，接触到另外一些土石和草木。

我想这池塘里的水大致也来自大裳山的泉眼，尽管还有其他沟壑里流出的，但大部分是第一眼泉水的后裔。途中总会有所消耗，新生的，消失的，它们的，自己的。我没有看到。它们流出来了，在池塘汇集，然后再向前，向低处。

池塘并不会真的拦住一些水，水是细致的，人为的池塘再精密也粗糙。细致的向下似乎也是一种境界。水流进田地，或者中途逃跑，但方向一致。

紧接着，还有一座池塘，大小和第一个差不多，但离村庄近了，旁边是水井，再旁边是田地，可以浇水，村人叫水地。池塘满了，有人打开，还是沿着土石沟渠，向着田地流动。而田地之后呢？那些水果真被庄稼和泥土吞纳了吗？

到第三个池塘，与上面两个相比，显然小了。每当山洪爆发，上面的两座因为坚固而不会被冲塌。这些不一样，洪水来了，它们也顺势倒塌，成为洪水的一部分，甚至连一块硬石都不会留在原地。也许是泥土过多的缘故，这一带的河沟湿润，除池塘之外，有了好多的小水滩，一个一个，相距不过几米。周边长着许多的草，苦艾、猪耳朵、蛇莛和苗苗菜。小时，我采挖它们，拿回去喂猪。我们的新房子刚刚盖起时，母亲还在池塘一边的高处，挖了一眼小水井。后来又和了水泥，把它弄得很是美观，我给它起了好几个名字，还多次拿了毛笔和墨汁，在上面写了字。但好景不长，有一次，母亲看到一个和自己有怨隙的妇女，在我们的水井里洗她例假时穿的内裤。

从此，水井废弃。每次看到，心里隐隐地难过，再看里面的水，也觉得肮脏无比。也许她内裤的残迹早就顺水流没了。再向前，两边的田地渐渐多了，有我家几块。河沟里也多了杨树，不几年，一棵棵都长成了房梁。树下的流水虽然很小，但遇到石台时，下落的声音仍很清脆。腐烂了树叶和水草成了浮萍，飘在上面，一头被根牵着，一头被水晃着。

八种树木

（1）松树是国家种的，籽儿是飞机撒的。那时，我二舅还是石盆大队的村支书。飞机撒了种子一年，小松树就长出来了。长到一尺左右，二舅和其他大队干部一起，号召群众上山植树造林。飞机撒得肯定不匀，群众就把多余的新苗拔了，移到稀的地方。几十年下来，松树蔚然成林，从蝉房一直延伸到武安的牛登台村，方圆500亩。松树不像椿树、槐树、苹果树和梨树那般爱和人拉关系，它们只和同类联姻，一片一片，一棵挨着一棵，手拉着手，肩并着肩，脸对着脸，互相摸着胳膊和头发，虽还没有达到同生死的境界，但可以说同命运。我十几岁时，不知是谁允许的，林场组织人员大肆砍伐了一回，卖了不少钱。父亲去扛松木（死了的松树只能叫松木），一扛就是半年，挣了不到3000块钱。有几个周末，我去给父亲送过干粮。老远就闻到了父亲身上的松脂味儿和汗臭味儿。

松树小的时候，村里没人特意去看，松树的死活跟人没关系，人人都很淡漠。松树自生自灭了几年，逐渐长大，可以做檩椽了，村人晚上就去偷。扛回家里卖钱，或者盖房子用。

（2）槲树。也叫橡树。枝节横生，叶子中间肥胖，两边半圆，弧形。皮肤皲裂，缝隙如深伤之后留下的疤痕，树干为焦黑色。秋天时候，枝上结些果实，也和毛栗子一样，表皮上有刺护着，但不尖利扎人，成熟后才张开，像丢石头一样，把里面的籽儿吐出来，壳儿仍在枝头悬挂，等到再一次发芽生叶时，才一一落下。母亲说，槲树籽儿可以吃，灾荒年时，和母亲一般年纪的人都吃过。

具体方法是：先从树下捡了橡子，回家晒干，去皮，拿到碾子上轧成面，再和麦子面一块儿和了，撒上适量的盐巴和佐料，揉成面团，放到篦子上蒸熟，趁热切成条儿状，即可进食。五岁或更晚一些，母亲还做了一次，让我吃。还没放到舌头上，我就吐了。至今还记得它味道涩苦，赛若黄连。父亲说，大荒年时候村里人抢着吃，后来年景好了，很少再有人捡拾橡子当饭吃，有少数老人念旧，有时候会做一次，但也只是尝尝。现在，槲树继续年年结籽，成熟和下落，没有人捡拾，任其腐烂，自生自灭，被人踩死砍死，或者侥幸成为大树。

（3）杨树。大都长在河沟边儿上，村人迷信说：（房）前不栽杨，（房）后不栽柳。近几年，政策规定，房屋三米之内的树木土地均属房子主人，利益驱动，就顾不得什么讲究了，不几年时间，就蹿了几丈高，树干不断加粗，树冠散开，树头一直向上，如若没人故意伤害，轻易不枯、不坏。可做家具，也可做房屋大梁。

南太行的杨树大多为白杨，躯干挺直，叶子阔大，阳面为青色，背面为灰白色，边缘有锯齿，扎小孩儿的手。风吹起来，如众人拍手，又似大雨声声。村人迷信，称之为“鬼打手”。有一年，村里将树木分到了各家各户，我们家有几个在门前的河沟，都快成梁了，村副支书盖房子，明目张胆地锯掉，抬回自己家。母亲去问他，他说就是他们家的。母亲争不过，给我说，我在外面，也没办法。劝母亲不要争了，没了一棵树，也穷不死人。

(4)柳树。倒栽柳很少，大都是那种主干粗大，枝条儿下坠不很明显的那种。就其形状，应当是苏轼所说的“蒲柳”或者水杨。树枝刚劲有韧性，古代人多用来做箭杆。和杨树一样，柳树喜欢长在河沟边儿或者河沟里面，邻水或者干脆浸水而生。柳树命大，随便折一根插在地里，成活的概率远远高于其他树种。村里人老(死)了，砍了柳树枝子，去掉细条儿，把白纸铰成条儿状，贴在上面，叫作哭丧棒。老人下葬后，不能带回来，要随手插在坟上，若是春天，大都可以成活。几年之后，就可为故去的先人撑起一片绿荫。后来看《本草纲目》，才知柳树浑身是药：叶子小的时候，可以治腹内出血，还有止疼的功效。采柳絮擀成毡子，夏天小孩睡卧其上，不生痱子。树枝可根治痢疾，煎了漱口可缓解牙疼。

(5)杨槐树。多生长在阳坡，有聚群生长的脾性，单独一棵难以存活。春末开花，花呈白色，一串一串，像一根藤蔓上的扁豆角儿。花蕊暗红，与茎部相接处为暗黑色。花味甜而香，是蜜蜂热爱的花朵之一。每年初春，远方的放蜂人一夜之间就聚在了杨槐林子周围。第二天一早，打开蜂门儿，蜜蜂蜂拥而出，从这一朵花到另一朵花，飞来飞去，不亦乐乎。要是有五十箱蜜蜂，一月可采蜜一吨左右。村人也采些回来，拣掉里面的叶子，和玉米面和起来，加少量盐和食用油，放在篦子上蒸，半小时熟透，吃着香甜。捋来叶子剁碎喂猪，可以省不少粮食。

(6)栗子树。也叫板栗，落叶乔木，多生长在向阳的地方。栗子树腰很粗，有的要两人环抱，树冠极其发达，但不爽直，总曲曲弯弯，向上或向下，直直向前的几乎没有。树冠足有三间房子那么大。农历四月初吐出新芽，叶子基本定型时，随后开出一条条杨絮一般大小的花穗。雄蕊为黄色小粒儿，密密麻麻。大约十天，花落，毛栗子结出。颜色青青，乍看像小苹果。再大一点，就露出了青色尖刺，幼时摸着不扎手，软软地，搔痒一定很好。到秋，果实成熟，先是长满尖刺的外壳逐渐变黄，乃至暗黑。炸开口子，一两天时间，里面黑色的籽粒就露了出来。若不及时采摘，籽粒落在树下的杂草中，因为颜色仿佛，极易混淆，收获就大为减少。

(7)柿子树，也为落叶乔木。春天发芽，长叶，成熟在秋季，若小孩拳头大小。太阳直射的往往过早成熟，变红、发软，而后掉落。摔在树枝上，树下草丛和石头上，鸟儿啄着吃了。到农历九月份，摘一些青的柿子回来，放在锅里，添水烧温，水凉后再烧，如此几日，青涩味道溢出，虽然表皮尚青，但吃起来清脆有声，甜蜜滋润。

这时候，村人已经收完了秋天的庄稼，种了冬麦。就该摘柿子了。柿子不像核桃和栗子,皮薄,从树上掉下来,就有可能被地面上的石头硌成几瓣儿。只有爬到树上,用带了钩子的长杆,一个一个地摘,下面的人在地上垫了干草,或是用破布单子立刻接着,才不致损坏。用担子挑回家,拿到房上,好的用专门的刀具旋成柿牛子,不好的刻成柿块儿,放在苇席下面,捂上一段时间,糖分溢出表面,洁白如雪。现在市场上零售的柿子,大都是由柿牛儿捏成的柿饼。这几年,很少在夏秋回家,听母亲说,村里的柿树这几年不结柿子了, 一棵树上能有几个就不错了,以前每年还可以卖几百块钱,现在连自己吃的都没有了。有人说是树老了,生病了。村人看柿树没用了,就锯倒,烧柴,或者做家具。

(8)核桃树。据说原产地在西北,由汉使张骞带回,原名胡桃,又称羌桃。核桃树大根深,皮肤斑驳,多白色,夹杂黑色裂口,叶片厚,呈半圆形,略像大青叶,两枚叶子对生,气味发臭,牛羊不食。春天开花,和栗子花相差无几,穗儿呈苍黄色。核桃树三月底挂果,九月成熟,果实圆形,青皮很厚,里面有壳儿。成熟时,青皮变黑、脱落。人用长杆打,连树叶一起落下。收后,用水泡烂青皮,用一种专门的农药水清洗,硬壳便洁白起来。村人知道,核桃仁儿是极好的补钙食品,谁家的媳妇怀孕了,老人们总会留一些给她们吃。前几年,听说一个孕妇吃核桃多了,孩子生出来就会走路。我没见到,不知是不是真的。

检点群山

（1）大寨山。在石盆村后面，上千米的高度，坡势陡，牛马不可攀。山上多褐红色岩石，大都头角峥嵘、形态怪异。远看像是一层火烧云。头顶有大片的椋树，像头发，冬天一色苍黄。背面披着松树，青翠、耸动。空谷、风涛、鸟鸣、树画、绝壁，有王维诗歌的意境。山后村庄因山而名，叫大寨背后村。村人大都姓常，人丁不旺，至今不过十几户人家。因了偏僻之故，外面的亲戚没有太大的事情，轻易不往大寨背后迈脚。直到二十世纪中后期，该村先后有人考入河北某大学，名噪一时。但自诩为街镇人家的石盆村，还是不愿将自家闺女嫁到大寨背后村。

大寨山的向阳坡面上有一道红色悬崖，绵延数里，远看像是野兽张开的血盆大口。大口下面，地势平坦。不知何年何人在此修了一座庙宇，有人说是村中某人为破地主家风水而修，有人说为远方一僧人所建。六十年代末期，山上仍有僧人居住，后不知所向。庙宇旁边巨石下，有一清泉，不断有水滴下，村人以为神水，多取之治病，据说效果明显。我在石盆中学读书时候，学校组织学生上山参观，我没有参加，至今不曾登上。

大寨山下还有两座村庄，一名寨沟，二名北山上。皆贴在大寨山的肚皮上面。一色的红石房子整天缭绕青烟。烟火使山有了人的味道，虽然山对此浑然不觉。田地散落在村下一条干水沟旁边，与石盆北台子村的田地连成一片。

（2）和尚山和茶壶山。两山相距不远，突出山顶向上，又数十米之高。山为暗红色岩石，挺拔飘逸，鬼斧神工，为南沟村制高点。要去和尚山和茶壶山，由和尚沟村出发，沿乱石细水堆积流经的巨大河沟，一路向北，越河谷，翻低岭，四五个小时可到山脚下，再三个小时可到山顶。

从武安贺家村看，和尚山若一老僧，双手合十，低首向西，默咏梵语，极为虔诚。茶壶山像是茶壶，村人说，山上石崖长有仙茶，饮之可治百病。神仙怕人采摘，使一巨蛇看管。某年一日，有人亲眼看见一条巨蛇，腾云驾雾，由茶壶山而下，到河谷饮水后，又以同样方式返回。

和尚山腰，有一个巨大的石窟，里面有石炕、石桌、石凳等家什。据说，张三丰曾在这里修行。抗战时，有我军一位要人住过。

进石洞前，须要越过一道两尺多宽的巨大黑洞，拿着手电往下面照，看不见底儿。投石进去，久听不见回音。只觉阴风阵阵，扑人面颊。抓住两壁荆草，小心跨过，进了石窟，才稍微心安。窟内阴冷但不潮湿，大概因了通风缘故，但风具体从哪里来去，却无迹可寻。人若是掉在里面，恐就到了山底。夏天在里面睡觉很舒适。只是一两个人没那个胆量，怕地下的巨蛇突然蹿上来将自己吞了。

夏天雨后，晴日高照，从村庄看，山根一片白光，耀人眼睛。村人说，那是群蛇出来晒太阳了，一条一条，陈在石板和青草上面，任由阳光照耀。

对茶壶山，我小时候时常仰望，但不敢攀，有几次到达山根，抬头看了许久，跃跃欲试，但同行者中无一人响应，心里胆怯，只好作罢。两山后为武安县境，沟底稀落着数座村庄，村子周边，多杨槐树，田地也都在村下河边。生活风习与我们村几无差别，只是方言变了，说话时舌头发卷，轻声轻气，不论男女老少，口语中多带“屌”、“整”和“屄”等下半身字眼。因此，乡里有顺口溜说：“沙河鸡巴武安屌，邢台的日年说不了。”

（3）鸡冠山。在南沟向石盆，或由骡子圈而南街的路上左侧，形象雄鸡鸡冠，村人称之为鸡冠山。村里老人说，原先这山可以自由活动，黎明时张开喉咙，发出声音，宛如鸡叫，声音高亢，引得村里的雄鸡一起高唱。后有一南方人，懂风水，施法术，将仙鸡精气采走，山就凝固不动了。山上多梾树、荆柴和栗子树，杂草覆满，怪石耸立，牧羊者也轻易不敢登上鸡冠位置，轻者下不来，重则丧命。

几十年时间，先后有五个人在山顶丧命。有一次，三个人一起爬上山顶，却找不到下来的路径，便要人牵了绳索，才脱离险境。获救的人说，一到山顶，头便发晕，不像突然患病，急得像热锅上的蚂蚁,就是找不到可以下山的地方。

(4)驴鸡巴山。在梧桐沟村后面,距大寨山三里外,形状像极了驴子生殖器,昂昂然拔地而起,细而长,全身溜圆,为红色岩石,石壁的崖石间有薄土,长着荆柴、小树和藤蔓。至顶部,一圈儿突出,像是龟头。村妇骂街时,常借这山形状侮辱对方。

(5)摩天岭。接近武安牛登台村,山形渐起,一座比一座高,过了秋树坪村,就看到摩天岭。山腰有一村庄,建村以来,村人大都活到一百多岁,且无疾而终。传说,很多年前,山顶长着一棵巨大的槐树,遮了山西省一半土地和河北省的半个疆域。两省人们均自称为大槐树底下人。清嘉庆年间,左权(古称辽州)县下庄村一财主自己出资,在山上开出小道,并用巨石铺了石阶。从秋树坪村开始,绵延八十多里,至左权县下庄村。我曾经和母亲一起走过一次,去山西左权的一个亲戚家。后来听爹娘说,他们小时候从这里走了无数次,跟着姥姥姥爷、爷爷奶奶逃荒,不过那时候他们不认识。

(6)北武当山。南沟村和石盆向东三十里以远的地方,也是群山连绵,高耸或者低潜,山势不一,形状各异。以老爷山(又称北武当山)、奶奶顶、白云山最为著名。老爷山上有道观,高逾百丈的悬崖上插着一把剑,至今还可看见。村人说,那是张三丰与山中妖魔打斗的时候,不小心脱手插上去的。很多人想拔出当古董卖,至今无一人得逞。我十八岁那年正月,曾上山朝拜,抽三签,说我生为驿马,一生漂泊,六亲无依,缘情厚重,离祖成家等等。去年回家时又和弟弟去过一次,老爷山再不是旧时模样,有一富户出资建了缆车和度假村。正值隆冬，天寒地冻，山顶大风如摧，但人还是很多，一个个拿着烟纸香火，对着道家泥胎真人三叩九拜。一座吊桥在两个山峰之间，风吹摇荡，如船在风浪，沟底深逾百丈。我不敢走，弟弟和媳妇扶着我走过去，再走回来。

庙里神仙

神话或者传说，空气一般，生存在人们的口舌之间。村庄的信仰复杂，以神话和鬼神为主，儒教道教佛教都可以在心中扎根并且生长，久而久之，村人便自作主张，将最初的内容篡改和本地化了。村人竟然将美猴王和老龙王并列，修庙供奉在一个地方，两位神仙就像邻居一样，你在你神殿享受你的香火，我在我王宫接受我的供奉，井水不犯河水。若按照《西游记》之说，悟空先生曾经殴打过龙王，还强行拔了人家的定海神针。大闹天宫不说，还把太上老君的炼丹炉钻了一个大窟窿。但村人不管这些，硬是将两个冤家供奉在了一起。地点设在砾岩村的中央，占地一百米左右，为青石白灰建筑。中间隔开，一边为猴王庙，一边为龙王庙。

五十年代初期，村人对两位神仙顶礼膜拜，一年之间分两次祭祀。一在春天，由多人抬了神仙泥身，敲锣打鼓，唢呐悠扬。有专人做神汉，光着脊梁，手提大刀，走在队伍前面，不断翻转刀刃，朝自己身上砍。初见一道血口，白肉外翻，鲜血淋漓，神汉再用手一摸，刀口和鲜血瞬间不见。更有玄乎的，神汉们爬山如狼，点烟时候还在沟底，点着之后人已经站在了山巅。若在平时，起码要用小半天工夫。神汉在陡坡上奔跑如飞，比燕子还轻快，眨眼之间，就从南山蹿到了北山，中间还隔着一道河沟。此为村人亲眼所见。祖父一再声明说，这不是瞎编，实话实说，一点儿都不夸张。

二在秋季，收割了庄稼，天气还不冷，就又沿袭上辈旧习，由村干部挨门挨户收了钱，派一人到武安或是沙河，请一家戏班来，唱几天评剧。头场戏之前，仍要先在猴王庙和龙王庙前抑扬顿挫一番，再将泥胎抬到戏台前面，照例摆了水果等物，让悟空和龙王两位先生也和村人一起观看。

破"四旧"时，外地来的红卫兵小将气势汹汹，踹开庙门，挥着锤头，将泥胎砸了。祖父说，南堖村的郭小子也在其中，砸完，内急，为了表现，便解开粗布棉裤，对着泥胎就尿，黄色的尿水从悟空头上淋漓而下。系了腰带，这小子哈哈一笑，扬长而出。第二天早上，裆部肿得像个南瓜，疼痛难耐，其母代儿子来向悟空道歉。不日肿胀而死。

我记事后，两座庙虽有人不断打扫了，但被红卫兵砸碎的烂泥还在庙里堆着。大概是一九八〇年夏天，连着几个中午，总看到村人在忙着搬石、运沙，斧凿声声，忙着重新修庙。新庙建成，又将神仙的泥身涂画得惟妙惟肖，独具神态。

修缮后，猴王庙的墙壁和梁上增添了悟空西天取经、大闹天宫和率领群猴嬉戏的场景，用笔细腻而夸张，有如临其境。龙王庙不但绘了巨龙行雨，在雾中穿梭的矫健模样，一边墙壁上还特意画了一幅龙抓恶人的图画。一长头巨龙探出云雾，用长爪将一男一女抓在半空，还有鲜血在淋漓下滴。两人面孔因极度惊惧而扭曲变形。一个人或两个人不敢从庙前经过，即使白天，走过时只觉阴风森森，令人心底发虚，脊背发凉。

从那时到九十年代中期，每逢天旱，村人便聚集在龙王庙和猴王庙前，杀猪宰羊，点燃香火，众多的人低下头颅，弯了脊背，面带虔诚，双膝落在尘埃。一个个念念有词，请求两位神仙赐雨，保佑好年景。

人们跪下，不敢抬头仰望，悟空和龙王先生虽是泥塑，但身材高大，面色庄重，不发一言，四只涂了釉彩、凝固如灯的眼睛看着跪下的人，也不知道它们心里是怎样想的，村人一贯自以为是，以为只要自己说了、做了，向神仙们表示了自己的虔诚，就一定会得到神仙的眷顾，提出的申请或者口头奏折也肯定会得到批准。

集体祭祀后，若还是朗日高照，田地继续龟裂，禾苗无声倒毙，村人便说，一定是还没有达到神仙满意，或者某一方面做得不够。祭祀当时，谁要是口出狂言，稍微不敬，哪怕是一个小孩儿，也都将罪责推到其一人身上。只要一个人这样说，村庄人就统一口径，比参加群众大会、赶集等还要积极。若是过了几天，天降甘霖，村人再不言，异口同声地称颂两位神仙的悯人功德。

每年大年初一早上，村人吃完饺子，给长辈磕完了头，便都拎着篮子，装了馒头、麻糖和黄纸柏香之类，成群结队到庙里向神仙表示敬意。跪在泥像前，说出所在村庄、姓名和心愿，恳请神仙庇护保佑。

21世纪初，猴王和龙王渐渐冷落。村里秋天也不唱戏了，去烧香的人越来越少。

几乎与此同时，信基督的人越来越多。

基督信徒们常常劝其他人说：俺们的主，耶稣是全能的，整个世界都在人家手里掌握着。俺们信教，世界末日来了俺就能上天堂。

不信的人说：那俺们呢？

信教的人说：那就只有下地狱了。

天堂是否存在，地狱是否不幸。村人不知，谁也没有去过，只是听别人在说。一个人说了是不信的，两个人或者更多的人一说，村人就信了。

回家后，有几个信徒来做我的思想工作。我笑笑说：天堂和地狱就在自己的心里边。

药草脾性

以前的村庄，靠草药医治病恙，延续生命。那些生长在高山草坡，悬崖峭壁和荆棘丛中的药草，被人用小铲子挖出来，装在荆条编的篮子里，再步行好多里山路，拿回家里，药草身上都沾满了人的汗水。我喜欢看见它们，它们总是在村人放牧、种田和砍柴时候，不经意出现，不小心被人踩了，也不吭声，抖抖弯曲的身子，摇摇细长或是宽大的叶子，重新站起身来，对着微风和阳光，继续自己的生命。

村庄四周山上，杂草、树木和荆棘最为明显，药草就隐身于它们之间。人站在村庄看不到它们，但它们可以看到人，还有人的房子、牲口、庄稼和炊烟。而一旦人需要它们的时候，它们不逃跑，一个一个站在原地，对人的到来，对自己生命的即将结束，也不表示惊诧。在药草心里，这一切都是正常的，死不过是一次再生，一次短暂消失。它们不像人一样，在意家族的血脉和香火，一个人之后，还要生许多的人来延续门庭。而药草不计较这些。它们的家族已经遍布天涯，深入众生。

村庄的山坡上盛产柴胡、桔梗、黄芹、荆芥、党参等等药草，如果把粮食、雨水、岩石、泉水和小动物都算上，说遍地都是药草一点都不夸张。可我总是觉得，以动物入药有点残忍。你想想，把一个生命弄死，摘其肝脏、皮毛或者全身为人类所食，这是一种什么行为呢？但药草不像我这般啰唆，比人更为散漫和宿命。

先说党参，多生长在村庄田地边儿上，只要有点土壤，它们就毫不客气地生长，与庄稼争夺生存资源。人看见了，也不说，总觉得党参是药草，可以为自己治病。一旦和自身利益联系起来，人就宽容了许多。每年春天，种子还没入土，党参就露出了脑袋，颜色杏黄。等叶子舒展开来，与茴香叶子仿佛，大小和形状若鸡蛋，有明显的纹理。四月份开花，花为红花，不日凋谢。

党参长根，叶子和花朵不过是一种摆设，或是向众草证实自己存在的一种手段，更为了人在需要它们的时候，便于找到。我家房前屋后，一溜的旱地边缘，多有党参生长，据说有补血养颜和调经的作用。村里妇女秋时挖掘，用开水冲泡后，呈淡红色，饮服，据说很有功效。

柴胡多生长在背坡细草稠密之处。茎叶青翠，至老不枯，闻之有香气，沁人肺腑，牛羊喜食。根部细长，年久者有虫噬，颜色黝黑，多直向下生长，根系单一，细若猫须。李时珍说:柴胡根,味苦,性平,无毒。主治腹部胃肠结气,饮食集聚,寒热邪气。推陈致新。叶子可治突然性耳聋,取之捣汁频滴即可。小的时候,常去后山背坡挖掘,摘叶取根之后,晒干,也可卖些小钱。

桔梗喜欢在山顶或阳坡杂草茂密处生长。根儿像小孩的手指,黄白色,八月时候方可采掘。掰开,可以看到它的细心,犹如蚁道。春天长苗茎,至秋天可长到一尺多高。桔梗叶很像杏叶但比杏叶略长,四枚叶子相对而生,嫩幼时可采来煮着吃。夏天开出紫色小花,颇似牵牛花。秋后结籽。其根主治胸肋如刀割般疼痛,腹满肠鸣和惊恐悸气。

黄芹长在阳坡,阳光充足之处,即使石砾很多的地方,也有生长。

荆芥最常见,秋天,垦有坡地的山坡多有生长。学名假苏。叶子尖而细,春天时,荆芥的叶子有辛香味道,可当野菜吃。秋后干枯,长处细针状的籽粒,扎人裤管,非用手摘不下。其叶主散瘀血、除湿痹、祛诸多风邪,利血脉,助脾胃。据说,吃了鱼后不可饮荆芥水。

此外,各种豆类、岩石、树木和各种水也可以入药。

听祖父说,山上还产有一种价钱昂贵的药草,村话叫“五灵脂屎”,是一种鸟儿的粪便,多在数十丈高的峭崖之上的岩洞里,人要采挖,须等到鸟儿出去觅食时候。腰里拴了绳子,由崖壁而下。找到一窝,可以卖到十两银子。多年前,村人为了挣钱,多舍命采挖,摔死者每年多达十几人。事故原因大都是绳子断裂,或者拴绳子的地方石头松动脱落,致人死命。对此,村人还有一种迷信认识,说是山中鬼神故意作恶,解开绳子,把人摔死的。

至今我不知那鸟儿模样, 以及它们粪便对人身体的功用。

人世何卑微

北风大雪

人和北风一起，将村庄里外收拾干净。该干枯的干枯了，该死的死了，可活着的照样活着。野草不把身子和脑袋伸在泥上面，都蜷缩在泥土下睡觉。蚂蚁、蛐蜒、甲壳虫等等小东西大概也厌倦了地面上的生活，像人一样，天气一冷，赶紧回到屋里，不忍把身子交给北风吹冻。这样一来，北风再大，天再冷，也都是外面的事情，和自己无关。蝎子们更精明，翘着尾巴，爬到地鼠的家里，凭着自己家族庞大势力，抢占别人的家园。乌鸦不远万里，从西伯利亚或更远的地方飞回去年的地方。有一些老了，有一些死在路上。还有一些肯定第一次来到这个地方。它们呱呱叫着，在叶子落尽的枝头上，蹦来蹦去，枯燥而无聊。

冬麦苗儿长到两寸多长的时候，就在寒风的阻止下，暂且停止了生长，一门心思地挨着土地取暖。北风吹动它们的身子，寒冷让它们神情枯蔫，但阳光一跑下来，人再浇上一次水，它们就自觉根基牢固了，再大的北风也不当回事。守得住自己就行。

灰雀也一天天地多了起来。灰雀是本地土著，人的房屋、树杈、草窝和堆放的庄稼秸秆里面，各个角落都有它们的巢穴，村庄就是它们的家。没有种麦子的田地空着，秋天时候倒青的藤蔓还蓬勃地长着，如果白天不很冷，早上冻上一阵子，中午就又泛了过来，虽然不知道要往哪儿长，但长的本身就是对生命存在的一种证实。耐冷的韭菜还不肯像草一样枯萎，扑棱着葱绿的身子，时时在提醒，要人赶紧来把自己割了捏饺子吃。

鸟儿们不失时机地占领了闲下来的田地。在收庄稼的时候，由于庄稼的过于成熟和人的粗心大意，在里面剩下不少粮食籽粒。鸟儿们当然欢喜了，它们比人更乐意不劳而获，或者这就是它们的一种生存手段。再说，人吃的东西肯定很好，村人们吃饭时，鸟儿们就在树枝上看着，馋得流口水，用人听不懂的话骂人。要是再一生气，干脆拉一泡稀屎，能掉在人碗里边当然好了，掉不到碗里也算是警告。

将果实尽量摘干净以后，人连庄稼秸秆也不放过。用柴架子一趟趟地背回来。再抡起铡刀，切成一段一段的，留着喂牲口，多余的就在院子里掇起来。无意识地让鸟儿们冬天有个温暖的被窝。这当然只是我的想法，村里人大都将庄稼秸秆用作引火柴，自己的事情都还顾不过来，没时间去为鸟儿们做些什么。

北风乱刮，村子内外都是叶子们的尸体，颜色金黄，质地干脆，厚厚的一层，人就拿扫把扫成一堆，用篮子装了，扔到粪堆里，再挑上几担子湿土盖住沤粪。孤寡老人们收了晒干当柴烧，不用费很大力气，就能攒好多，虽然不耐烧，但有得烧，总比没有强。

田里没事做了，男人们就想找点事儿做，种地打的粮食仅仅够一家人吃，有的还不太够，卖钱更不可能，只有到外面打工，当木匠或者拉大锯，挣点零花钱。上了年纪的人不愿意走动，到外面打工也没人愿意用，在家里也闲得慌，可又闲不住，一早起来，喝了米汤、吃了干粮，就背着架子，提着斧头，别了镰刀，到山上砍柴，或者拿铁锨、镢头去修整一下田地。到了地里以后，也不像播种收获时候那样紧张，慢慢悠悠地干，干多少算多少，谁也没跟定数定量，由着自己性子来就是了。

通常的情况是，收拾完地里的庄稼，年轻一点的男人都要出门干活去。老婆虽然舍不得，但必须支持。有的男人懒，想一直在家里守着老婆孩子热炕头，过几天吹牛聊天的清闲日子，老婆拢拢粘着草芥的毛发，叹息一声说，眼看就快过年了，家里一个钱儿也都没有，给孩子们穿啥吃啥？剁指头儿呀?!

男人们也心知肚明，就响应女人的"号召"。于是，会木匠的就出去跟人家做家具去了；会拉大锯的就跑到山西；什么都不会的，就出去打工，什么活计都干。

事实上，女人们也不希望男人出门干活，一个人在家，几天还行，一个月以上，就有点难熬了。有的熬不住，就捎信儿让男人回来一趟。光说是有事儿，而且是紧要事儿。有的婆娘什么也不说，男人啥时候回来算啥时候。

天长日久，有模样长得俏一点的男人，在外面混个相好是轻而易举，经常有的事情。这样的男人一般回家很少，从十月初到年根儿，回来一次就足够了。有的男人在干活儿时候，遇到风骚的女人，心里边想要的确想要，而且想得要疯；但转念一想，这样的女人无非是想挣点钱，贴补家用，生理需要倒在其次。怕自己挣的那个钱被人家骗了要了，回家没办法交代，就硬着心肠拒绝。实在拒绝不了，就来一次，人家要的钱多了，就暗里懊悔一阵子，发誓就这一次，以后光着钻被窝里也绝对不干。

想是这样想，至于能不能办到，谁也不知道。

男人前脚出门，雪后脚就下起来了，大多是在傍晚和凌晨。那时候，上山打柴的捆好了柴正准备往回走，或者村人们都还在睡眠之中。风刮了一阵后，地面的残枝败叶贴着地面或在空中飞舞着，从房顶、院地和牲口圈上边擦过，本来还不太冷，风走过，就冷了下来，有人会说，这天气咋就变这么快？看样子要下雪了。有人搭腔说，下雪好呀，麦苗儿不吃亏。

雪花说下就下了，不跟人商量一声。开始下的时候，也不惊动人。雪花的下落完全是雪花的事情，跟人一丁点儿关系没有。但村人不这么认为，老了的人尤其迷信。把下雪称作老天爷造福于村庄的善举，或者说今年春节咱村人都到砾岩村的龙王庙烧香了，龙王爷看着这片人好，下点儿雪，算是村人对神仙虔诚的一种回报。久而久之，年轻人也不自觉地跟从老年人的说法，虽很少发表议论，大多数心里边也还是这样认为的。有几个二杆子偶尔也会说句真话，敞开嗓门说，下雪就下雪，跟他娘的谁都没关系。

可雪花不管人的说法。它们成群结队，悠悠或者急速，不分地点、不分人头，该往哪里落就往哪里落。只是风会吹动，它们不得不偏离既定的方向。

我仰头看，纷纷扬扬的雪花，在暗冥天空中，仿佛珠链儿，一颗跟一颗中间是灰色的空气。它们下落到一定高度，就再也不是直线了，而是整串儿地微微斜着，像是谁在下面拉着不住奔跑一样。不一会儿，村庄就不见了，白色取代了整年一色的青石房子。要不是有些炊烟冒出来，跟空旷山野没有什么区别。远山近坡上面也再不是枯草和荒地的破落样子，一个个、一面面地光洁起来。

见雪下得大了，村人们就赶紧跑到柴火堆前，用斧头劈了粗的，剁了细的，一摞摞抱回家，放在雪下不着的屋檐下，或者屋里灶火跟前，再去麦场上掏一筐子干麦秸，用来保障烧火吃饭。不光是民以食为天，只要张着嘴巴的，哪一个都是以食为天。就连不说话的树木，也要向泥土要吃的。

村庄进入少有的安静时光，往日的打骂和叫嚣，因为下雪少了许多。但这只是一个表面现象。

那时候村里才几家有电视。想来也真可怜，二十世纪90年代初的时候，城市电器已经普及得水泄不通了，乡村还是十四寸的黑白电视机。而且，一个村子里最多也不过三台。年轻人喜欢看电视，整天钻到有电视人家家里，不管人家给多少白眼，都赖着要看。老年人大概不习惯看电视，坐在家里或找人扯闲话。五十来岁的妇女们也闲不住，让肚子里的闲话憋得四处乱跑。

到东家说西家不好,到西家说东家亏心,见人说人话,见鬼说鬼话,只要一开口,不一会儿,嘴角就冒出了白沫子。瞅个空隙,叫人家倒碗水喝,不管烫不烫,喝几口赶紧接上话茬儿,继续说东道西。说到最后,村里没有了一个好人,就她自己好。

有了雪,一切都安静了。可在光棍、好色的已婚男人,以及喜欢养汉子的女人们眼里,雪也是一种自然而又牢固的遮挡和遮蔽。哪个光棍要是和谁家的婆娘有过一次,下雪的时候,恰巧男人又不在家,机会难得,胡乱弄饱肚子就直奔目标。自己有婆娘,而且孩子几个的男人们要是热衷此道,其实早就瞅好了目标。要是准备下口,就要多费些口舌和心计。他们也都知道,这世上,什么事情都要讲究个水到渠成,你情我愿。强行的话那就成了犯罪,村里人再傻,也还有点法律或说道德意识。

如果哪一个光棍还没有目标,看看急于交配的公狗,大致就想象到了他们的行状。这样说虽不道德,但狗也是生灵,是人把狗的名誉弄脏弄臭了。以此来喻人,似乎没有什么不妥。对有点钱财积蓄的光棍来说,找相好的时候还有自我选择的权利,家境不好的光棍只能随遇而安,好赖逮着一个就算不错了。

往往,没目标的光棍吃着饭,或者躺在光板儿炕上,脑子里一刻不闲,想的就是这件事。不用一夜,就能把附近村庄里所有的婆娘通通想一遍,然后结合现实经验,再筛选出那些男人不在家的婆娘,一个挨着一个,觉得没可能的就遗憾地放在脑后,有可能的就再想,从每一个细节开始,以自己的日常观察为主线,以种种可能为自己打点勇气或者狠拍脑门。选定几个还不算，还得进行横向比较，喜欢胖的就以胖的为主要目标，喜欢不胖不瘦的就以不胖不瘦的为主要目标，喜欢骨头架子的就以骨头架子为主要目标。若是几次搞不上，或者让其他的光棍或者好色之徒捷足先登，就退求其次，另起炉灶。

人和人，男人和女人，情感、命运有时候很奇妙。谁也不知道自己这辈子会和谁好一阵子，爱一辈子。村里光棍多，婆娘也多。可一个光棍不止一个相好，一个婆娘也不止一个光棍或别的男人。但这种关系大都不稳定，有的好了不到一个月就闹翻了，有一些则持续得时间长一些，保密工作也做得很到家。我在村庄时，看到过几桩这样的事情。不知怎么着，这家婆娘或男人就和某个光棍吵起来了，两家全体人员个个摩拳擦掌，瞧架势，想要大干一场，你死我活。再仔细一听，原来是因了光棍骚扰人家婆娘，或者谁谁说了他们俩的带色闲话，当事人男人知道了，先和老婆吵闹，老婆没法子，就把那光棍拿出来骂一顿，以证清白。

有一次，我和一个光棍在山上打柴时候遇到。两人坐在茅草披拂的岩石上说闲话，一开始，光棍说了他和几个婆娘的事情，但决不说具体人名。不过，他早年间和自己叔伯嫂子之间的事儿全世界都知道，已经到了明目张胆的嚣张地步。因了他嫂子为人可恶，男人管教不住，离婚又怕自己也沦为光棍，看见了就当没看见，委曲求了全。正如村人常说的那样：再大的事儿，不把它当事儿，它就没事儿了。

我还知道，这位光棍有偷听别人做爱的毛病，按照医学说法，叫“窥淫癖”。那位光棍和他堂嫂子之间的事情发生得很偶然。那也是冬天时候，他一个人闲得没事儿，躺在炕上心里边火急火燎了大半夜，实在无聊，就起来满村游转。见他嫂子家亮着灯，就去了，从窗口缝儿往里一看，只见村里的另一个光棍在里面正穿衣服，穿好后，又拿出钱放在炕沿上。彼光棍开门走后，此光棍就跟在后面，一把拍了人家肩膀，那小子吓坏了，还以为半夜碰了鬼，一屁股跌坐在地上。

第二天傍晚，这光棍哼着小曲到他堂嫂子家去。坐下来，说还没吃饭。堂嫂子就盛了一碗给他吃。他低着脑袋一口气吃完饭，抹抹嘴角，又抽烟。抽了十几根，都快夜里十二点了，他还不走，就坐在堂嫂子的炕边，有一句没一句胡乱拉呱。

堂嫂子也是个精巧伶俐的人，看出了他的意思。可就是抿着嘴巴不点透。

眼看就要十二点了，这小子才嗫嚅着说，昨夜里碰见那个谁了。他堂嫂子一听，就知道又来了一条馋得嗓子冒烟的“狼”，收拾了碗筷，大花被子一拉，水到渠成。此光棍自此交了色运，每年打工挣不少钱，除了自己零花，基本都到了他堂嫂子手里。

等到天气放晴，雪耐不住光，不得不回到来处，几天时间，向阳处的就消失得差不多了。田地里面雾气蒸腾，仿佛夏天一般。可一到傍晚，温度骤然下降，正在融化的雪就不得不暂停下来，已经化成水儿的就结成了冰。村庄的房前屋后到处悬着冰凌，有悬挂不牢的，冷不丁掉下来，吓人一跳。

冬天徐徐向前，说着、想着，就到了年关，人们把该办的事儿办了，心静下来，尽管只要活着就有办不完的事儿。这时候，早先出外打工、做木工、拉大锯的相继回来，钞票不管多少，总要带一点的。遇个暖和一点的天，有勤快的人家，把牲口和猪圈里的粪铲出来，和土粪掺和了，等到春节一过，再等上个十来天，就又该往地里送粪了。

看见即唤醒

那个夜晚初始，是柜台上的白酒，头顶白色灯光，三五个同龄人。外面的评剧在我们经常玩耍的土台子上面，锣鼓铿锵，听不懂的唱腔在夜晚的门口，传达着久远的故事和情绪。大人们坐在自家的小凳子上面，仰面看着舞台上那些人在方寸之地来来去去，喜怒哀乐。我想，那些釉彩脸谱、长衣宽袖、蟒袍玉带是些什么呢？它们太过遥远了，与我们的心情和生活毫无瓜葛。倒是这些白酒，分别倒在玻璃茶杯里面，白白的液体一阵微晃后，渐渐平息。

那一年，我和老民棍子十四岁，可我们已经学会把酒作为一种介质，借以丈量朋友之间的亲密程度了。太阳快落的时候，他喘着粗气，涨红着脸，跑到我们家院子里断断续续地说：曹书小晚上要来咱们村看戏。那么老远，黄毛、大嘴岔和咱俩都算他不错的朋友，晚上得表示表示吧？我说行，这应当的！吃了晚饭，我和老民棍子就在黄毛和大嘴岔的带领下，还有一个不大熟识的曹书小带来的朋友，走进戏台一边的小卖部，买了酒、花生、江米条和瓜子，然后倚在柜台上各自端起来，同声喊：喝！那声音在低矮的小卖部房顶打落一片尘土。

白白的液体进入嘴巴、喉咙和肠道，火焰一样，说不清楚的难受。我喉头哽动了几下，几乎要呕吐出来，只觉得脸庞一阵火烫。但我必须要喝，同学啊，义气嘛，这多么神圣?！我们说着一些什么，但早就忘了。我只记得，那是我第一次大口量地喝酒。曹书小走的时候，我们出来，在路边送他们，看他们的身体和自行车一起摇晃，在向下的村间公路上逐渐消失。

这时候的黑夜已经很浓重了，戏台上的锣鼓也将近尾声。我们站在路边，风一吹，头脑一下子就含糊不清了，僵硬的舌头也舒展不开。几个人你一言我一语地说起了今晚的核心人物曹书小。我们都知道，曹书小的爹是乡卫生院院长，是我们羡慕的对象。院长——代表着钱财、荣誉和地位。我们虽然还小，但早就渴望了。

正在我们说的时候，一直没吭声的黄毛鼻子里不断发出哼声。我们知道他对曹书小刚才不喝酒的表现有点不满。就一起住了嘴巴，看着黄毛。在黑暗中，黄毛的脸好像是紫色的，再加上戏台上的余光，看起来更加严峻，甚至有点恐怖。

黄毛又哼了一声，转身面对我们，先是掏了香烟，分给我们一支。点着，吐出一口烟雾，又深吸了一口，和着烟雾一块儿告诉我们说：他和曹书小是卫校时候的同学，感情好得像梁山伯与祝英台，七仙女和牛郎，连追女同学都不分你我。说话之间，扬了几下额前的刘海，那神情，在那个黑夜，让我印象深刻。

说起来，我、老民棍子和大嘴岔、黄毛他们已经好久没有拉帮结伙了，尤其是分别升了初中之后，在一起的时间少得就像每周回一趟家。

每年初秋，村里都要请戏团来演几场大戏，算是报答神灵们对村人和庄稼一年的护佑和赐予。可端坐在台下看那些人在上面装腔作势是大人们的兴趣和爱好，我们只是喜欢趁着这样的机会，搞一些自己的活动。就像那个夜晚，曹书小来了，我们喝酒了。这要在平常，谁也不会买一瓶白酒分给大家喝。

往往，喝完了酒，我们就想做一些什么事情。酒精在身体之内迅速扩散，膨胀着我们的血液，壮大着我们的胆子。当时的感觉，就是迎面走来一具老人们经常说的僵尸或者妖精，眼睛眨都不眨一下，看见了也当没看见。我们站了好大一会儿，腿脚有点酸胀。黄毛倡议大家坐下来，厚厚的沙土还残存着太阳的温度，只是有点潮湿，屁股凉凉的。

黄毛却坐在马路礅子上，跷着二郎腿，牙齿和嘴唇左右摆弄着过滤嘴香烟，一副老大派头。我心里有点不服气，但也不敢当面对抗，只是用黑夜中的眼光狠狠地剜割了他一下。

黄毛当然没看见。

大嘴岔最先开口说，咱们得去干点啥才过瘾吧？黄毛立马接茬说，对，这个提议符合君心民意。老民棍子也随声附和。但具体干点啥呢？我们心里也没底，相互看了看，就把眼光聚向黄毛。黄毛继续抽烟，没表示意见。他嘴边红红的烟头明明灭灭，看起来有点神秘意味。过了一会儿，黄毛扔掉烟头，站起身来说，跟我走。我心里一阵狐疑，但没发问，倒是老民棍子开口了，说干啥去？走在前面的黄毛止了脚步，回头盯了老民棍子一眼。

离开灯光，黑夜陡然沉了下来，都快压到眉尖了，到处都是它们的柔软肢体。我们气喘吁吁，离开大马路，向着和尚沟的方向走去。大我们六七岁的黄毛脚步迈得很大，我们几个在后面步步紧跟，生怕拉远了距离。这时候，先前的酒气已经消散了一部分，晕胀的脑袋逐渐清醒。

和尚沟是一个空荡荡的山沟，两边山峰高耸，且越走越深，尽头是一座大山。大山腹部，住着一个五十来岁的寡妇；左边的山坳里，住着一个四十多岁聋光棍。夏天时，也常有放牧牛羊的人偶尔在那儿过夜。暑假或者寒假，我们这些半大小子经常会去那里收割庄稼或打摘果实。

事实上，离开大马路的那一时刻，我们就知道了此行的去向，不知老民棍子和大嘴岔怎样，我心里打起了退堂鼓，但又不敢说出来。黄毛的威严和手段我们是领教过的。在他那帮子同龄人中间，黄毛是最能摆舞的，说一不二，对他爹都是说打就打，即使扬言要和村支书青刀子进红刀子出的狗和平，也憷他三分。

这样想着，脚步不自主地慢了下来，走着走着，倒是大嘴岔离黄毛最近，和我、老民棍子之间至少相差五十步左右。老民棍子猛地凑到我耳边说，害不害怕？我说，不害怕是驴。黄毛回身看了我们两个一眼，压低声音喊，你们两个小兔崽子，几天没吃饭了！我和老民棍子急忙跟了上去。

路越来越不好走，脚下尽是卵石，一不小心就要崴脚，可又不能走得太慢。这时大概十点多了，处在空荡荡的山谷，徐徐吹来的风格外清冷，身上起满了鸡皮疙瘩。我放下衬衣的长袖，系了领扣，身体还止不住打哆嗦。

路逐渐窄了，一边的山坡上树影有如鬼魅，轻微摇晃身体，杨树叶子互相拍打的声音，类似于鬼在鼓掌；就连一向柔顺的茅草，也在风中发出簌簌的响声，像是被什么东西踩着行走一样。不由得想起祖父说过的那些妖精鬼神。祖父曾说，他年轻时备战备荒，在这山沟修坡地，晚上，起来小便，就看见一个光身子的大孩子，推着一块大石头在河沟里面疯狂奔跑，石头与石头相撞的火星和巨响都真真切切。还有黑猪军他爷爷被狼舔掉半个脸的真事……想到这些，越发惊惧，感觉四周潜伏了许许多多的妖精鬼怪，随时都可能跳出来，把我们几个撕成碎片，再一口一口吞噬掉。

刚走过一道斜坡，就有一块石头滚了下来，要是少走两步，就砸到身上了。老民棍子和我一阵惊恐叫喊。黄毛和大嘴岔转身说，看你们俩那㞞样子！一块破烂石头就吓成这样，还能干成什么大事！

我声音颤巍巍地哀求说：黄毛哥，咱们回去吧。

黄毛转身又点了一支香烟说，既来之则安之，一会儿就好了。我们只得听从，就是黄毛允许我们回去，我们两个人也不敢。

满天的星星照亮山谷,虽有点黯淡和模糊,但轮廓十分清晰。转过一道山岭后,终于有了灯光。黄毛说,那个聋子还没睡呀。我们附和了一声。黄毛又说,咱们去看看!我不知道黄毛来这儿的真实目的。正想着,几个人已轻声轻脚地走到聋光棍的窗子下面。

黄毛个子高,第一个探了脑袋。

聋光棍的房子也是青石砌垒的, 和村里大部分房子一样。就是时间长了些,青石头灰暗,还长着一些绿色苔藓,滑腻腻的,像小孩的便溺。聋光棍房子一边,还有几个房子遗址,房顶没了,房墙大半坍塌,院子里面长满了蒿草、葛条和树木,其中,有不少的李子、梨和苹果树,树上缀满了即将成熟的果实。

我们在一边站着歇息,谁也不敢走远一步,彼此的鼻息听起来就像是自己的。黄毛的手指捅开聋光棍的窗户上的马头纸,一只三角眼贴了上去。我心里骂说,黄毛黄毛,这么无聊,深夜来此,看人家睡觉,真你娘个屌! 又想起来路上的惊悸和恐惧,忍不住又加强了一下,在肚子说,黄毛黄毛,狗日驴挑,正事不干,黑夜胡窜,害得老子,跟着受难。

过了好久,黄毛还没下来。大嘴岔轻声说,黄毛哥,看见啥了?黄毛没有吭声,眼睛像粘住了一样,一声不吭,也一动不动。大嘴岔有点等不住了,脚踩了凸出的墙石,捅了又一格窗户的马头纸,和黄毛一样,贴了眼睛往里看。一边的老民棍子用胳膊肘子顶了我一下,黑暗中的眼睛眨了几下。他的意思我心里明白,也向他眨了几下眼睛。

夜又向深夜延伸了几步，四处寂静得像是真空一样。

黄毛终于下来了，大嘴岔还是原先的姿势。黄毛轻手轻脚地离开墙根，走到十几米外的一棵老树下，掏出一支烟，拿打火机的手指明显地颤抖着，噗噗的火苗在静谧的夜晚犹如鬼魅眼睛。就在那一瞬间，我看到他的脸似乎有点变形，像是刚刚遭到惊吓一样。不几口，黄毛嘴里的香烟就成了灰烬。

扔掉烟蒂，黄毛才神秘地凑近我和老民棍子，胸脯和鼻翼大幅度喘息，像刚刚抬了几百斤重的东西。结巴着说，你……们……两个去看……看吧。我看了老民棍子，正巧老民棍子也正看我。迟疑了一会儿，我先跑了上去，从黄毛捅开的窟窿往里看。

这里虽没有通市电，但两盏煤油灯已足够使小小的房间无所隐秘了。一面黑漆剥落的桌子横在窗口下面，桌面上放着一只空了的瓷碗，还有几枚青色苹果和煮熟了的玉米。再向前，是一张太师椅子的后背、门口一边墙上的铁锨和锄头。靠左一边是床，不大的一张床，正好对着窗户，床上是两个人的身体，赤裸着，正面对着我们所在的窗户。我看见了另一个的隐秘部位，她就那样，四肢舒展，仰面躺着，有点花白的头发遮着半个脸庞，全身白皙，只是有点松弛，就连私处，也霜痕重重。一边的聋光棍侧身躺着，一只手搭在那个女人的胸脯上面，短粗的手指在白色肌肤的衬托下，显得有点丑陋和滑稽。

这一幅原始的生命场景，我没想到它竟然如此的自然和直接，瞬间就在我个人的意识天空划出一道照彻生命的强光，它直截了当、干脆利落。许多年后，它仍旧在我的记忆当中，张扬和昂挺着一种不妥协的力量。

离开聋光棍的房子，到路边，我们几个都觉得特别饿，前心贴后心的感觉。黄毛带着我们在一边偷摘了不少的李子、梨和苹果。一边走一边吃，还没到家，肚子就胀痛，接连拉了几次肚子，再后来，疼得连腰都直不起来了。黄毛和大嘴岔在前面带路，也捂着肚子叫爹喊娘，好不容易到村边，忽然想起了开私人门诊的刘大膀子家就在旁边，几个人二话没说，就擂响了他家的红漆大门。

光棍故事

再好的男人不一定能找上老婆。再傻再丑的闺女一个也都剩不到家里。

城市里满街都是女人,顶着花帽子或者太阳伞,穿着连衣裙超短裙裤头到处乱转;即使村庄,怀里抱着孩子,骑着车子,下地干活的女人也不少见。可轮到光棍那里,一个女人毛都逮不着。

这些话,是村人时常说的。其中大都是抱怨和不平。还有的,是对客观现象的基本评价。

事实也是如此。在村庄,光棍也是一个长盛不衰的群体。之所以成为光棍的原因各个不同,但几乎代代都有。有的光棍苦苦寻觅多年,年纪大了,就哀叹着认命了,认为上天注定了自己的光棍命。有年轻的光棍,尚还意识不到这一点,就把眼睛瞪得像铜铃,探照灯一样远近村庄四下里找,能找个当过妓女,被城里人抛弃了的二三手、三四手、五六手的也算是烧高香了。这样的妇女，好处是不害羞，还胆子大得像乡长，技巧方面更是叫人魂飞魄散，骨碎肉烂。

说这话的是后沟村的光棍黑老三。人听了，谁也不说啥。心里都明白，人家黑老三有这个资格说这话。因为，他刚娶了四里庄的林巧凤。

林巧凤人长得俊，还没到十八岁就被乡长盯上，说无论如何也得把林巧凤变成他们家的人。人背后议论说，该不是乡长那骚驴毬又要祸害人了吧？知情人却说，都想歪了，乡长说把巧凤给自己儿子当媳妇。

林巧凤中学毕业后，乡长找了几个人去给自家儿子说媒。爹娘倒没啥，可林巧凤死活不点头。百般劝解不果。爹娘哀叹着说：一个人一个命，以后是吃糠咽菜，还是绫罗绸缎由老天爷定吧！

长到十七岁，林巧凤先是跟着一个堂姐学美容理发，后来又到一家商场做售货员。忽然一日，村人说：那么好的一个闺女白瞎了！好端端的人不当，当小姐！村人一听，忍不住摇头叹息。还有的说：放着金窝不住，住鸡窝，天知道那闺女咋想的？

再后来的传言更多更离奇。有的说，林巧凤被一个铁矿老板看上了，在小洋楼里住了半年，又去舞厅了！有的说，现在到石家庄了，跟着一个退休的老人。如此等等，一年半载里面，大致有三四种说法。直到有一天，林巧凤回来了，村人掰着指头一算，哎呀一声，才知道林巧凤已经二十六七了。

别说乡长，村长也不登门了。耽搁了几年，林巧凤就跟了光棍黑老三。

黑老三自个儿心里清楚，像自己这种家里边不是很富裕，爹娘死得早，没有手艺没有当官亲戚带好处的小光棍，人家林巧凤愿意嫁给咱那就烧了高香了。

结婚那天，村里的老年人拒不来给黑老三帮忙，倒是一些年轻人来了，帮着黑老三摆了酒席，陪够了酒，又放了鞭炮，把林巧凤娘家人送走。晚上又折腾了酒席，请邻村送贺礼的人吃了喝了，已经是凌晨两点多了。

村里的一大群年轻人个个喝得醉醺醺的，黑老三暗示了几次，可年轻人就是不走，一个个或站或坐或躺，堆在黑老三和林巧凤的洞房里，抽够了烟，喝足了水，嚷着还要闹洞房。这时候，22岁的堂弟白晓通一声令下，几个小子一个个挺直了身子，吐掉烟头，用脚一踩，就把胳膊捋了，走到林巧凤跟前嬉皮笑脸地说：哎呀嫂子，让兄弟今儿个打你几个"悠墩"（闹洞房的一种游戏形式。通常为几个人抬起新媳妇把屁股向墙上撞）？林巧凤两眼一瞪，开口就骂：你们这些王八羔子，都啥时候了，还给老娘整这个里个儿愣！再不走，老娘可就拿刀剁了！林巧凤一说完，掉转身子，脱了皮鞋，撅着屁股爬到床上，把被子拉开，伸手就解上衣扣儿。

闹洞房是村庄约定俗成的规定，不管是大官的千金小姐，还是穷人家的黄花闺女，只要出嫁，成为别人的媳妇，结婚那天晚上，村里小伙子就有权利闹洞房。作为新媳妇还不能表示反感，如果找地方躲了，就是翻遍村庄也要把你找出来，和你闹腾够了,才一个个回家睡觉。嚣张的大小伙子们兴致勃勃,没想到碰了一鼻子灰,挨了林巧凤的一顿骂,一个个脸色唰的变了,嬉笑的神情还在脸上挂着,一会儿就凝固成了尴尬。怔了一下,白晓通第一个转头朝门外走去,一抬手,把黑老三的大红门帘掀了个旋风舞。其他的几个半大小子也跟在白晓通后面,气咻咻地走出黑老三的房门。

别看光棍黑老三平时在村里指天骂地,打狗撵鸡,谁惹了他,敢揣着把杀猪刀子窜到你家,砸镜子摔碗,还要和你刀子上面见高低,可在林巧凤面前,平时的嚣张和霸道变作了唯唯诺诺,看林巧凤冲白晓通他们发火,当时就想制止。可一看林巧凤脸色,嘴张了几次,又把话儿咽了回去。

黑老三起身走到门口,把帘子挂好,随手吱呀一声,把门关住,用插销插了,一边往床边走,一边小声对已经躺在床上的林巧凤说,今儿个趁个高兴嘛,平时这些人连请请不来,况且人家又给帮了几天忙。不看僧面还看佛面呢!躺在床上的林巧凤一听,一个鲤鱼打挺,床板嗵嗵响了几声。只穿了裤头和乳罩的林巧凤两手往腰里一掐,张口大骂黑老三说:你他妈的黑老三,老娘不高兴咋了?啥时候老娘轮到你来教训了!实话告诉你,老娘今天能进你白家的门是你白家上辈子积了德, 祖坟冒青烟,你他妈的不要不识抬举! 实话告诉你,等张处长和他那个死老婆离婚了,老娘就是官太太!

林巧凤骂完,喘着粗气在床上站了一会儿,又一屁股坐下来,拉了被子盖住脑袋,自顾自地睡了。黑老三怔在原地,到现在才明白林巧凤死活不领结婚证，原来就没打算着和自己过。村里也不断有人说，人家林巧凤嫁过来不过一时，等市里的那个张处长和老婆离婚之后，就来接林巧凤。一开始，黑老三还真不相信，要是像村人说的那样，林巧凤就没有必要答应和自己搞这个结婚仪式，在哪儿等不是个等？

黑老三在床边坐了一会儿，抽了几根烟，一时间，心里边翻江倒海，说不清是苦还是咸，只觉得胸脯里有一股硬气，撑得肋骨疼。前前后后地想了一圈儿，自己打开被子，挨着林巧凤躺了下来。

被子是两个姐姐送的，大红缎子被面，上面还绣着两只金色的鸳鸯，在几道水纹里面身子挨着身子游水。看到这些，黑老三心里就越憋屈，心里想：这世界真是不公平，有的人一辈子身下女人无数，像赶骡子一般，鞭子打了一个又一个。有的人一辈子连一个女人都没有。我黑老三花了十几年攒的那点血汗钱，敲锣打鼓，摆酒席进洞房，看起来也热热闹闹娶了回媳妇，从今以后再不要一个人守着个冷被窝，胡思乱想，睁眼等天亮。娶回来一个母老虎不要紧，凶一点就当管自己，省得像以前那样吊儿郎当，整天没事干，东家跑西家窜，到哪谁都不把自己当人看。本想娶个媳妇，生个孩子，盖个房子，一辈子也活得像个人样儿。你林巧凤当过鸡，被当官的包过，搞过俺不嫌，只要你一心跟俺过日子，一家人和和气气，种好地，管好孩子，看好门，比啥都强。闹了半天你林巧凤心里边想的还是那个臭当官儿的，让俺白花了那么多钱。

想着想着,黑老三的眼泪就流了出来,心里边好像压了一块铅,快把肚皮给坠破了一样,接着就小声哭了起来。

林巧凤实际上也还没睡,听黑老三在哭,心就有点发软,毕竟人心都是肉长的。因为吃了一些凉菜,肚子有点不舒服,忍不住放了一串闷屁,臭得赶紧掀开被子换空气。黑老三一听林巧凤有了动静,就把哭声压进嗓子里。等林巧凤重新把头捂上,就又哭出声来。过了一会儿,林巧凤猛地拉开被子,大声说:你他娘的还让人睡不睡,爹死了还是娘跑了,哭啥呢哭?! 林巧凤这一骂,黑老三愈发伤心,索性放开嗓门,呜啦啦地放声哭了起来。

林巧凤气不打一处来,翻身坐了起来,一把撩了黑老三的被子,放小声音说:老三老三,今天可是大喜日子,你这么个哭法儿可不好,咱俩以后还有日子过呢。实话对你说了吧,那个张秋林即使和他老婆离了婚,也不可能来找俺的,俺以前在郑州当过小姐,张秋林不是不知道。

黑老三听林巧凤这么一说,马上止住了哭声,把灯拉着,看着林巧凤,嗫嚅着说:俺想也是这么个道理。巧凤你知道了就好。

男人是土,女人是水,两相掺和,才能和成泥。这天晚上,林巧凤把黑老三拉到自己被窝来,运用自己做小姐看三级片学到的技巧,把个三十三岁的小光棍黑老三伺候得欲仙欲死,浑身的骨头都化成了水儿。

第二天起来,黑老三的两只眼睛肿得像个猪尿袋,眼眶像抹了锅底黑。村里快八十岁的老光棍白金山站在自家破烂的屋檐下面，扬着根尺把长的旱烟袋冲黑老三喊：嘿，兄弟来来来。黑老三回过脑袋，看了老光棍白金山一眼，声音打着颤儿回答说：金山哥，你咋起这早呢？白金山压着嗓门，从鼻子里面挤出一串笑声说：俺不像兄弟你啊，晚上有事儿干。没事儿干不起早点，就他娘的成了葫芦蛋了，死了都没人管。

白金山长得一表人才，鼻隆口方，眉毛黑长，像是两把剑。算命先生给他算命说他以后不是大将就是富商，横竖都能光宗耀祖，反正了不起。他爹白有成听了算命的话，一蹦三尺高，高兴得门牙都给笑掉了。见了人就说，俺白金山可不是凡夫俗子，将来可以出将入相，当他娘的大官呢。俺白家穷了三代，这一下子可就要翻身了。

回到家里，白有成就对婆娘说，咱小子金山不是个平凡人物，以后一定能成大事。成大事儿就得有文化，现在不让孩子读书，可能就葬送了他一辈子，他的前途没了，就等于咱一家前途没了。婆娘向来没有主意，白有成说啥是啥，从不反驳。就帮着白有成挖了瓮里的麦子、黄豆，放在毛驴背上，拖到上苑街卖了。又找了上苑村的大秀才曹白起，以一副猪肾做了见面礼，好说歹说，曹大秀才答应让白金山到自己办的私塾里读书。

白金山读书倒也长进，几年下来，把四书五经背得滚瓜烂熟。也成了远近闻名的文化人。他爹白有成更是欢喜得不得了，做梦都想着白金山考取了状元，当了大官，一班子差役前呼后拥，敲着铜锣，喊着肃静回避，从京城回到了后沟村。有时候老婆不小心把梦给撞醒了，就骂老婆眼睛长到屁股上了。

当时外面发生的事情，白金山听到了一些，知道状元、榜眼的时代已经被一帮人闹革命闹没了。只能叹息说，错过了一个好机会，是老天爷不长眼。

又有人说，上苑人太可恶，把好风水坏了，破了自己的状元前途。

可他爹白有成不管这些，对白金山说，革命归革命，只要还有平头百姓，哪个朝代都有当官儿的。紧接着，仍旧一本正经地劝白金山不要泄气，跟着曹大秀才好好读书，等天下太平时候再进京赶考，考个状元回来，到那时候，一百个老婆都不在话下。

直到来了日本鬼子，白金山的状元梦才正式破灭。他爹白有成不那样想，认为日本鬼子也是一时的，迟早要滚蛋。白金山年纪还不到二十岁，有的是时间。白有成说，人家蝉房那个状元不是50了才考上的吗，咱也不着急。

村里面和白金山一般大的男人除了傻子白大凿子外，都娶了婆娘，转眼之间，就有了孩子，活蹦乱跳地跟在老子后面，跑到山里面拾柴，到地里面帮着大人捡麦穗儿。白金山他娘就说，该给咱金山说媳妇了。白有成就说娘儿们家浅见，等白金山考了状元之后，娶个京城大官家的小姐回来，可比在咱这儿找个"土鸡"好。

白金山也给他爹说过几次。可白有成就是要白金山好好读书，一遍遍对他说，等啥时候中了状元，当了大官，天下的女子还不任咱挑？白金山生气，但不好发作，毕竟读了几年书，三纲五常，诗书礼仪深入骨髓。自己也盼着战争和革命早早结束，能在政府部门混个一官半职，赶紧成家立业。

就这样一拖再拖，村里边合适的闺女都嫁了出去，和自己年纪相差不多的一年比一年少，白金山心里急，急了就找他爹，白有成官迷心窍，死活劝着白金山再等几年，就会时来运转，找媳妇成家都没啥问题。

日本鬼子倒是走了，革命也成功了，村人也欢呼，也高兴，白金山也找了住在村里的政府人员。人家问他都会些啥。白金山说，读过四书五经，诗书礼仪无所不通。可政府人员说，这些都是旧社会的，现在是新时代，用不上。看他会写字儿，而且写得好，就让他帮着抄抄写写，算是为新中国做贡献。回去拿行李的时候，他爹白有成一听政府让自己儿子去帮忙，就对儿子说，你看你爹说的就是不差，有文化肯定能当官儿。

白金山帮了几个月的忙，发了一身黄军装，还领了几回麦子。白有成就当自己儿子成了官儿了。这时候，西边路罗村的宋启明找上门来，要把自己闺女宋莲花给白金山。白有成想也没想，就把人家给拒绝了。

白有成心里想，儿子白金山这还在上苑村里面当官儿，以他的文化，到县里是不成问题的。县里的街道又宽又长，卖的烧饼、糖葫芦、麻糖、煎包子和豆腐脑一看就叫人流口水，儿子到那里当官以后，老子不就每天都可以吃到了吗？在上苑村有个啥，称几斤猪肉还遭人家白眼，不相信俺白有成有钱似的，连眼珠子都看不起俺。儿子出息了，俺非要那帮子混蛋看看。

事实上，白金山不但没有去到县里面当官，而且还挨了整，连自己村里的人都骂他臭老九。凤凰落架不如鸡，在村里当官的时候，还有人巴结，把闺女送上门来。白金山一倒霉，马上就没人理了。他爹白有成没想到儿子会落到这一步，连羞带气，不几天就一命归西。害得一表人才的儿子白金山到了四十岁还没找上媳妇，好端端一个读书人，竟跟没文化的、思维有问题的人走上了光棍这条道儿。白金山心里边那个气呀，恨不得把白有成给撕了，可那是爹，老驴拉不动磨，一点办法都没有。

爹娘死后，白金山就一个人住在老房子里面，反正没有媳妇，也不准备着怎么把时光过好，只要每天有吃有活就行了，到老了动弹不动的那天，再叫外甥子来看管几天，实在不行，就半瓶敌敌畏喝了完事。

这是村里光棍的普遍人生临终打算或说最后宣言。

再说黑老三和林巧凤。这两口子整整比白金山小了两辈，黑老三应当叫白金山爷，因了白金山是个光棍，在村里和黑老三一样没有地位，两个人就省略了称谓。没娶林巧凤之前，黑老三还经常到前辈白金山那里取经，也想找个相好。现在娶了媳妇，就跟白金山疏远了。反正白金山已经八十多岁了，也没几天活头了。

村里死了一个光棍，还会有新的光棍诞生。

几年后，林巧凤并没有被城里的什么张处长接走，还和黑老三生了一个儿子。如果没出什么意外的话，他们俩也早抱上了孙子。

有志青年朱有成

好不容易把一片春玉米地锄完了，朱有成松了一口气。伸手擦了擦额头的汗珠子。冲在下面地里挖土的朱明起喊:“二大爷，上来抽根儿烟吧。”朱明起是个爱抽烟的人，平时舍不得买卷烟抽，也和朱有成他爹朱青山一样，整天吧嗒着个旱烟，老远就能闻到身上的呛人味道。朱明起听朱有成叫他抽烟，心里想这小子抽的是卷烟，蹭几根儿也不错。

可朱有成叫朱明起抽烟，不光是偷懒的心理在起作用，最大的目的是请朱明起再给自己算一卦。听村人说，朱明起算卦真有一套，主要是从生辰八字和手相上看，据说这样比打卦、抽牌来得准。朱明起和朱有成在地边儿的石头上坐了。朱有成说:“二大爷，给俺再看看?”朱明起嘴巴大，满口黄牙，脸皮干得跟松树皮一样，把朱有成递给他的烟狠狠吸了一口，在嘴巴憋了一会儿，再把灰白的烟雾从鼻孔里喷出来

朱明起说:“算就算算呗!”接着问，“报一下你的生日时

辰？”朱有成说：“八月初六，鸡叫头遍的时候。”朱明起嗯了一声，把烟叼在嘴里，左手伸开，大拇指挨着在四个指头肚儿来回掐。吸溜了一口烟。转头对着朱有成说：“你这个命不赖，吃不了啥大苦头，一辈子衣食不愁，有家有口。”

朱有成又问说：“看看俺啥时候能找上媳妇？”朱明起抓起朱有成的左手看了看说：“你的婚事还得几年，还没开呢。”朱有成嗯了一声，疑惑地问了一句：“这样儿呀。”朱明起又问朱有成说：“有成你今年多大了？”朱有成说：“比您家武生哥小一岁。”朱明起啊了一声说：“28了啊！”朱有成嗯了一声。

朱有成自打初中毕业，就一直跟着他爹朱青山干商店。

朱青山以前是县城供销社朱家庄分销点代销员。供销社不景气了，就把个分销点承包了出去。朱青山和几个儿子闺女商量后，都觉得可以承包，也算给最小的儿子朱有成找了一份工作。

朱有成人很聪明，跟着他爹学了一年，就把算盘儿打得吧啦响，做生意也有些新鲜招儿，嘴皮子也甜，常说得买东西的乡亲们心花怒放，不想买也忍不住买。时间一长，村里人夸奖朱有成脑子活，是个做生意的好料。十七岁那年冬天，和尚沟村的白起亮趁黄昏到了朱有成家里，对朱有成爹朱青山说，愿意把自己的闺女白凤巧许给朱有成。朱青山当然高兴，白起亮家境丰厚，又是小学教师，亲戚们中有当乡长的，有在信用社工作的。方圆十几里的村里，算得上少有的家大业厚，财势两全。

闺女白凤巧还没到十八岁，上门说亲的人都快把门槛给踏破了。白起亮不是嫌远，就是觉得门不当户不对，拒绝了好多前来提亲的人。

朱青山二话没说，就替朱有成答应了这门亲事。白起亮走后，朱青山就到了店里，对朱有成说了。朱有成见过白凤巧，人长得虽不是很漂亮，但也动人，朱有成说没有什么意见。

当天晚上，朱青山就召集了在家里务农的几个儿子，简单商量了一下，几个儿子都说这是好事，没啥意见。朱青山就说："那咱瞅一个好日子，先递了手巾再说，免得夜长梦多。"

腊月初三的晚上，朱青山在新买的一对花手巾里包了一千块钱，带着朱有成，跟在媒人张翠玲屁股后面，到了白起亮家。喝了几杯酒，围绕着朱有成和白凤巧的婚约，双方交换了意见。两家大人叫朱有成和白凤巧相互看了看。朱有成给白凤巧手巾时，白凤巧脸红过了屋梁上的灯泡，双手在腹前拧了一会儿，就把朱有成手里的手巾接了过来。

白起亮隔三岔五地叫朱有成到家里吃饭，把朱有成当作亲儿子看待。因为，朱有成八岁那年，娘就死了，几个哥哥和姐姐先后娶媳妇、嫁人，到最后就剩朱有成和他爹朱青山一起过。白起亮和自家老婆张桂花像亲爹娘一样对待朱有成，捏了饺子，或者做了好吃的饭菜，总要给朱有成留一份。朱有成对未来的丈人和丈母娘也很尊敬，出外一趟，总要带些东西给白凤巧和丈人丈母娘。白起亮两口子逢人就说朱有成好，别人也就顺着他们，说朱有成精明，算账谁也算不过他，将来可是一个做生意的好手。白起亮两口子一听，比朱青山还高兴，若是别人在他们家里说这一番话,就非要留人家吃了饭再走不可。

这年秋天,收割了田里的玉米和谷子,朱有成听说山西的烟比这儿贵很多,一般的“银象”烟在河北批发价六毛八,到山西至少得七毛钱以上。朱有成一算账,一盒烟赚二毛的话,一条就赚两块钱,一箱子五十条,能赚一百块。要是一次拉上十箱子烟,就是一千块钱。除了车费和开销,一趟起码也能赚八百块,况且,这里离山西又不远,开一辆三轮车,三四个小时就到了。

朱有成找爹和丈人丈母娘商量了,都说这想法可以,朱有成得到了大家的支持。第二天一早,就揣了六千块钱,和四里庄的同学兼铁哥们儿张春桥一块儿到武安县城买了一辆时风牌农用三轮车,两个人试好了车,交了钱,找了一家饭馆炒了几个菜,一个人喝了一瓶啤酒。朱有成和张春桥点了一根银象烟,拿摇把摇着三轮车,沿着宽敞的柏油马路,不到两个小时,就回到了朱家庄村。

买了新车,朱有成很兴奋,恰好那天晚上月亮很大,黄黄的挂在湛蓝的夜空中,把星星映得不见了踪影。朱有成趁着月光,在张春桥指导下,突突摇着三轮车,跨上车座,握着方向盘,沿着自家商店的院子学了起来。

突突地转了半个晚上,把车停在商店门口,用一把铁链锁子锁了。对张春桥说:“这三轮车挺简单,真好开。只要把住方向,分清油门、离合和刹车就行了。”张春桥接话儿说:“就是简单,谁都能开这玩意儿。”两人进了商店,朱有成用牙打开一瓶啤酒,倒了两杯,对张春桥说:“你今天也辛苦了。喝杯啤酒,晚上睡得香。”

朱有成和张春桥自小关系就不赖，一块儿光着屁股长大，上小学时一直同桌。到中学住校，吃喝也不分你我。张春桥的娘馒头做得好，白白的，松松的，朱有成很喜欢吃。张春桥娘也知道自己儿子和朱有成关系好，朱有成又没了娘，没人给他蒸馒头。他爹烙的饼子很硬，放几天就干了。朱有成就一直吃张春桥带的馒头。俗话说，亲兄弟还明算账哩，何况不沾亲带故。可是，张春桥一丝不高兴都没有流露过。从这一点说，朱有成一直记在心里。

第三天一大早，朱有成带了八千块钱，到沙河城里批发了十箱子“银象”牌和十箱子“官厅”牌香烟。回到家里，叫他爹朱青山看商店，就到张春桥家去了。

张春桥的家在一道向阳的山坡儿上。日照时间比别处要长，五月和秋天打了麦子和玉米之类的粮食，放在院子里或者房顶上，一天就干透了，牙齿一咬，咯嘣脆响。这几年冬天天气转暖，别的地方不见一丝绿色，可张春桥家的四周，一丛丛的茅草根儿还泛着星星点点的绿色。

张春桥看着朱有成说：“有成，有事儿？”朱有成的手指弹了弹烟灰说：“事儿吧也没啥事儿。就是想和你商量一下，咱们明天一块儿到山西去。”朱有成的话音刚落，张春桥的娘开口问：“去山西干啥？”朱有成说：“往下庄送几箱子烟。想让春桥帮个忙，一块儿跑一趟。”

张春桥的爹张流水有点不大乐意，说：“春桥明天到你舅舅家去，把排子车拉回来。"张春桥看了朱有成一眼。朱有成侧脸对正在往嘴里扒拉面条儿的张流水说："张叔，俺不叫春桥白去，两天给一百块钱。"张流水一听有钱赚，话就转了一个弯儿，嘴里嚼着面条说："那要不我去把架子车拉回来算了。"算是答应了朱有成的要求。张春桥当然愿意了，到山西跑一趟，坐着车子，也不费多大的劲儿。

第二天一早，天还没有亮，装好了车，用绳子把二十箱子烟绑结实，俩人就直奔山西方向。中午到白岸村，俩人找了一家饭馆，各吃了一大碗鸡蛋面条，又开着三轮车，开始爬白岸岭。

白岸岭海拔三千多米，一条坑坑洼洼的公路绕在山上，懒汉的腰带一样，路况不是太好，几乎每个月都有车在这儿出事儿。朱有成开三轮车经验不足，就让张春桥开。张春桥也想开。骑在车座上，张春桥挂了个一挡，起步后，换了二挡。朱有成的三轮车后面冒着黑烟，突突地向山上爬去。

从白岸岭根儿到山西下庄村，也不过六十公里，可由于路面坑洼不平，坡度又陡，三轮车爬到山顶，已是下午四点多了。找了一个平坦的地方停下，朱有成和张春桥站在白岸岭上，刚才路过的城镇和乡村尽收眼底，远处的山峦一个接着一个，起起伏伏地堆在河北邢台和沙河境内。再远的地方，天色一片苍茫，灰色的雾气或者发电厂的煤烟弥漫起来，一波一波地，浮在天空和山峦上，遮住了朱有成和张春桥远望的目光。

下了白岸岭，进入山西左权境内，公路向下，俯冲了几面陡坡，就到了上庄村。这时候，太阳已经西冲，余晖挂在远处的山腰上。

车子刚停下，立即围过来一堆人。朱有成本意想找个开商店的，一下子推出去，省劲儿。张春桥当然顺从朱有成了。找了几家商店，最后和一个叫苗永利的商店老板达成了一致意见。不过，苗永利说他现在没有足够的钱，但可以先付三分之一货款。朱有成想了想说也可以，叫苗永利付了钱，剩下的打了欠条儿。

说再过半个月来取钱。

卸完了车，朱有成和张春桥向苗永利说了声：俺走了啊。苗永利左手冲他俩挥舞了一圈，就进了商店。

驾着三轮车正出下庄村，张春桥坐在车厢里点了两根烟，递给朱有成一根。抽了一口，往后吐烟的时候，看见两个骑摩托车，头戴大檐帽，车把上挂着公文包的人，冲他们赶了过来。张春桥急忙拍拍朱有成的肩膀，示意他往后看一眼。朱有成一看，知道税务所的人追来了。

朱有成加大油门，驾着三轮车，朝着往河北方向跑去。跑到村后一座桥边儿，迎面开过来一辆卡车。如果桥再稍微宽一点，朱有成和张春桥说不定就逃脱了。偏偏那桥面很窄，卡车一过，三轮车就没有了足够的地方。坐在车上的张春桥闪念想：朱有成一定会停车的。可是朱有成没有，油门不减，冲着卡车左边的窄窄的路面冲了过去。

卡车刚刚开过，朱有成的三轮车右边就蹭在了栏杆上面，由于车速较快，朱有成又是一个新手，一时把持不住，三轮车打了一个趔趄,侧翻在地。坐在车厢里的张春桥被甩了下来,扑在桥边的硬水泥地上。

朱有成比张春桥更惨,从三轮车上侧摔了出去,脑袋碰破了,肩膀也脱臼了。税务所的执法人员停了摩托车,左腿正在翻座,就冲张春桥和朱有成开口骂道:“透你妈妈个×的,叫你们停车不停车,卡车没轧死你们算万幸了!”张春桥看看朱有成,朱有成捂着脑袋看看张春桥,两个人一脸疼痛和沮丧。张春桥的疼稍微减轻了一点儿,试着站起身来,走到朱有成跟前,伸手把他扶起来。

围过来一堆看热闹的人, 左权下庄这一带的人说话挺招,一张大舌头在嘴里打着卷儿,外地人一般听不懂。朱有成和张春桥睁着眼睛只看见那么多人的嘴巴动弹,像一群麻雀聚在一块儿开会一样。里面有几个餐馆的服务员,朱有成和张春桥就是在他们那里吃的晚饭,看起来还较熟悉。其他的大都是上嘴唇留着一绺黑胡子的年轻小伙子, 一个个看着朱有成和张春桥,有的围在朱有成侧翻了的三轮车跟前,指手画脚,嘴里不停地说着什么话。

朱有成捂着流血的脑袋,看了看税务人员,转脸对张春桥说:“春桥,找几个人,先把车翻过来。找个地方放了。咱去卫生院看看。”张春桥应了一声,走到几个小伙子跟前说:“老乡,请帮个忙。”几个小伙子眼球一起对准了张春桥。其中一个窄长脸,皮肤很白的小伙子尽量用普通话说:“帮忙?帮什么忙?”张春桥也丢掉了一口河北方言, 用不太标准的普通话说:“帮忙,也不要你们白帮，找两个人，把车翻起来，推到供销社院子里面，一个人五块钱。”那小伙子说不行，一个人十块。张春桥回头看了看朱有成，朱有成冲他点了点头，意思说可以。

放好了三轮车，张春桥拿了摇把和坐垫子，放进旅社的房间，锁好门，就拉着朱有成去了下庄乡卫生院。下庄乡卫生院很小，就一排土房子，前面有白灰刷了，上面写着毛主席的题词：“救死扶伤，实行革命人道主义。”门诊门口上方画着一个很大的红十字。医生看了张春桥和朱有成的伤情，给张春桥破了的地方擦了点碘酒和红药水，又用纱布缠了缠。转身把朱有成脱臼的胳膊接好。两个人躺在满是油垢的病床上，先是一阵沉默。过了好久，朱有成叹了一口气说：“真没想到，出了这样一个事儿。也不知道车有没有大问题？”

“这可能是谁去通知了税务所。要不然什么事儿也没有。”张春桥眼睛朝着屋顶说。

“可能吧，该出事儿怎么也没办法。”朱有成的语气很沮丧。

第二天一大早，昨天追来的那两个税务人员来到了医院，说不但查到了朱有成卖烟的那家商店，还把二十箱子烟给没收了。朱有成知道这次赔大了，心里一阵沮丧，眼泪溢了出来。两个税务人员看了看朱有成，说：“不但要没收，而且还要罚你们的钱。”朱有成一听，一下子坐了起来，也顾不得胳膊疼了，睁大眼睛看着说话的那个税务人员说：“怎么还罚钱？罚多少？”税务人员说：“一千二！”

朱有成脑袋轰的一声，一阵晕眩，有气无力地倒在床上，闭上眼睛。张春桥赶紧掏出香烟，挤出一脸谄媚，递给两个税务人员，又拿打火机一一点着火儿，说：“还有没有商量？或者像这样，烟不要没收了，我们掏罚金，多掏几百块钱也无所谓。”

税务人员说：“这是国家规定，咋能讨价还价？”

朱有成睁开眼睛说：“请问领导，你们的家在下庄还在枒儿镇？”两个税务人员相互看了一眼，各自露出一片暧昧的笑说，有事儿到税务所就行了。

两人在医院躺了两天，第三天出院，到了旅社，不见了三轮车。旅社的服务员说，上庄车管所的人又来了，说你们的车没有牌照，是黑车，人家叫了一辆拖拉机给拖走了，叫你们到车管所去。

朱有成眼睛都直了，颓然坐在皮毛不整的沙发上。

两个人正准备出门到上庄车管所去，买他们烟的苗永利又来了，说烟税务所给没收了，也应当把预先付的三千块钱还给他，朱有成说：“苗老板，这烟是在你店里没收的，又不是在我车上没收的！”苗永利说：“道理是这个道理，但都是你们的原因造成的，这钱必须得退回来。”朱有成说：“这不行，钱是不能退，其他的事儿还可以再商量。”苗永利说：“不给不行。”

张春桥见两人僵持起来，对朱有成说：“要不这样先打个电话，叫你三哥他们带上钱来。”朱有成眨巴了一下眼睛，说，只有这样了。

苗永利说：“你们的事儿我不管，先把我的钱还给我就行了！”

朱有成有点生气，把西服里面的兜一翻，拿出一沓子钞票，冲苗永利大声说道："你看，就剩下这么一点钱了，给你也不够。"苗永利眼盯着朱有成手里的钞票，急忙说："有多少算多少，剩下的等你三哥来了再说。"朱有成说："我车还在上庄车管所呢。等我把车的事情搞定了，再说这件事儿。"

说完，朱有成站起身来，提着坐垫子朝门外走去。苗永利一下子急了，吼道："透你妈妈的，你今天不给钱就不要离开下庄村！"朱有成转身骂道："×你奶奶的，我不相信你还能把老子打死在这儿！"说完，凝着一脸的愤怒，和张春桥出了旅社大门。

朱有成三哥在电话那边吼道："你是怎么搞的！"朱有成平静地说："你来不来？"三哥缓了口气说："今天没车了，明天下午到。"

山西这一趟，几乎倾掉了朱有成几年来积攒的家业，光是车管所，就掏了八百块钱罚款。税务所穷追不舍，非要罚朱有成的钱，好说歹说，交了五百块钱，又请税务所的全体人员吃喝了一顿。所幸的是，三轮车除了链条绷断，大梁有点弯曲之外，发动机没有毛病。

至于苗永利那边，朱有成和三哥一商量，安排张春桥先开车回去，他们两个住在下庄旅社，苗永利怕朱有成半夜逃跑，落个人财两空。叫了自家的小舅子和兄弟，和朱有成住在一起，晚上死泡硬磨。朱有成说："不打不相识，河北和山西挨得这么近，以后咱们还要做生意呢。"他三哥到餐馆叫了几个菜，拿了两瓶竹叶青酒。开始，苗永利推辞，坚决不喝。朱有成三哥激将说：

“山西人就是不如俺们河北人爽快,连酒都不敢喝。”

说完,就把脸别了过去。

苗永利小舅子大声说:“透他妈妈×的,喝就喝。”说完就端起一杯酒,仰脖子倒了下去。

朱有成说:“这才像个山西人嘛,喝酒就是交朋友。”说完端起倒得满满的一杯酒,和他三哥、苗永利几个碰了杯,一饮而尽。

不一会儿,苗永利似乎受了感染,也开始喝。

喝起酒,人就变得很亲切了,边喝边天南地北地胡扯。

喝到半夜,朱有成说出去上厕所。他三哥拿着杯子给苗永利一个人喝了两杯,喝到最后一杯,突然哇的一声,还没有下咽的酒马驹撒尿一样喷了苗永利一脸。一边说,不能喝了,不能喝了,倒在床上。苗永利和弟弟、小舅子几个相互看了一眼,都觉得朱有成三哥不像是装醉。

正在这时,朱有成三哥嗓子里发出要呕吐的声音,身子弹起来,朝外面冲去。

朱有成急忙走过去,替他三哥拍后背。苗永利几个出来一看,见这弟兄俩确实喝得不着调了,转身又回到房间,和自个儿的小舅子、兄弟又喝了起来。朱有成和他三哥听着里面喝得热闹,悄声说了声走。两个人一溜烟跑出旅社大门。沿着上庄后面的小道,从摩天岭上下去,转道武安秋树坪村,步行回到了朱家庄。

朱有成又做了几次大的生意,却都赔了,两年时间不到,算上在山西的那次重创,累计欠债三万多块钱。这在农村来说,简直是天文数字。一个人一辈子才能挣多少钱?三万块钱的外债,几乎就注定了朱有成以后几十年的人生命运。

朱有成挣扎了几次,谁知道越陷越深,无奈,盘卖了商店和三轮车,偿还了一小部分债务,自此一蹶不振。

朱有成落到这步田地,白起亮当然想不到。看到朱有成的境况后,白起亮自责说:“谁叫俺眼睛长在屁股上呢?”白起亮想退了这门亲事,自己又不好开口。

朱有成早就猜出了白起亮一家人的心思,他们不说,自己也装不知道,逢年过节照样去,烟酒也不少给白起亮拿。

可白起亮一见朱有成来,就躲出门去了。只是婆娘在家里陪着朱有成有一搭没一搭扯闲话。好不容易到了腊月,白起亮找了自己的大舅子,现任乡长朱保定,在一个月明星稀的晚上,叫来朱有成和他爹,在家里摆了一桌,替白起亮了断了这门亲事。

村人说起来,朱有成真是可惜了!然后哀叹一声,摇摇脑袋。

朱有成自小没有干过农活,加上几年做生意,都把身子骨坐懒了,地里的活儿多少不想干,但不干又没有办法,虽然一个人过时光,什么都可以没有,可不能没有吃的。为了嘴巴,朱有成勉强种了几片地,多少来点收成。

白凤巧和朱有成退婚以后,第二年春天,就嫁到了二十多里外的大米沟村,当年冬天就生下了一个闺女。朱有成听到这一消息后,自个儿嘿嘿笑了起来。

村人列记

我十岁以前，我们家和老军蛋住同一个院子里，对面邻居。他母亲是河南人，大饥荒时，逃到这里，不知怎么的就做了老军蛋的娘。老军蛋上面还有三个姐姐。村人说，老军蛋父亲是村里的一个神人，年轻时，跟着西藏的一个喇嘛学阴阳法术。有目击的人说，他们总是午夜起身，长时间跪在神像前，念念有词，或者做什么，天光大亮了才起身。几年后，练就了掐算命运、搁置阴阳的本领。总有不少人专程到村里来，摊开手掌，请他指点迷津。老军蛋的母亲身体一直不好，四十岁那年，得了一种怪病，全身瘫软，有时候能起来走路，有时候趴在炕上不能动弹。后来，三个闺女先后长大，出嫁时收受的财礼都为她治了病。到老军蛋结婚时，家里没有一分存款，都是找亲戚和朋友借的。

我也请老军蛋父亲算了几次命——十多岁的小伙子，最关心的就是将来的前途命运了。坐在老军蛋父亲身边，我心里忐忑又兴奋，十分虔诚地伸出手掌，他抓住，很细致地摩挲一遍。

然后用左手，在自己手指关节处掐算一阵。说我将来吃不了苦，三十岁以前东奔西跑，一事无成；三十岁以后才能稳定下来，这一辈子的生活相对安逸。有一次，问他将来婚姻如何？老军蛋父亲又照葫芦画瓢，给我掐算了一下，斩钉截铁地说：你将来的媳妇肯定不是咱本地人。

这话对我是个打击。那时，我正暗恋邻村一个女同学。他这样说，让我痛苦了好多天，心里一直使劲否定老军蛋父亲的预言。为了证实他说得不对，我鼓足勇气，给女同学写了一封情书，想一锤定音，以事实回驳老军蛋父亲的胡说八道。可不到两天时间，女同学回信说：俺不喜欢你，俺喜欢班长朱建军！

老军蛋父亲的同胞弟弟也会算命，与其兄师出一门。所不同的是，他叔叔还会看风水，定阴阳，邻近人家凡是要为先人找坟穴，或亲人过世了，总要找他掐算排定埋葬的日子，再帮忙找个可以保佑后人生活安逸的坟穴。给人堪舆时候，手里拿着罗盘，满山遍野地转。他一辈子生养了三个儿子，两个女儿，最小的女儿也还比我大六岁，他的大儿子也只比我父亲小几岁，但与我辈分相同。

遭到女同学拒绝，我捧着碎成八瓣的心，买了一包九分钱的红满天牌香烟，又站在了老军蛋叔叔面前，请他无论如何好好给我算算。他也像老军蛋的父亲一样，抓住我的手掌，摩挲了一会儿，又看了我的脸，说：你这孩子有福气，将来不会面朝黄土背朝天，社会上肯定有你一碗饭吃。

要在平时，这是最令我欢欣鼓舞的了，但我刚刚失恋，最想知道的不是这个,而是还能不能使得暗恋的人回心转意。我想问,自己又不好意思说,就说:大爷你给俺看看婚姻吧。他笑了笑说:小孩子,好好上学吧,找对象还早呢!回家后,我就把他给我说的跟母亲说了。母亲却说:人家糊弄你的吧,你这样子,俺咋就看不出来呢?

乡村整年累月,只有下雨下雪了,不能下地干活,才能够清闲几天。可以闷在家里睡觉,或者四处乱窜。我最常去的是一个孤寡老人家——娘家山西左权,她父亲曾经是个财主,从小熟读四书五经,也听得满脑子古书。我们几个围坐在她家里的土炕上,不停地给她点旱烟,听她讲《隋唐演义》《水浒全传》和《杨家将》《三国演义》《七侠五义》。她说话抑扬顿挫,轻重得当,还有形象的声音和表情伴奏,比那些说书的还精彩。我们每次都听得入迷,有时候一听就是一天,也不觉得饿。

关于她丈夫,从来没人说起,我也没询问过。知道她只生养了一个女儿,还是哑巴,虽不会说话,可也十分聪明,嫁在三里外的一座村子,时不时回来看看她。在路上遇到,我们叫她姑姑,她答应,冲我们和善地笑。

村里还有一对老人,一辈子只生养了一个儿子一个女儿。老汉先前在煤矿上班,安然退休。妻子极其贤惠,每一碗饭都要亲手送到丈夫手里,可丈夫就是不喜欢她,三天两天打她一次,鼻青脸肿,伤痕累累。但妻子一声不吭,擦掉血迹,洗净脸面,就又笑意盈盈地站在丈夫面前。有一天,妻子突然死了,丈夫疯了一样,拒绝儿子儿媳的奉养,把端来的饭和送来的东西扔到院子里。他一个人坐在妻子去世时的房间,几天几夜不吃饭,只是闷头抽烟。一个月后的一天中午,孙子去看他,推门进去,老人已咽气多时。

我还是一个孩子时,看到和听到这些老人,心里满是神奇,觉得他们浑身上下都散发着一种说不清的味道。

村里还有一个老人,娶了一个武安籍的媳妇,生养了一个儿子。他不喜欢,总是狠打儿子,有时吊在树上用蘸水的麻绳抽,或冷不丁地,用木棒从后面击打。儿子慢慢长大,却双膝瘫软,再也站不起来了。这使他更为厌恶,一天之内还要暴打几次,孩子的舅舅看不下去,在武安市内为一直蹲着走路的外甥找了个看大门的活儿。一去多年,直到父亲死后,才一个人返回。他最大的喜好是抽烟。有一次,没烟抽了,他急着往小卖部跑,走到一个斜坡上时,烟瘾发作,从坡顶滚了下来。目击者说,像一个圆球一样,滚了几十米,最终被一棵椿树挡住了。

我长到十八岁,再也没有见过他,关于他的传闻都是和他相距不远的小侄女叽叽喳喳说给我的。小侄女儿是个苦命的孩子。二表哥三十二岁那年春天上吊死了,二表嫂改嫁武安,新任丈夫常年承包铁矿,积攒了不少家产。儿子没了,大姨妈就把小孙女留了下来。十多年过去,二表嫂在武安生活丰裕,比先前肥胖了许多,又生养了两个儿子和一个女儿。两相比较,大姨妈老了,生活水平远不如其他人家,但小侄女却出落得丰满动人,且头脑精明,乡情世事,无不精通。

有女不愁嫁,小侄女眼看到了嫁人的年龄,说媒的踏破门槛，大姨妈主张往沙河这边找，小侄女却喜欢武安那边的生活。两相争执，谁也不让。回家后，大姨妈对我说起，我劝她说：晚辈的事情，还是不干涉为好，哪里好去哪里，关键是人家自己喜欢不喜欢，做长辈的只是盼着她好，关键时做个参谋就行了。

不知道大姨妈会不会同意我的意见。在外省，我总是记挂他们。每次回到家里，她们都能说些乡村里事给我听。倒是三表嫂总和大姨妈闹别扭。有一次在她家吃饭，一口馒头还没咽下去，三表嫂就数落起大姨的不是了。这样、那样数落了一大堆，我心里厌烦，觉得三表嫂的出发点错了。劝她说：人老了就像小孩，性情脾气和思维方式就和往时不一样，宽容点好，况且又是做儿媳的。三表嫂却梗着个脖子犟，硬说大姨妈比谁都善于算计，只顾自己吃喝不管孩子们吃苦受罪。我说她又错了，一个老人，顾住自己就是孩子们的福气了，还要求她能给你们做些什么呢？

家务事，乱如麻，思路再清晰的思想家也难以从中理出头绪。按照母亲的逻辑：每一个家族都有一个传统，一辈人好了，下一辈人也会好。就拿孝顺这一点来说，做婆婆的孝顺自己的婆婆，儿媳也会孝顺她，一辈一辈，一代一代，就沿袭下来了。我相信这一点。也总觉得，在冥冥之中，总有一种看不到的东西，深入到每个人的天性和血脉当中，生生不息，源远流长。

村里另一户人家，和我父母算是一个辈分，生养了六个女儿、一个儿子。媳妇年轻时，常和婆婆闹事、打架，两两对垒，各不相让，最惨烈时，大把大把揪掉对方头发，隐隐渗出血来。时光迅即，她的六个女儿相继出嫁之后，她也老了。而她的六个女儿，在各自婆家的声誉也都不好。

乡村妇女声誉的好与坏，无非孝道和妇道。她的六个女儿也都和她一样，和自己的婆婆闹得不可开交，还时有与人通奸的“绯闻”传出来。最厉害的一个，先是嫁给一个退伍军人，后与同村一个医生相好。白天，两人公然关了卫生所的大门，性爱的欢愉声依稀可闻。后双双出走，至今没有音讯。还有一个，有一个做生意的夜宿她家，半夜，便从丈夫被窝“脱颖而出”，光着身子跑到生意人住的房间，凌晨时候又光身返回。

上次回家，听村人说，还是这位老太太，二〇〇四年冬天的一个深夜，同村兄弟几个聚在一起商量事情，她躲在人家窗外偷听。兄弟们说到酣处，她冷不丁推门而入，开口与别人家众兄弟争辩。其中一个脾气大的，上去扇了她一个耳光。老太太当场痛哭，跑出门来，到三里外一个光棍家吃了两碗剩面条，连夜奔到三十公里外的三女儿家，又沿崎岖山岭，走了十八里山路，到乡政府所在地找到做生意的儿子，诉说苦情后，又跑到三里外的派出所报案。凌晨，太阳还没升起，她已回到家里，躺在炕上，叫来医生，开始输液了。

这位老太太年龄大我母亲十岁左右，连自行车都不会骑，更别说摩托车了。即使半路拦车，深更半夜的，也没有司机敢载她。况且，山路狭窄弯曲，只可人行。听完后，我想到，这老太太早有善听的名声，总喜欢半夜时分，深入各家各户窗前房后，“侦察”有关情事。善走则是第一次听说。这件事，越想越可笑，那老太太的两条腿，堪比摩托车和汽车！

还想起一件事，我很小时，乡里有个副乡长，极好女色，据说多次强行与一个幼女发生关系。几年后，这位副乡长突然失踪，乡政府大门和围墙上毫无痕迹。乡政府发动群众四处查找，搜遍远山近村，丝毫不见踪影。半月后，从武安传来消息，一个放牛的农民，在山里见到一具男尸，口鼻之中，灌满沙子，显然窒息而死。一时间，民间传闻风起云涌。有的说，那副乡长作恶太多，神鬼共愤，被鬼半夜带走，到武安山里用沙土将他溺死了；还有的说，那副乡长半夜起身去见一个情人，不知怎么的就迷路了，误入深山，黑灯瞎火，跌撞而死。

一九九七年夏天，我的亲弟弟被同村一家人集体殴打致伤。母亲步行30公里到派出所报案。所长怒目说：这家人太嚣张了，非治治不可。到第二天，母亲再去，所长及其他民警口气大变，对母亲说：你儿子挨打，肯定也有不对的地方，这事情到此为止。母亲询问原因，所长支吾。后来，有人亲眼看到，打人的一家，在乡政府所在地的“醉东风”大酒店邀请派出所的全体民警进餐，双方推杯换盏，相聚甚欢。

二〇〇五年夏天，我带着妻儿回到家里，骑摩托车多次路过派出所。心里有火，对妻子和弟弟说：我一走这条路就想起咱娘，一步一步从这里来回步行的情景。说不定这路上还有咱娘的汗水和眼泪呢？路过派出所庄严巍峨的大门时，忍不住吐了一口唾沫——这是极其粗鄙的行为，在乡里，只有女人才用吐唾沫对他人和物表示厌弃和憎恶。

后来，我听母亲说，同村一个当科级干部的人，其母被村里一户兄弟众多的人打了一巴掌。他得知后，直接带一帮人，当着全村人的面，将强悍人家的八个弟兄姐妹狠狠收拾了一番。对方不但赔礼道歉，而且双手奉上医疗费、误工费和精神损失费。

在村庄，就人身和生活权益而言，最不担心受到伤害的只有那些智力残障的人。砾岩村集中了十多个先天发育不全的人，有男有女。其中一个女的早年间被远处的一个男人娶走，不久，生养了一个健壮俊美的男孩。余下的几个都是男人。除做过乡党委书记的小舅子已娶妻成家外，其他无一不是来去一条，躺下一根。

村庄习惯叫这些人光棍汉子。村人始终有一种不欺负没本事人的传统。光棍汉子也就基本不用担心自身的权益受到威胁和侵害。只是本能无法遏制，在这一点上，他们也像正常人一样，需要身体的接触和融合。对于正常的女人，没有一个人愿意让浑身污垢，鼻涕横流的傻男人与自己进行肉体之欢。这些人万般无奈，只好转向与自己各方面条件落差不大的女人。有时候，我也奇怪地想，人群之中还是有阶级，有贵贱的。亚理士多德曾经公开宣称：奴隶主生来就是奴隶主，奴隶生来就是奴隶。

可具体到砾岩村的光棍们，唯一符合残障他们要求的女人只有乡党委书记小舅子的傻媳妇。这样一个女人，她做梦都没有想到，自己会成为几个男人相互争夺的主角，不知道她有无兴奋和自豪。最终，她选择了其中一个，也就是说，除了自己的丈夫之外，她又接纳了另外一个男人。有很多次，听到有关他们的传闻，几乎都和性有关。有人说，某一日，丈夫下地干活，另一光棍迅速跑来，正在行事，丈夫突然回来，逮个正着。大怒，光棍赶紧上烟请茶，平息对方怒火。经过一番谈判，双方议定：光棍每来一次，需向其丈夫交纳十元钱，没钱可以用等价粮食或其他有价物品代替。

我笑，很快又笑不出来，甚至为自己的笑感到可耻。与此相类比的一件事情是：乡里的妇女主任，忽然向顶头上司发难。说某日到县里开会，晚上喝酒，那人趁机强奸了她。最终，女方索要十万元赔偿，不然，就让他身败名裂。一时间，全乡沸腾，人人传言。热切程度超过分田到户、荒坡到人。此后，多少年过去了，这类事情好像少了好多，或许是我不在家生活的缘故——不凑巧的是，有次回家，听说村支书也做了一件丢人事：到市里开会，耐不住诱惑，到歌厅还没坐稳，就被公安部门抓获了，交了八千元罚款才放了回来。

除了上面的事情，剩下的，关于人的事情，似乎就只是贫穷和温饱、发财和升官的消息了。当然，生老病死从不间断，一个一个的人，声名显赫或寂寂无名，都在不自觉地衰老和消亡。其中，还有不少在煤矿、铁矿事故中丧命的青壮年人。人没了，妻子很快改嫁，孩子留给公婆或者带走。当然，死于疾病的青年人也有一些，但很少。和尚沟村的一个小伙子，就要结婚了，突然肚子疼，一夜就变成了一堆黄土。一个闺女，兴高采烈到市里购置出嫁的衣裳，回程时车翻下沟底，新娘梦瞬间烟消云散。

时间将万物作为它的祭品，大地上的生命大致如此。单就生养我的村庄而言，人像草木一样更替，草木也像人和人的那些事情一样年年翻新。

转眼间，我离开村庄近二十年了。留在那里的人，好像时间不长，就一个个地长大了，又一个个地老去。每隔几年回到村庄，总会看到新的坟茔，在不同田地和坡地上寂寞耸起，四周茅草茂盛，柳树成荫。也有一些总觉得很小的孩子突然结婚了，并且生了自己的孩子。处在这样的一个氛围里，总是免不了喜悦和伤感。活着和死亡，长久和短暂，村庄里的他们是生动、丰富、固执、迷茫的，也是繁复、个性、脆弱的，充满各种各样的命运色彩与诡异意味。我也和他们一样，也在逐渐地老去。在外省，想起父母亲人时，也总会想起他们。如果用一句大而不空的话来表达我对他们的情感，我想说：村庄、他们、我，在和不在的，新生和老掉的——他们都是我的，我也是他们的。

孤独青年曹风军

十七岁那年初春,曹风军带了几百块钱,一个人下了火车上汽车,漫无目的地走了好远。到西安,才知道方向不对。他要去北大荒,看看那里遍地的庄稼和蒿草——他最大的梦想是在那里找事情做,打拼十多年,赚些钱财或名分,再游子归乡。火车到哈尔滨,却没了勇气,在车站徘徊半天,蜷缩了一个晚上,原路返回。车过山海关的时候,却又萌生了去新疆的念头。

新疆遥远、神秘,上学时,曹风军依稀知道,那里有生产建设兵团,属于军队编制,但不知道具体做什么,他想再去碰碰运气。到石家庄,又一个人,随着天南地北的乘客,穿越干涸的黄河,到兰州,却发现到新疆还有很远的路程,就在兰州城里晃荡了一圈,站在滔滔黄河边上,头顶终日苍灰的天空,向丽日高照的西边,举棋不定地看了好大一会儿,摇摇脑袋,又乘车返回。

就这样,他出去游荡数天,花了一千多块钱,还没对父母说。这在莲花谷,绝对大逆不道。再说,钱花了,还一事无成。曹风军觉得不好意思，就从另外一条路返回村里。因为邻县乡村，熟悉自己的人少。到终点站下车，太阳还老高，大地葱郁，绿色植被铺满山冈。曹风军没好意思走大马路，穿过村庄，从山里回到家。黑夜的纱裙恰如其分，铺散开来，遮住了曹风军发烧的面孔。

自此，曹风军在莲花谷的名声一落千丈。村人说，这小子不务正业，平白无故把好几千块钱送给了铁路局，不知道他爹娘咋挣的，真不是东西！眼看到了娶老婆成家业的年龄，爹娘求爷爷告奶奶求人说了几门亲事，女方家一听说是他，鼻子哼一声，脸就扭到了一边。曹风军的爹娘一筹莫展，整天唉声叹气。

曹风军也觉得自己做得太过分，怪不得别人。自己若真的去了北大荒或新疆，稍微有点出息再回来，爹娘和村人肯定换个说法。

但事实总归是事实，不管走到哪里，在谁面前，曹风军总低着脑袋。前脚刚走，后面人就嘀咕。听到的人当面说理解，背后还是老一套，有的还说话很难听，叫人恨不得找个地缝钻下去。有几次，他亲耳听到村人议论他说：那小子，贼眉鼠眼，种地稀松又拖着屁股懒，大手大脚不知道钱中用，将来肯定是个二流子半吊子，不打一辈子光棍太阳会从西边出来的。

曹风军听到后，血往头上涌，拳头握紧，正要转身时候，却又没了勇气，只好低着脑袋老鼠一样走开。

因此，曹风军觉得异常孤独，莲花谷虽然不大，但好像满世界都是讥笑的嘴唇和眼睛。冬天，曹风军一个人提了斧头，别了镰刀到深山打柴,山风从头顶呼呼吹过。坐在爷爷奶奶躲过日本鬼子的山洞边,曹风军想了好多。这时候他才知道:人的嘴巴太可怕,刀子都没那么利。一个人说倒还没啥,要是一百个人……曹风军忽然想哭,嘴巴还没张开,两行眼泪就流到下巴。

砍柴时,曹风军手动脑子也没闲。多次想起爷爷多年前对他讲的一个故事:很多年前,村里一个先辈,长得俊俏,二十岁那年夏天中午,单独到老水井挑水,还没到家,就摔倒在地。等人发现,只说了一句“我要去给蛇精当女婿了”,就闭上了眼。

曹风军心想,要是自己也能遇到一个蛇精或狐狸精,像那位先辈一样,做妖精的女婿也比活着强。有了这个念头,曹风军时不时独自到老水井和深山坐一会儿,尤其是夏天的正午,阳光炽烈,庄稼委顿,流水发烫,热气蒸腾的山野充满了明亮的寂静。

连续一年,蛇精狐狸精一个也没出现,蚂蚁和野兔倒是不少,曹风军灰心了。回到家里,父母整天唠叨,做啥都没心情,曹风军便到山西一家砖厂打工,重活干不了,就在砖机上切泥条。同去的还有邻村几个女孩子,其中一个年龄较大,人说有狐臭,要不然咋能没男人要呢?一天晚上,曹风军神思一番,到砖棚躺下。他做了一个梦,梦见自己和那个大龄女子一起,赤条条的,曹风军把鼻子凑在那女子的腋窝里,闻到的不是狐臭,而是一股好闻的花香。

早上,曹风军脱了唯一的内裤,趴在水沟边揉搓半天,挂在铁丝上。上午，太阳烤得人身体流油。曹风军内急，跑到厕所痛快一番，出来时，忘了拉拉链。那大龄女孩子推着架子车来拉砖坯，他一低腰，毛茸茸的私处被眼睛照亮。女子先是脸红，狠狠地冲地上吐了一口唾沫，张嘴就骂曹风军不要脸。曹风军愣了一会儿，觉得莫名其妙。

这时，恰好有一阵风，吹得曹风军通体凉爽，低头一看，才知原因。那女子胞弟也在，闻声捡了一块半截子砖块，冲过来就要和曹风军拼命。

再后来，天气越来越热，照得田野遍地都是皱纹。没过几天，连阴雨，砖厂泥多，一踩就是一眼泉水。干不了活儿，又闲得发慌。曹风军跟着几个年轻小伙子，到附近村子的小卖店，买了几斤江米条，一边吃，一边乱转。忽然飘来一阵大雨，几个人急慌慌跑进一户人家的院子，没敲门就跑进屋去。曹风军抬眼一看，一个只穿黑色内裤和红色短袖衫的少妇正坐在炕上缝被子。

曹风军怔住了，看了看，扭头出来，一头扎进暴雨中。

天气放晴，砖厂再度开工，曹风军还做切砖坯的活计。大龄女子仍不理睬他。有好几次，曹风军故意冲人家笑，女子还是一脸鄙夷。

七月一天下午，大家正忙得热火朝天，有人惊骇大喊。工人纷纷丢了活计，跑到庞大的黄土堆前，没命地用手刨。先是刨出一张紫黑色的脸，再是胸脯。送到医院，医生翻了翻遇难者眼睑，说早就没气了。死者是个光棍，刨松了土崖根部的土，正要离开,土崖崩塌,把他砸在里面。亲眼看到人死,令曹风军极其恐惧,女孩子更恐惧。晚上,男女挤在一起,胆战心惊过了一夜。曹风军心想:人咋这么不经事呢?中午吃饭还在一起说说笑笑,下午就没了。

霜降时节,砖厂散工了,曹风军回到家,悠悠荡荡过了一个春节,又有人叫他一起打工。曹风军斩钉截铁说,砖厂的活儿挣钱再多他妈的也不干。

后来有人叫他去团球厂,曹风军去了,倒是安全,就是那些铁蛋子实在太沉了,装一天车要他半个命。第二天一早,他卷了铺盖又回到家里。

春天,土地蓬松,花开的香味经由蜜蜂,再经由风四处散播,挠人鼻孔。曹风军帮父母点种完毕,又到地里锄草。下雨天气,找人打扑克,地点不是他家就是你家,最终在一个堂嫂家扎下了堆儿。有天傍晚,曹风军吃过饭,又晃荡到堂嫂家,刚进门,倏地停了电。曹风军和堂嫂坐在蜡烛前扯淡话。堂嫂说:看《篱笆·女人和狗》电视没?曹风军说没啥好看的。堂嫂说:不知咋的,看那电视俺睡不着。

曹风军顺口说,睡不着就自个儿擀毡子(土语,即辗转反侧)呗!堂嫂说:风军,你说女人咋也梦胡子(即遗精)呢?曹风军闭了嘴巴,眼睛在堂嫂脸上转了一圈,不知道说啥好。正说话,蜡烛倒了,一片黑暗,啥也看不见。过了好一会儿,灯泡忽地又亮了。堂嫂指着曹风军膝盖上一层层垢痂说:小子,连澡都不洗,白让你占了俺的大便宜。

早上，清水叮咚，四野寂静。在一面池塘前，曹风军脱下衣裤，把自己洗了一个干净。回家躺在床上，曹风军怎么也睡不着。鼠们在屋梁和床下吱吱地叫，风声在屋外呼呼地吹。想起刚才的情景，曹风军觉得心里有一种无可名状的幸福。他想，这大概就是爱情了。

曹风军没想到，少年时代对于爱情的诸多向往和幻想，竟然以这一种方式实现。像是梦境……他觉得遗憾，人生第一次给了这样一个女人。

此后，曹风军觉得自己不再是以前那个曹风军了。几次远远看到堂嫂，曹风军腾地红了脸，绕道走开。有一次在拐弯处遇到，心脏就要蹦出来。堂嫂笑着说：好多天没见，死哪里去了？曹风军唔唔说，干活儿呗，没……没啥事。堂嫂左右看了看，拧了一下他的胳膊，径自走了。当晚，曹风军又去。凌晨，堂嫂说，每月初十到十五别来，曹风军说，那为啥？堂嫂拧了下曹风军大腿。

每次打工走的前一晚，曹风军都来堂嫂家，有机会温存当然好，没机会也要说一会儿话。堂嫂怀孕了，说是曹风军的。曹风军心狂跳了一下，结巴着，眼含热泪，拉着堂嫂的半只胳膊，央求堂嫂把孩子生下来。堂嫂说不行，时间不对，要是俺们当家的知道了，还不剥了俺的皮！

曹风军心想：要是这孩子真是自己的，只要生下来，有无名分，也值得。可堂嫂坚决不行，曹风军没办法，故意拖了一天，给堂嫂买了好多补身子的吃食，两个人在黑夜坐了好久。

几个月后，曹风军回村，当晚，又溜到堂嫂家，一阵喘息后，掏出一千多块钱，放在枕边。

有一次，月亮当空，村庄一片寂静。曹风军从堂嫂家出来，正走着，迎面传来慢踏踏的脚步声。曹风军一阵心慌，顺势跑上山坡，躲进榆树丛。还有一次，村里一个老人去世了。当晚，两人做完，曹风军说一个人不敢回家。堂嫂就一同穿衣起床，送他到河边。回身时，曹风军觉得，黎明中的堂嫂的确美，白皙的脸孔似乎一块水洗的石头，忍不住一阵感动，又狠狠抱了一下，轻咬了下堂嫂嘴唇。

曹风军说，女人嘴唇是甜的，亲久了就像蜜。三十岁那年秋天，曹风军带堂嫂去了一次市区，在饭店好好吃了一顿饭，又买了几件衣服。两个人分别坐在班车上，不说话，装作没啥关系。曹风军和别人瞎扯淡，堂嫂也和熟悉的人说话。

这时候，父母彻底断了再给曹风军说亲办喜事的念头，偶尔说：要不买一个妇女给曹风军做老婆吧。那些年，村子里常有男人带着几个妇女四处晃荡，找买主。妇女们有的来自贵州、四川，还有湖北、广西。邻村几个光棍都如此这般娶了老婆，可不到一年，十多个外地妇女都跑得没影了。

曹风军知道，捆绑不成夫妻。别人说，风军，你也买一个算了，多少有个后也算没白来人世一趟。曹风军叹了一口气，想起堂嫂，还有那个没出世的孩子，忍不住一阵伤感。有一年，播放电视剧《赵尚志》，曹风军一集不落地看了，心想，要是在抗日战争年代，自己肯定会拉一票人马，像赵尚志那样跟鬼子大干一场，没老婆孩子算个啥？即使死了，也是英雄。

曹风军也想，武侠小说中采花大盗的生活真好，想要哪个女的就要哪个女的——要是遇到一个自己称心的，带到人迹罕至的地方，隐居下来，也很逍遥快活。为此，曹风军特意买了几只沙袋，绑在双腿上，清晨傍晚地在山梁上跑，练了几个月，走路是轻了些，但怎么蹦，也蹦不到房顶上。

眼看着其他同龄人都当爹了，有了一个孩子，又有了一个孩子。自己的爹娘越发佝偻苍老，曹风军眼角也多了皱纹。别人说起，几乎都用肯定口气说：风军这辈子算是瞎了。爹娘听了，虽是事实，也不免伤心。毕竟，起房盖屋，养儿娶妻，是人生大事，要是完不成，不仅是孩子的过错，也是爹娘的耻辱。

曹风军一直保持着与堂嫂的关系。堂嫂儿子一天天大了，有一次，半夜尿急，看到躺在一边的曹风军，哇哇哭起来。此后，堂嫂也觉得不方便，劝曹风军别来或少来。曹风军沮丧，心里平白无故地窝了一肚子火。有一年冬天，曹风军发现一个新情况，又有一个男人和堂嫂关系非同一般。当晚，曹风军又去了一次，堂嫂半天不开门，也没声息。

斯时，北风呼啸，霜花乱飞，土地冻得硬邦邦的。曹风军咬咬牙，蜷缩在堂嫂院子右侧的牲口圈里，用杂草把自己包住。长夜漫漫，寒冷刺骨，曹风军冻得牙齿都快敲成面粉了。凌晨，实在忍不住，他想抽根香烟提提神，没想到，烟头点燃了干草，大火烧毁了牲口圈棚不说，且还捎带了一间偏房。

熊熊大火还没变成冷灰，曹风军就成了重点怀疑对象，民警传讯几次，曹风军铁嘴钢牙，死不认账。有一次，民警把曹风军反手铐在电线杆子上，冻了一天一夜。第二天早上再问，曹风军头摇得还像一只拨浪鼓。放回后，曹风军听说，堂嫂咬牙切齿亲口对村里人说：肯定是那杂种蛋狗×的王八羔子驴养的大闺女养的干的。曹风军不相信，直到亲耳听到那话从堂嫂嘴巴说出之后，才垂着脑袋，在草窝里坐了半天。

第二天早上，曹风军就又卷了铺盖，乘上班车，到县城玻璃厂打工去了。过春节也没回来。开春，种谷点豆，曹风军回来待了几天，帮父母干了点活儿，就又出去了。半年后，草木枯败，秋风扫地，曹风军才背着行李回到家里。有一天收玉米回来路上，遇到堂嫂，相互看了看，谁也没说话。

立冬那天傍晚，曹风军买了一瓶衡水老白干，趁着月光，到村里溜达了一圈儿，带回一只大公鸡，去毛，掏内脏，洗干净，扔在锅里。噼噼啪啪的木柴把北风的夜晚越烧越深，白色的灰烬好似蓬松的往事，在眼前散开，灯光昏暗，曹风军大口吃鸡，大口喝酒，一会儿哭一会儿笑，用袖子擦眼泪抹鼻涕。

腊月，又一个小伙子结婚了，锣鼓鞭炮，高音喇叭满河沟乱响。曹风军坐在路边的枯草上，面无表情地看着披红挂绿的婚车溜溜驰过，平生第一次觉得了悲哀和凄凉。不由想到：人都是人，但人和人又绝对不同。想起少年时的梦想，曹风军觉得那太可笑,包括给妖精当女婿,到北大荒或新疆生产建设兵团出人头地等等。

曹风军还觉得:一个人久在一地绝对不是好事,周围人对自己太了解,哪怕打个喷嚏都能准确判断——好了千家称赞,坏了万人咬牙……曹风军想:当年的那次出走,要是下决心不回来就好了,哪怕在外面要饭吃,也比现在轻松自在。

北风越刮越深,年关越来越近,一年打工的积蓄就要花光了,曹风军决定再出去干一阵子,挣个过年的钱,卷了铺盖再去玻璃厂,满打满算一个半月,挣了八百块,一个人冷冷清清又过了一个年。还没等积雪消融,暖风一吹,房前屋后就又长出了新草嫩芽,再一阵春雨,天气变暖,杏花开放。眼看钱又要花光了,曹风军想,总不能封了嘴巴,喝西北风,或者凌空掉大饼。正思谋着找活儿干,正好临近村子有人开石英矿,找人当炮工,曹风军二话没说,背了行李铺盖,上到了山上。

深山里炮声隆隆,白花花的石英石从山腰倾斜,一辆辆卡车空着来,重着走。矿上效益好,工资自然不错,且与矿主是老熟人,曹风军干得很欢。但谁也没想到,就在曹风军埋头刨石的当儿,一声炮响,还没来得及回头看一眼,就被强大的气流肢解了,完整的身体像纸片一样,四散开来。

当天,一口黑色的棺材赫然出现在离村三里外的高庙桥边,暮春的太阳热烈照耀,隆重的黑漆让人心生寒气。第三天,路人掩鼻而过,黑色的尸水从棺材缝滴滴下落。半个月后,家人才雇了一些人,抬到偏僻的山坳里埋了。矿主还算不错,给曹风军做了一面墓碑,左侧写:“曹风军,生于公元一九六三年,卒于公元二〇〇三年”。正中为“曹风军之墓。”

村子不见了曹风军的踪影,也没人再说起这个名字。夏天一个傍晚,爹娘在翻检遗物时,在毡子下发现一枚纯银戒指,上面镶了一枚珍珠,用一块红艳艳的绸布包裹了好几层。爹娘愣怔了半天,也没想明白曹风军买戒指干啥,究竟要送给谁。

矿难之后

眼看春天都热到鼻尖上了，朱福林哪儿也不想去，整天在村里晃荡，东家西家，和男人早就外出打工的妇女说淡话。三月三这天，附近福满天石英矿矿长张来水开着广本来到了朱家庄，请朱福林去矿上当炮工。朱福林想了想：虽说也是一个危险活儿，但石英矿不像铁矿、煤矿，光下到井底就得十几分钟。石英矿最多也就六七米深。虽说炮工这活儿危险，可工钱多，其他工人闷在井下抡镐头、铲石头，也挣不了几个钱，炮工就凿孔装炸药放炮，一次就是二十五，再大一点的，要四十块。

朱福林卷了铺盖，带上吃饭的大盆子，晃晃悠悠地到石英矿上工。朱福林虽懒，可放炮的手艺还真不错，根据石山的坚硬程度和实际面积，在心里估摸出需要打多深多大的炮眼，装多少斤炸药，需要几个雷管引爆。上工三个月，因为放炮准，省炸药省雷管，效率高，张来水很高兴，每炮加了五块钱给朱福林，还常甩几包好烟给他，拍着朱福林肩膀说福林手艺真好，真能干。

麦子长到膝盖高，杏子已经长成大果子，满天遍野的绿色淹没了石英矿。井下又遇到一块硬石山，工人们抡着铁镐吭哧着刨了半天，出了不少汗，冒了不少火星儿，也没能刨出一个可以撬开硬石墙的口儿来。朱福林下去一看，对工人们说，轮到俺老朱出马了，那镐头再利，也不如俺这炮来得结实！工人们笑笑，给朱福林开玩笑说：那是当然了，谁不知道你光棍汉子毬锤子硬啊。朱福林呵呵笑，转身拿了风钻，戴了眼睛，找准打炮眼的位置，折腾了两个多小时，打出了一个一米多深的炮眼，然后拿了炸药、雷管和炮捻子，捣鼓了半天，装好了炮。

朱福林让工人们先出去，再把缆车放下来。工人们好不容易逮着一个休息的机会，一个个上到地面后，或许是忘了井下还有人，都跑到工棚里喝水去了。井下的朱福林看着没人了，点着炮捻子，起身就往井口跑。可当他到了井口，却不见了缆车，朱福林大声呼喊，可井口就是没人答应。炮响了，朱福林的身体也在巨大的爆炸中四分五裂。工人们这才想起炮工朱福林还在下面。

张来水接到报告，开着广本车从家里返回矿上，站在井口朝里看了足足十分钟，才叫工人们帮忙在井下井上搜寻朱福林的尸体，又差人到朱家庄通知朱福林亲属。工人们找了半天，也只是找到了朱福林的两只大腿和一颗血肉模糊的头。

报信的人骑着摩托到了朱家庄，首先找到朱福林的哥哥朱福海。朱福海当场怔住，旋即哭了起来。老婆杜花花在一边站着，也叹了一口气，说福林命真是够苦的了。然后拿了毛巾，递到他手上。看着朱福海的红眼圈说："别哭了，得想想这事该咋办。"

朱福海说,赶紧给娘说说吧。杜花花说:“这事儿不能先惊动她老人家,先到矿上看看啥情况,咋说一个大活人也不能就这样白死了吧!”朱福海说:“也对!”随即发动摩托车,带着老婆杜花花一路冒烟,直奔石英矿。

朱福林尸体残缺不全,堆放在一面花被褥上。张来水也是一脸沮丧,走过来,拍拍朱福海肩膀说:“大兄弟啊,你看这事儿出的,谁心里也不得劲啊!”

杜花花蹲在一边树沟里干呕,哇哇的声音吓跑了好几只野兔。两口子被张来水请到临时办公室,屁股还没挨上破得没皮的沙发,张来水就说:“大兄弟,大妹子,你看事儿出来了,谁也没办法。咱也不能让福林兄弟就在这里放着吧。”

杜花花擦了一下嘴巴说:“大矿长,虽说福林是个光棍汉子,可也是一条活蹦乱跳的人命啊。你也知道,俺婆婆老了,孩子们还小。”

张来水叹了一口气,一脸无奈地说:“这事儿谁都不愿意出,咱福林也是一个好人。”停顿了下,接着说:“还是先把福林收殓了吧,现在天热,放这儿也不好,剩下的事儿咱再说。”

杜花花说:“咋个说法啊?先把人收拾回去算啥事儿?”

“大妹子,咱都是乡里乡亲的,别的矿咋处理咱也咋处理。诓不了你!”

“俺想着你这大矿主也不会哄骗俺这傻老百姓!”

说这话儿,一辆四轮车驮着一口棺材,蹦蹦蹦地开到了矿边的平地上。张来水叫了几个工人,连被子一起,把朱福林残缺的尸骨放进棺材。朱福海和杜花花向张来水矿主说了声“俺先回去了啊！”就骑着摩托车，沿着石英矿的山路，直奔村里。拉着朱福林尸体的四轮车也突突地跟了上来。

按照规矩，不能把没有成家夭亡的人带回村里。到“S”形路段的麦坪桥路口，朱福海停了摩托车，杜花花说：“这里前不着村，后不着店，先放这儿吧。”

朱福海说：“行！”又问杜花花说：“那啥时候埋啊？”杜花花瞪了朱福海一眼，绷着脸说：“钱还没见一个，你就急着埋人啊！脑子被狗咬了？”

后面的四轮车到了。杜花花站在路边，冲司机招了招手，示意停下来。因为走的是上坡路，司机没熄火，杜花花把嘴巴凑近司机的耳朵大声说：“就把棺材放这桥边吧。”

司机只负责运装有朱福林的棺材，至于放在哪儿，死者亲属说了算。几个随行的工人下车，拿了木杠子，用绳索将棺材绑了，嘿呀一声，棺材被抬了下来，放在了杜花花指定的桥头空地上。

回到家里，朱福海的娘哭成了一个泪人，躺在朱福海的床上，满头白发乱得像鸡窝。朱福海的老丈人和老丈母娘也来了，问了杜花花去矿上的情况，也相继叹了一口气。杜花花刚想坐下喘口气，朱福海的姐姐姐夫也进了家门，姐姐也是近五十的人了，眼圈哭得像两颗大红枣。姐夫手里夹着一根纸烟，站在朱福海姐姐旁边，两口子先去叫了娘，安慰了老人几句，又坐在床边。村里也有不少人来打听情况，说着大致相同的同情话、体面话。等安静下来，已是深夜了，杜花花对朱福海说：“让娘回去睡吧。”朱福海姐姐站起来说:“娘咱回去吧。”

朱福海娘早哭得只剩下喘气的劲儿了,鼻涕眼泪弄得满脸都是,也顾不得擦。

婆婆和姐姐刚走, 朱福海老丈人和老丈母娘抬脚又进了门。还没坐下就说:“先来那会儿人多,说不成话,俺俩不放心。”杜花花把爹娘让到椅子上坐下,又让朱福海倒了茶水,给了老丈人一根香烟。老丈人叹了口气说:“事出了, 你们俩准备咋办?”朱福海想也没想,接过话头说:“该咋办就咋办呗。”

老丈人撣掉一块烟灰,看了朱福海一眼,又把脸转向杜花花。杜花花说:“那个张来水说了,别的矿咋办他咋办,要不然,俺还不把人拉回来呢!”老丈人说:“这就对了,可不要着急着埋掉,人一入土,啥话儿就都不好说了。”坐在一边的老丈母娘也说:“现在天热,不能拖,得着点儿紧办。张来水啥时候赔偿了,咱啥时候埋人。”

天还没亮透,两口子就起来了,杜花花一遍一遍地叮嘱朱福海:“到矿上,不管张来水说得南山变平地,骡子能下驴,咱就咬住一个‘钱’字不放松!”朱福海一边推摩托车,一边嗯嗯着。两人骑着摩托到了矿上,矿主张来水正蹲在一棵杨槐树下闷头抽烟,见他俩,老远就笑呵呵地迎了过来,又让进临时办公室,先是给朱福海点了香烟,又让会计给两个人倒了杯开水。

张来水自己也点了根香烟,吐了一口说:“大兄弟,大妹子,恁俩的意思我明白。这么说吧,法律有规定,煤矿铁矿好像是十五万。可咱这是石英石矿，国家也没给咱定啥标准。”

杜花花说：“虽说是石英石矿，可也是矿啊！”

张来水脸色冷了一下，不一会儿又泛起一片笑容说：“大妹子说的也是，可咱这虽然也是矿，可是没有人家煤矿铁矿挣钱多啊。具体情况得具体对待嘛！”一边说着，一边拉开了抽屉，摸出一包口香糖，撕开，走过来给了朱福海一枚，朱福海看也没看就放在嘴里转着舌头嚼了。杜花花没接，嘴里说：“这玩意儿是有钱人闲着没事儿嚼着闹着玩儿的，俺这庄户主人吃不惯。”

张来水笑了笑，回到座位上。自己也嚼了一块口香糖，半天没说话，只是嘴巴不停地动，两个腮帮子鼓鼓的。杜花花端起杯子满满地喝了一口水，咕咚一声咽了下去。各自沉默了一会儿，张来水又给朱福海扔了一根香烟，自己也点着一根，说：“福海兄弟，咱这都不是别人，福林是你的兄弟，也是我兄弟。他不在了，我这心里也是难过啊。你说出多少钱能买回一条人命呢？”

朱福海抬起脑袋，嗯了一声。杜花花放下杯子，接着张来水的话茬儿说：“人一死，说啥都不顶用！福林要不在咱矿上干活儿，哪儿会有这事呢！”说完，低下头小声抽泣了一下，又在眼睛上抹了一把。

张来水嘴角往上微微拉了拉，又合拢说：“这会儿我手头也没现款，你俩也知道现在谁拉矿石也不是给现款。这样吧，水墨头加工厂有我十来万块钱欠款，明儿我去要，也算是对咱福林兄弟一点补偿吧。”

杜花花眼睛直盯着张来水的脸说：“俺听说煤矿铁矿死一

个人给十五万,看起来福林这条命真不值钱啊!”

张来水扭头大声喊了一声会计,一直在门口听着的会计应声推门进来,张来水说:“打开保险柜,先把朱福林那三个月的工资拿出来,给福海兄弟先回去办丧事,剩下的过几天再说。”杜花花说:“福林的工资不用说,张矿长也会给的。可是,俺再穷,给福林办丧事的钱还拿得出来。”张来水说:“知道你们能拿得出来,可这是福林兄弟该得的。”一边说着,从会计手中接过钱,递到朱福海手中。

朱福海接住后,低下头一张张数了起来。

杜花花斜了朱福海一眼,又看着张来水说:“福林跟前没儿没女,还得给他寻摸个阴亲,少说不得三万啊。”张来水知道杜花花的意思,表面上装听不懂,依旧笑着说:“这个倒是,咱这儿有这个讲究,找个阴亲也不枉福林兄弟来世上一遭。”

天气越来越热,山坡上下,草长莺飞,洋槐花也含苞欲放。人们点种了花生、芝麻和谷子,重心就都转移到麦地上来了。麦地里的杂草也和山坡上的一样,见风就长,更因了肥料充足,长起来比任何地方的都快。

吃过早饭,村人大都扛着锄头,戴着草帽,到麦坪地干活。一边走路,嘴巴却也没闲着,议论的焦点都转移到朱福林身上。有人说:“朱福林那小子生来就没福气。三十大几还娶不上老婆不说,现在又在矿上送了命,连个囫囵尸首也没捞着。”

眼看着尸体腐烂发臭了,村人暗地里也替朱福海和杜花花两口子着急，再加上婆婆不断寻死觅活，杜花花心里也挺别扭，但张来水的赔偿一天不兑现，就一天不能埋人。这是铁定的。

朱家村“家长”朱凤芝拄着拐棍，抖着白胡子下巴来给朱福海下话说：“人死了，又是五月天，不埋的话，影响村人事小，家宅里出了啥毛病是大事。”

朱福海嗫嚅半天，看了看老婆杜花花。

杜花花斜了一下朱福海，笑着上前对朱凤芝说：“祖爷，咱福林好歹也是咱朱家的一个男人，虽说没娶上媳妇，也没个后，可那也是咱家的人啊。就这样埋了，那矿主不认账的话，咱朱家祖坟上可就多了个冤鬼啊！”

朱凤芝深深吸了一口气，又点了点头，咳了一声，颤颤巍巍地站起身，拄着拐棍出门走了。

村人见亲叔叔说话都不管用，也就不好再说话了，用脑子想想，反正也不碍自己啥事儿，放着就放着吧，臭就臭吧，反正不是自己的兄弟和儿子。

朱福海和杜花花知道，一旦棺材上面盖了土，说不定矿主反过来就不认账了。只能看着朱福林残缺的尸体一天天变质，流着迎风臭十里的黑水。两口子几乎一天往石英矿跑三趟，就是不见张来水人影。一打听，不是到石家庄买机器零件了，就是和朋友到北京去了，两口子跑了几次张来水家和他老丈人家，只是见到了矿主媳妇和丈母娘，两口子把事儿说了。没想到张来水老婆也是一个精明人，一句“那是男人的事儿，俺娘们儿家做不了他的主”，就把杜花花和朱福海打发了。

几天后，朱福海又骑了摩托，带上杜花花，赶到石英矿，趁工人还没下井，两口子仰面八叉地坐在井口，对工人说："张来水要是再不来，这个矿就别想开了。"有一个工人站出来说："要找就找矿主张来水，俺们耽误一天就少一天工钱。碍俺们啥事？"朱福海看也没看那人，鼻子里哼了一声，点了一支香烟，慢悠悠说："这个我不管，矿主啥时候不给俺赔偿，啥时候就别想开工。"

有个性子暴烈的工人急了，越过朱福海杜花花，开动缆车就要下井去，杜花花就地打了一个滚儿，躺在了缆车轨道上，大声喊说："谁要想下井，就从老娘身上轧过去！"工人一看，再怎么着也不能拿人命开玩笑，一个个摇了摇脑袋，回工棚去了。

阳光慢慢炽烈。朱福海和杜花花坐在缆车仅有的阴影下面，感觉像是两条狗，就差一点没把舌头吐出来。旁边工棚的荫凉当中，几个个子不高的四川民工端着粗瓷大碗，吸溜吸溜喝开水，一边用黑色的眼睛看他们两口子。朱福海有气无力地对杜花花说："哎呀，他妈的张来水要是再不来，咱两口子不饿死也得渴死啊。"杜花花说："你懂个毬，就知道个吃和睡，不这样啥时候能把张来水那王八蛋等来啊？"

朱福海咽了一口唾液，背靠在杜花花肉嘟嘟的背上，闭上了眼睛。正当两口子饿得肚子叽里咕噜大叫时，张来水黑色的广本轿车开了上来。朱福海一看，打了一个激灵，一骨碌爬起来。杜花花侧脸只是看了一眼，伸出手指，使劲拧了一下朱福海的小腿肚子。朱福海哎呀一声，正想问杜花花为啥拧他，一看杜花花快速努动的嘴和睁得像核桃一样的眼睛，赶紧又躺了下来。

张来水下车，直奔井口，看到朱福海两口子，卡着腰笑着看了一会儿，开口说："大兄弟大妹子，这是干啥？地上凉，赶紧起来到办公室坐。"朱福海鼻子里面哼了一声，看了一眼矿主，身子照旧没动。杜花花倒一骨碌爬起来，笑着对张来水说："大矿主就是和俺们平头百姓不一样，不是北京就是南京，石家庄都跑腻歪了吧？"

杜花花话中有话，还带着点讽刺。张来水当然听出来了，可脸上没显出任何表情，依旧笑呵呵地说："大妹子这话说的，咱走到哪儿还是这儿的人，走到天边也还得回来。"朱福海也爬起来，跟着矿主和老婆屁股后面，有气无力地走到矿长办公室。刚刚落座，矿主叫来会计，从黑皮包中拿出一沓子钱，重重放在桌子上。脸阴沉了一下，又舒展开来，望着朱福海两口子说："这不，马不停蹄跑了这么多天，才凑了十万块钱。"

杜花花当即就说："这十万块是不是垫底儿啊？大矿长辛苦了，俺好感动啊！"张来水赶紧说："大妹子哪里话，俺应当谢谢你们两口子呢？"朱福海站起身来，就要去抓那十万块钱，杜花花急忙拉了一下朱福海的衬衣袖子，大声骂道："他个笨猪，几辈子没见过个钱啊？"

张来水看了看杜花花，皱了一下眉头，又笑着说："谁个不爱财啊。"说着拿起那十万块钱，站起身来，走到朱福海面前，放在朱福海手里。朱福海看了看矿主的脸，又转身看了看杜花花的脸，一时不知道咋办才好。

杜花花打掉屁股上的土，对张来水说："这么说，咱福林兄弟一条命就值这十万块了？”张来水站起来说：“哪里的话，人命多少钱能买回来啊？”杜花花接着说：”哪儿能啊，大矿长，这十万块俺觉得太沉了，就是一张纸，俺这会儿也拿不动了啊。”

张来水翻了几下白眼仁，看了半天屋顶，嗤地一声又把黑皮包拉开，又拿了一沓油乎乎的人民币，重重地摔在桌子上，荡起一片灰尘。杜花花照旧笑着说：“大矿长您可别生气，福林的丧葬费还没着落呢。”张来水脸色沉了一下，没好气说：“那能花多少钱？打上三千块到头了，矿上出就矿上出吧！”

杜花花咯咯笑出了声，看着脸色铁青的张来水说：“还是咱们大矿长见过世面，真是个痛快人！”

到村里，朱福海和杜花花两口子才觉得饿了，搜肠刮肚的饿，急忙找了一家饭馆，要了两碗大肉面条，又切了三斤酱牛肉，狠狠地吃了一顿。出门时，天已经黑透了。回返的时候，还没到麦坪桥，就又闻到了朱福林尸体腐烂的臭味。杜花花在后面打了一个饱嗝，声音颤颤地对朱福海喊道：“明天就埋了吧。”

麦子熟得都自己往地里掉了，蝴蝶在麦芒上一会儿飞起来，一会儿落下去。朱福海家也开始割麦子，把小舅子杜修林也喊来帮忙。一大早，朱福海磨快了镰刀，杜花花装了开水，摘了几十个熟透了的杏子，和杜修林一起，坐在新买的福田牌农用车上，向麦坪地里驶去。到“S”路段不远处，朱福海忽然一阵晕眩，像谁拿着锤子猛不防敲了他一下，脑袋里突然飞起来一团白雾。等再醒来，人还在车里，但车却头朝下挂在麦坪桥旁边一面陡山坡上了。

出嫁

太阳刚刚升起，从东边山岭上，穿过金黄色的茅草，无精打采地照见了蹲在山坳里的张家湾。风很冷，冻得人直缩脖子，但这并没有挡住朱秀兰家的热闹。小小的，石头铺和砌成的院子里，穿红挂绿的大人们早就来了，东奔西跑，叮叮当当地忙成了一锅粥，亲戚们和乡亲们摩肩接踵，你来我往；女人们帮忙蒸馒头，做稀饭，炒土豆包菜；男人们蹲在墙角抽烟，说淡话，直等着朱秀兰的婆家开车来接，好跟在用红绸布盖了头的朱秀兰后面，乘上其它车辆，到朱秀兰婆家大吃一顿；孩子们则在院子外面的石板街上呼啸往来，追逐打闹。

唯有朱秀兰一声不吭，她是这一天的主人，也是这场婚礼中出场不多，但万万不可缺少的主角。坐在自己睡了十八年的炕边，朱秀兰没有一点出嫁的兴奋和羞涩，脸反而紧绷绷的，红艳艳的棉袄上，还落着几点泪水。而外面的人不管这些，他们忙活着，说笑着，人人都把这一天当成了自己的节日，穿梭往来，喜笑颜开。

这种场景,朱秀兰本人也经历过很多次,村里每年都有闺女出嫁,也都有小伙子娶媳妇,帮忙的乡亲们都是这样子,来到办喜事的人家,忙活一阵,吃喝一顿,省得自己做饭,又送了人情,自然是皆大欢喜的事情。村里张大麻子女儿张兰花出嫁那天,朱秀兰也和其他的小伙子姑娘们一起,像现在院子内外的人一样兴高采烈。

可现在,轮到自己出嫁了,朱秀兰怎么也高兴不起来。她没有想到,自己也会像村里其他人家的闺女一样,刚刚十八岁,就找了婆家,然后在一些人和鞭炮,还有红花囍字的陪衬下,乘车从这个村儿到那个村儿,像梦一样嫁出去。还不到二十岁,就当了别人的媳妇和儿媳,还有像母亲一样的母亲。

朱秀兰总觉得这不是真的,好像是一个恍恍惚惚的梦。这时候,母亲走进来,后面跟着的大姨妈进门就说,咱秀兰今天可真俊!话还没说完,就咧嘴哈哈大笑了起来。秀兰叫了一声娘,又叫了一声大姨。忽然觉得很伤感,抿了抿嘴唇,低下头来,坐在炕沿边儿。

院子里仍旧人声鼎沸。迎亲的鞭炮声越来越近,从马路一边的河沟里,沿着两边的红色岩石,一路跌宕,清脆而悠远的回声,打在了朱秀兰和村人的耳膜上。伴娘说:秀兰,赵光锐迎亲的车就到了,坐镜子这儿来,俺再给你化化妆。秀兰嗯了一声,但身体没动。伴娘笑着说,傻闺女,都快成媳妇儿了还害啥羞呢。

朱秀兰脸红了一下，起身，缓慢地挪到镜子前，又缓慢地坐在凳子上。她看到镜中的自己：高绾的发髻上面，插着两朵娇艳欲滴的红花，施过薄粉的脸蛋像是玉石一样白，黑黑的眼睛似两颗珍珠。她也觉得自己今天很美，美得连自己都不敢相信。以前念书的时候，同学和老师都说她是学校最漂亮的女生。虽说家境贫寒，但谁也不能阻挡她对爱情的幻想，班上的男生赵建军，个子高高的，一双眼睛总是充满忧郁，她每次看到，都觉得那里面蕴藏了令她心醉而又单纯的情感，还有一种叫人迷恋的力量。初三那年放暑假后，学校专门为学习成绩好的同学开了补习班，她和赵建军都在。有一天晚自习后，其他同学都出去了，只剩下她和赵建军在教室里，那时候，她的心忽然萌动了，怦怦跳着，什么都看不进去，全神贯注地感觉着后排赵建军发散给她的某种气息。教室里静极了，赵建军沙沙的笔触声像是音乐，漫延着一种难以抗拒的力量。

朱秀兰不由叹了一口气。一种时光的倥偬感让她蓦然觉得了人生当中的某种沧桑。鞭炮声越来越清晰了，听起来就像在院子里一样。朱秀兰不由自主地轻轻地唉了一声，伴娘听到了，赶紧说，傻闺女，叹啥气啊？朱秀兰没吭声，站起身来，朝自己睡了十八年的床铺看了一眼，也不知道为什么，她忽然觉得那些熟悉的被褥和炕墙上的布纹有点陌生，就像别人的一样。

迎亲的车进村了，看热闹的人早就站在了村口，看播放着流行歌曲的迎亲车跟小花轿一样慢悠悠过来，不断炸响的二踢脚从地面升起来，以青蓝的天空作为背景，发出噔、嗒的声音。

最前面的是一辆红色的桑塔纳轿车，车前面绑着的大红花格外鲜艳，风挡玻璃上还贴着一个大大的囍字；紧接着是两辆中巴车和一辆福田牌农用车，也绑了红花，贴了囍字。红艳艳的光泽，在冬日枯燥的村庄，就像是燃烧的火焰。

车子还没有停稳，孩子们就呼啸而上，尤其是朱秀兰的侄儿和侄女，一个个像小老虎一样，对着一个打扮得花枝招展的妇女冲过去，分别抓了胳膊，搂住大腿，还有几个大喊一声，冲到了妇女怀里。妇女也不生气，任由孩子们胡闹。孩子们直到一个个得了红包，才把她放开，躲在一边，撕开红纸，查看包儿里的钱钞，接着又返身回来，逮住朱秀兰的女婿赵光锐，就像群猴上山一样，把赵光锐所有的衣兜搜刮一空。

朱秀兰家管事的人朱三光，把男方前来迎亲的长辈和司机请到东屋里坐下，话还没说完一句，热气腾腾的馒头和菜就端上来了。迎亲的人也不客气，一个个狼吞虎咽，吃得嘴角冒油，朱三光也在其中，跟着迎亲的人吃了个贼饱。大家都吃得差不多了，迎亲人当中一个五十多岁的妇女一边嚼着一块肥猪肉一边对朱三光说：剩下的财礼咱都带来了，要是没啥事儿的话，就让新娘子早点上轿吧。说着话儿，就把一沓子崭新的人民币放在了朱三光面前。

朱三光到了朱秀兰父母房里，先把钱放在她爹朱三柱的手上，又说了一些什么，又走出门来，站在朱秀兰的门槛上，大声招呼帮忙的人。不一会儿，朱秀兰就被伴娘和媒人搀扶着，头顶一块红绸布，从房里走了出来。红艳艳的盖头落在满院子的人群当中，确实有一种鹤立鸡群的美感。朱秀兰小心地迈着碎小的步子，一点一点踩着自家院子内的青石板块。

纷纷攘攘的村人霎时间鸦雀无声，只有迎亲车顶上的高音喇叭还在拼命地播放着哥哥妹妹美啊好啊的流行歌曲。朱秀兰穿过众人，低头走到赵光锐面前。她从红布下方看到，赵光锐今天穿了一双崭新的皮鞋，还是花花公子牌儿的。锃亮的鞋面让她看到了自己的影子。

她忽然又觉得了一阵迷茫，脑袋不失时机地晕了一下，要不是媒人和伴娘在一边紧紧搀扶，说不定就摔倒了。就要上车了，赵光锐打开车门，作势请她上车，而朱秀兰没有。她抬起头来，透过红布的缝隙，她看到了自己的父亲母亲，两个老人单独站在村口的土坡上。父亲朱三柱袖着双手，腰身像是一张弓，远远看起来，就像一根朽烂了多年的木桩子。母亲也是，微微的寒风吹动着她蓝色的粗布衣角，头上的白发像是雪片一样。

车子开动了，朱秀兰哭了，但没出声。早在前一天，娘就一遍一遍叮嘱她说：闺女出嫁时候不能哭，哭了就会哭一辈子的。当时，她一直嗯嗯着表示答应，她也相信自己在离开村庄的时候不会哭。但是，也不知道怎么了，无法控制的眼泪就像六月的天气，说下就下了。

坐在赵光锐和媒人之间，轿车在颠簸的村路上行驶，拐弯的时候，毫无防备的朱秀兰靠到了赵光锐的怀里。靠近的一刹那，朱秀兰感到了一种温度，但随之而来的是惊怵。这是她第一次带着感情或者说某种关系，靠近一个陌生男人的身体。心头好像冒出了一只水花四溅的泉眼，咕嘟嘟地响个不停。

车走得很慢，赵光锐没说一句话。朱秀兰微微抬起头来，从红布的缝隙里看到了赵光锐的脸，这个比自己大五岁的男人，嘴唇上留着一撇黑色的小胡子，白皙的脸庞也像她一样稚气未脱，只是，有几个牙齿露在嘴唇外面，看起来有点滑稽。

朱秀兰忽然觉得，自己的这桩婚姻，就像小孩儿捉迷藏一样，自己就像是一个行动迟钝的孩子，一下子就被赵光锐捉住了。而她也知道，这一捉住，啥时候都逃不掉了。她忽然又觉得这样的一件事很残酷，看起来热热闹闹，但却是一条不归路。

旁边的媒人和伴娘早就是熟人了，坐在一边拉呱家常，说一阵儿笑一阵儿，比赵光锐还开心。至于她们都说了些啥，朱秀兰一句也没听到耳朵里。

从张家湾到韩家滩，总共才十里路程，平时骑摩托也要十分钟以上，而今天，在朱秀兰的感觉当中，就像是眨眼之间的事，做梦一般，飞一样就到了韩家滩村。从马路转弯进到一个较为宽敞的巷道，再穿过一道早已是住房区的山岭，就到了赵光锐的家。

对于朱秀兰来说，这里并不陌生。自从爹娘答应了这门亲事之后，她跟着娘，先后来过三次。第一次是来乡里赶集，赵光锐的娘在街上看到，生拉硬扯地把她娘儿俩拉到自己家，煮了猪肉水饺。临出门的时候，赵光锐娘追上朱秀兰，把一个红包放在她兜里。朱秀兰一声没吭，转身掏出来，把钱又放在了赵光锐娘手里。

赵光锐娘当然还要给她，但朱秀兰转身就跑出了赵光锐家的巷道。后面的娘追过来后说，你这闺女真不懂事，婆婆给你钱你咋不要？朱秀兰说，俺有胳膊有腿，干啥要他们家钱！娘看了看朱秀兰，摇了摇头，拉了秀兰的胳膊，没入汹涌的人群。

而这一次，朱秀兰知道，和往常任何一次都不一样，这次来了，就永远出不去了。

赵光锐家也是人山人海，大红的门帘比太阳还红，大红灯笼在风中像是新娘子冬天的红脸蛋。车门打开，一群比她小不了几岁的闺女小伙子即刻围拢上来，一个个探着脑袋，凸着眼睛，像打量一个稀罕东西一样看着坐在车里的朱秀兰。朱秀兰就要下车的时候，发现赵光锐一直就在车门前，这时候，她才恍然记起，新娘子到婆家第一天，是不能沾地的，得要丈夫抱着进门。

想到这里，朱秀兰不知如何是好。双腿几乎僵在了那里。直到被一边的媒人用胳膊肘子捅了一下，才醒过神来。同时，她也想到，这时候，非要赵光锐抱着进门不可了，老规矩还是要遵守的。当赵光锐把手伸向她的时候，她忽然又恍惚起来了。

自己的身体完全依靠着赵光锐，随着赵光锐的步速摆动而摆动，同时，她也感到了赵光锐身上传来的温度。她觉得自己的脸像火一样烫，身体战栗，像夏天的雷声，在她每根神经和血管里快速旋动。

还没走到洞房，赵光锐就气喘吁吁了，额头冒出细密的汗珠。有人开玩笑说：到底是坐办公室的啊，抱个媳妇还这样，以后咋让俺嫂子快活像神仙啊?

朱秀兰的心理变化是快速的,也是起伏的,在赵光锐怀里,她感到了一种从来没有过的踏实感,还有一种此去不复返的沮丧感。等赵光锐把她放在床上的时候,她忽然发现,这一下落的地方,是她一生快乐和痛苦的场所,也是她至死都不可能逃脱的地方。

此时的赵光锐家热闹非凡,贺客盈门,帮忙的人都是赵光锐的本家叔伯和兄嫂,忙得不亦乐乎,端盘子送饭的头碰头,屁股撵着屁股。饭菜的香味在崭新的二层小楼内外荡漾。去送朱秀兰的张家湾人坐在赵光锐家里大吃二喝,往往,一盘菜刚落在桌子上,就被无数双筷子扫荡一空了。

朱秀兰坐在洞房里,先前来闹的小伙子们早就烟消云散,一个个被酒菜吸走了。

令朱秀兰难为情的是,来闹洞房的小伙子当中,竟然还有她中学时候的同桌赵建军,一进门,两个人四目一对,朱秀兰一下子红了脸,脸上的笑容像是揉皱了的纸,低着头用眼睛四处瞟了瞟,看到耷拉着红花床单的床底下,恨不得像猫一样,嗖的一声钻进去。赵建军脸也红了,眨巴着眼睛,看了看朱秀兰,眼神里有一种冷飕飕的光,让朱秀兰冷不丁打了一个寒战。

愣怔了好久,赵建军突然说了句,“十八岁你就嫁了”,话音儿没落,就转身走出去了。

朱秀兰坐在那里,忽然觉得很别扭。从前的事情纷至沓来,在她的脑海当中,飞快而清晰地闪现。她忽然觉得,时间真是太快了，还没来得及眨眼，她就出嫁了。这种变化让她不自觉地有了一种沧桑感，还有一种说不清楚的愧疚感。中学毕业后，身边的女同学基本上都是十八九岁就结婚成家了。最小的一个只有十七岁，乡民政所不给办结婚证，他们就先按照村里的方式举行了婚礼，等年龄到了，再抱着孩子来领结婚证。尽管如此，在朱秀兰心里，结婚始终是遥远的一件事情，看到其他闺女刚出校门就进婚门，她始终觉得有点不可思议。前些天，赵光锐带着她到乡政府办理结婚手续，民政所的人看了看朱秀兰的身份证，说不到法定年龄，不给办。回到家里后，赵光锐家提议，也像其他人一样，先举行婚礼，再结婚。朱秀兰家人也没反对。

不知坐了多久，外面的喧闹一波一波，猜拳行令的声音此起彼伏。而朱秀兰的脑海里却是空荡荡的，一会儿飘满白云，一会儿又满是沉沉的黑夜。这时候，有人掀开门帘，叫了她一声嫂子。朱秀兰抬头一看，是赵光锐的妹妹赵光美，端着饭菜，身材婀娜，徐徐走到沙发前，放菜的时候，还甜甜地对朱秀兰说：嫂子饿了吧，快来吃饭。

外面的喧闹渐渐散去，夕阳好像下落了，天色慢慢变暗。朱秀兰知道，冬天的天说黑就黑了。她没有开灯，一个人坐在安静的洞房内，听任暮色从窗外和门口一绺儿一绺儿地钻进来，逐渐把她的身体和视线淹没了。

这时候，赵光锐还在陪客人喝酒，或许是坐的时间长了的缘故，朱秀兰觉得了大腿有点麻木，身子变得沉重起来。她知道起身活动活动就好了，但她实在不想动，一点都不想。她感觉自己坐在床边的样子像个雕塑，身体当中灌满了水银和铅，沉重感铺天盖地，无法挣脱。

过了一会儿，小姑子赵光美和婆婆先后来过几次。婆婆用疼爱的口吻问她吃饭没有，还想吃啥。朱秀兰一开始不想回答，只是嗯嗯着，算是礼貌。过了一会儿，婆婆又让小姑子拿了水果、饼干、烫热的牛奶来给她，一开始，朱秀兰觉得自己应当吃点东西，但又不想吃。犹豫了一会儿，牛奶便随着冬天的空气迅速变凉了。

赵光锐回来的时候，先到了父母房里，而后又摇摇晃晃走进朱秀兰所在的洞房。进门的脚步很重，接着是关门插门的声音，然后迈着趔趄的步子，慢慢走到朱秀兰面前。朱秀兰听着那声音，一股鲜血电流一样，飞快地窜到脑袋上面，嗖嗖流动。

进门，赵光锐一屁股坐在朱秀兰身边，伸出胳膊，搭在朱秀兰肩膀上。朱秀兰不自觉地往一边闪了闪身子，但没有挣开赵光锐的胳膊。赵光锐晃着通红的脸，喷着酒气说：秀兰啊，从现在开始，咱俩就是一个锅里舀饭吃的两口子了。我他妈的真高兴！你高兴不？

朱秀兰好半天没吭声，她不知道怎么回答。就在昨天晚上，娘还专门对她说：进门后，要想别住男人，让他以后听你的话，你就得拿出点手腕来。那时候，朱秀兰不知道啥手腕，也不理解两口子之间要手腕有啥用处。在朱秀兰的意识当中，嫁给了人家就什么都成人家的了，再要手腕也逃不过这个命运。

赵光锐站起身来，走到沙发旁，在旧茶里面又添了一些开水，仰头咕咚咕咚喝下去。靠在沙发上，打了一个长长的哈欠。说，秀兰，咱睡吧？然后，走过来，一把抱起朱秀兰，几个快步，把她放在铺着大红被褥的床上。

朱秀兰就像一条缺了水的鱼一样，听任赵光锐摆布，一阵尖利的疼后，就是慢慢袭上全身的愉悦感。后来的几次，疼痛没了，都是那种令人晕眩的快感。第二天晚上，赵光锐浑身冒着细汗从她身上下来后，朱秀兰第一次主动把头靠在赵光锐的胸前，手指抚摸着赵光锐赤裸的胸脯，心中升起一种从没有过的温柔和踏实感。

这时候赵光锐似乎很疲惫，眼睛发红，但仍旧没有瞌睡的意思。两人说了几句话，灭了灯，躺下。夜晚很黑，风在屋顶上发出呜呜的声音。就要睡着的时候，赵光锐忽觉得有一只手，像冻僵的蛇一般，滑到了他的私处。

赵光锐睁开眼睛，转过身，在黑暗中摸索了一会儿，再次翻起了身。

婚后三天，是“叫四意”的日子。中午饭后，朱秀兰回到了娘家。以前一起的邻居们见了她，都笑着，说，回来了！朱秀兰笑笑。也觉得，乡亲们说话多了客气，还有那么一点尊重。但她也知道，从出嫁的那一天开始，她永远就不再属于这个村庄了，是个外人了，即使活了十八年的家，也没有了她理直气壮的地方。

冬天天短，一会儿就过了。躺在以前的炕上，朱秀兰总是在回忆出嫁那天的情景，还有和赵光锐行夫妻之事的情景。心情一会儿像着遍了火，身上又像是跑满了蚂蚁。似乎还没有睡着，公鸡就打鸣了，咯咯的声音，从房前屋后传来，此起彼伏的，把乡村的黎明渲染得一片冷清。

如此一段日子，年味儿越来越浓了，零星的鞭炮声在孩子们手持的烟头和火棍中砰砰炸响，响亮的声音沿着曲折的河沟，从这个村到那个村，就像传染病一样。孩子们听到了，就拿了鞭炮，点了柏香，聚在一堆儿放炮取乐。为了迎接朱秀兰娘家人的到来，赵光锐家前一天就开始忙活了，到县里买了鲜肉和鲜菜，又找了大师傅，做菜做饭招待亲家。

朱秀兰娘家人租用了一辆面包车，来得也特别早。听到喇叭响，朱秀兰就站在了自家大门外，看着爹娘和亲戚们慢慢向她驰来。她给爹娘开了车门，一手搀了娘，一手拉着爹，又招呼了其他亲戚，进了赵家大门。

吃喝一顿后，朱秀兰跟着亲戚们上了车，公公婆婆和赵光锐赵光美都出来送，一直送到街口，才告别。回到村里，以往经常见面的村人都笑眯眯给她打招呼。

小年二十九，赵光锐开车把朱秀兰接了回去。初一这天早上，赵光锐带着朱秀兰挨门挨户地给赵家长辈拜完年，刚回到自己院子里，忽然看见和赵光锐本家的同学赵建军从公婆房里出来。朱秀兰的脸腾地红了起来，飞快地回到自己家，心还在怦怦地跳个不停。赵建军掀开门帘走了进来，看也没看，就对着赵光锐和朱秀兰大声说：哥哥，嫂嫂，俺给你们拜年了！一边说，一边把腰向朱秀兰弯了下去。

消失的手艺

木匠

过了正月十五,春节的气氛还没有消散,木匠就要上工了。此前,有人来找,自个儿家里没有太大或者紧要的事情,木匠都会高兴地应允。毕竟,做木匠就是要挣钱的。这正是,自己愿意,别人又找,好像瞌睡给了个枕头,两厢情愿。木匠的高兴甚于做家具的人,木匠出卖手艺和劲力,赚回来的是钱。做家具的人家要提供木材、饭菜、酒水和香烟,外加工钱,盘算下来,花费也不小。

户主每请一次木匠,最短也得三天。仅仅三天,木匠大概也能吃掉自家三口人一天半的口粮。若不是遇到老人过世,孩子娶媳妇和新盖的房子缺门少窗户等紧急事情,谁也不愿意白白掏钱给木匠。

木匠怀揣手艺,坐等人请。有人来了,说好时间、价钱。木匠就收拾一下家具,磨了锛刨斧锯等一干家什,装在专用的布兜或箱子里,临睡前到父母房里坐一会儿,说明天要去哪儿哪儿干活儿了。父母就劝木匠早点睡觉。木匠嗯嗯着答应,起身回到自己房里。脱衣上炕,看孩子们睡熟了,就把婆娘按在身下,做完事情,倒头睡去。

第二天一早,木匠打一个哈欠,裹紧对襟棉袄,到驴圈给驴子撒点麸糠,然后将装满凿子、锛、木尺、锯子、墨斗和刨子的油布袋子放在毛驴背上,再用手左右晃晃,看真的结实了,进到屋里,冲还在炕上半露着肩膀和胸脯的婆娘说:我走了,有啥事记着给我捎个信儿。反身把门关了,牵住毛驴的缰绳,嘚嘚吆喝几声,驴子就戴着缰绳和嚼子,跟着主人的脚步,走向别人的村庄。

这时候,要做家具的人家早早开门等着了,先自行把放在房顶的木头扛下来,或者把埋在土里的木头挖出来,一起堆在木匠做活儿的地方,等木匠来了,丈量后才使用。

太阳像一个红柿子,淡黄的光晕洒在枯燥的村庄和山坡上。早晨还冷,穿着棉袄还瑟索发抖。主人家朝村口看了一会儿,不见木匠的影儿,就再回到屋里,点着柴火,把硬木疙瘩放在上面,噼噼剥剥一阵儿,突突的火焰就燃烧起来了。

青烟刚从房顶上冒出来,木匠就到了。小毛驴迈着铿锵有力的步子,前身一耸,跃上一个台阶,就进了做家具人家的院子,脖子上的铁铃铛敲打着早晨的宁静。做家具的人家赶紧捧出满脸的笑,快步走到院子边儿上,说:这么早就来了。木匠说:这还早呀?太阳都三丈高了。主人家笑笑,心里却想:再来早点才好呢。木匠喘息未定,就张口问:在哪儿做?主人家赶紧替木匠牵了驴子，说就到新房子那边去吧。

新房子还是石头砌的，所谓的新，就是石头的新了。正屋的大梁也许没换，檩椽可能还是从老房子上拆下来的，有的不能用了，就又补了几根新的。屋顶的石板下面是掺了麦草的黄泥，黄泥的下面是一层新编的苇席。石板压得黄泥从苇席缝儿里挤出来，像是一条条的蚯蚓。村人不管这些，反正房子是新盖的，叫新房子是理所应当。

帮木匠从驴背上卸了家具，放在除了石头片子就是河沙黄泥的新房子屋地上。再把驴子牵了，拴在自家驴槽里面，只给草料，不撒麸糠，驴子很不满意地打着响鼻，一双黑葡萄眼睛看着人生闷气，把长脸使劲儿甩甩，算是抗议。人知道驴的意思，木匠不在身边的话，就咕哝说：俺的驴还不够吃呢，还给你这个外人的驴？！

关于这些，木匠看不见，但可以想到。木匠不能吭声，嫌自己驴在别人家受罪，就托人捎回去，干完活儿再牵来。这等不关系到人的事情，一般来说，木匠都不在意。

木匠首先看了要做家具的木头，主人在一旁看着。木匠就说，这根可以做啥，那根可以做啥。枣木、椿木、椺木、洋槐木比较瓷实，宜做面板、门框、桌子腿和窗户框，那些杨木、柿木、梧桐木和柳木宜做门板、桌子面和窗棂。

就这样，木匠按类分了，把最先要用的木头挑出来，放在空闲的地方。然后把油布袋子解开，把锛、凿子、锯子、墨斗等等家什拿出来，在墙角摆好，再让主人家找了长杌子和短绳索。收拾完这些，时间就过了早晨。

吃过早饭，扯一顿淡话，抽几袋烟。主人家停止了说话。木匠知道，这是催自己上工的信号。也不吭声，磕掉烟锅里的烟灰，从小凳子上站起来，也不用和主人家打招呼，去新房子里面干活。

最初的活儿不太好干，木头太粗太大，尤其是需要锯、锛的时候，一个人不是大木头的对手，男主人也知道，就过来帮忙。和木匠一起，拉了墨斗线，固定好，木匠看拉得笔直了，手抓住中间，向上一拉，再一弹，一根黑线就落在了木头上面。如此拉扯一番，做门窗要用的木料就差不多够了。两个人一起使劲，嘿呀一声，把粗木头架在长杌子上，一头翘起来，一头放在泥地上。木匠拿来大锯，一个人扯一头，来来回回拉上一阵子，粗木头就破成了两半，再分别从中间锯开，就成了四瓣、八瓣。两扇门儿，再加上框子需要的木料就算够了，再解一根，做窗户的也差不多了。木匠就说，你去忙吧，剩下的俺一个人能干了。

主人家当然不会客气。心里想，俺给你钱，那还给你帮忙，实在是亏！有这工夫，还不如到山上砍些柴火回来烧火。

木匠作为一门古老的手艺，连同掌握它的人都是受人尊敬的。木匠们整天待在其他村庄的人家里面，拉开杌子，攥紧凿子，抡起斧头，一下一下敲打木头。他们折腾的响声，在很久以前的村庄里十分悦耳动听。

那时候，还没有汽车和摩托车，电刨子和电锯对村人来说还是个梦。大多数的乡人都希望自己孩子有一门手艺，木匠也好，铁匠也罢，拉大锯也中，再不济的，学个阴阳半仙也能混口饭吃。久而久之，村人就变成谚语说：“家有万贯，不如手艺在身。”有了一门手艺，就可以吃遍天下，还净吃好的，自己好过不说，连爹娘、老婆和儿女都跟着享福。

起初，木匠们的生意范围也就是十里八乡，上千户人家，养活十几个木匠不成问题。

手艺的好坏至关重要。通常，谁家的小子要学木匠，还得杀鸡提酒，自个儿关系好的就自己去，关系一般的还要请一个有头有脸，和木匠关系好的人当说客。人家答应了，不但了却了一桩心事，也为自家儿子找了一个“饭碗”，一辈子吃东家吃西家，省口粮不说，生活水平也肯定要比甩着膀子刨地的那些人强。

可是，学艺三年，师傅一分钱不给，路费和买衣裳钱还要自己掏。这是规矩，谁也没有异议。换句话说，人家师傅收你做徒弟，教你手艺已经是很不错了，再跟人家瓜分劳动所得，就不合情理了。

可是，木匠这门手艺也不怎么好学，一般孩子学三年要是能准时出师，自己单干，就很不错了。笨一点儿的，五年还不能独立干。跟着师傅，不仅挣不到一分一毛钱，还得挨打受气。

一般的学徒都会一门心思地学，想着早点出师。聪明的，一年时间就把师傅的手艺学到手了。什么东西一旦得到了，就没有了顾忌。徒弟们就会不自主地在师傅面前直起哈着的腰，不再唯唯诺诺，轻则挨骂，重则挨打了。有性格犟一点儿的，还敢顶师傅的嘴。师傅一看,这小子羽毛长成,不把自己放在眼里了,就提出分开干。

出师之后的木匠们开始也很难,毕竟,要想闯出名气,有人主动上门找着干活,自己非得再做一番奋斗不可。常常,手艺学成,先从亲戚家做起,再向其他村庄发展。在自己地盘上闯出了名气,才能瞅准时机,向邢台、山西和武安等地"挺进",做生意不怕范围大,对木匠来说,多一个村、多一户人家,就意味着多了一个衣食父母。新木匠的手艺修炼到一定程度,得到村人认可,并愿意免费为其宣传的时候,自己的"吃饭碗"也就算结实了,有的也会自感了不起,很傲,不但对外订了身价,而且对那些跟自己讨价还价的户主冷言相讥,弄得人家下不了台,瞪眼干着急,且无可奈何。

也有一些手艺好,为人不好的木匠,经常趁没人偷主人的木头,或浮皮潦草地赶时间完工,胡乱凑合。久而久之,生意来源逐渐减少,人说起来,都是恨得牙齿吱吱响。

在贫穷年代,附近村里大户人家相对稀少,几乎每家请木匠做家具之前,总要把村里木匠的好坏逐个打听一遍,广泛征求亲戚和要好邻居的意见后,才确定请哪个。这种做法很民主,更重要的是对自己负责。

其实,在血缘勾连的乡村,哪个木匠好不好,不是一个人两个人说了算的,还要考虑到各个方面的关系。比如说,张木匠如果和主人家村里的某个人是亲戚或关系不一般,自己家又和这一家关系不好,有过节,那他肯定做不了这一家人的生意。李木匠和自己有点亲戚关系,尽管八竿子打不着,但毕竟有一层亲戚关系,李木匠再坏也不可能把尿撒在亲戚头上,那就请他来。若是杨木匠手艺好,人品好,对谁都一视同仁,做家具认真,又快又好的话,请的人自然也多,但这样的木匠几乎没有,即使有,十个里面也难挑出一个。

木匠干起来了,叮叮咣咣,声音传遍整个村庄,甚至连后山羊圈都可以听见。村人见谁家请了木匠,心里总有所思想,关系不好的叫也不去,关系好的,就是忙到老婆正在生孩子的份儿上,也要瞅个空当去看看。看木匠倒在其次,主要是去看做家具人家的木头是不是偷来的。村人相互防范的心理与生俱来,谁都会用这招儿。有的大人和大人之间有过节,就支了小孩子去,去之前,还要交代一下咱家丢的木头是什么材料和大概的长短粗细。

小孩子遵从父母之命,到了人家家里,别的事情不干,两只眼球就跟木头过不去。这一家人一看,就知道这孩子爹娘的目的。忍不住指桑骂槐,说小骡子也能上墙了。叫了自家孩子,将前来窥视的小孩引出去,或者找借口说,这里面凿子、锛、斧头来往舞动,看伤着你了。一边说着,一边就势将邻家的孩子推出门去。

木匠不管这些,你拿出来,我就当是你的,锛皮拉锯,量材定做。

手艺好坏和木头没关系,家具做得好坏那才是手艺问题。

木匠埋头苦干,夏天一动就是一身汗,光着膀子干活儿既凉快又利索。冬天冷了先点了木屑,烤热了手掌,再去动那些冰冷的凿子、斧头、锯和锛。

在我们的村庄,以木匠为生的人虽然不多,但木匠手艺相当普及,随便哪个男人都会两手。往木匠跟前一站,看上一会儿,就知道这小子有几斤几两。一般来说,木匠是不会蒙人的,就算蒙了,也是一时,过不了几天,打的家具裂口、开缝儿或散了,这个木匠名声很快就大打折扣。更有内里怨气重的人家,走到哪儿说到哪儿,大有不把你名声搞臭誓不罢休的劲头。

实在的人家倒还罢了,不实在的人家,即使做得的家具没有出现上述情况,木匠要钱多了,或者拖时间长了,心中也不满意,该说你不行还是要说。个中原因很简单:木匠多拖一天,就多吃人家一顿饭,多要人家一天的工钱。

木匠心里也明白,即使换了自己,也会这样想和做。到一户人家干活儿,木匠总是起得很早,中午不休息,到天黑得什么都看不见的时候才收工,到主人家里洗了手掌,端起盛好的饭菜,和主人家一块儿,或者独自一人,坐在小板凳上,声音夸张地吃起了鸡蛋面条。

即使木匠尽力,主人家也不一定放心。对新手尤其如此,有细心的人家,木匠干活儿的时候,总是凑在跟前说些淡话。木匠心里知道,这是监工,主人家怕自己把木头给糟蹋了。木匠心里不舒服,但也不好说。有经验老到的,也不管这些,见主人来看,照样干自己的活儿,你说话我就搭腔,你不说我就憋着。

若是新手，遇到严格一点儿的主人家，心里有些紧张，拿刨子的手也没一个人的时候轻快和灵活。遇到这样的情况，木匠就暂且放下手中技术含量高的活计，转向一般性的钉、锯和锛。主人家若是男人，稍懂一点儿，一眼就能看出来其中门道。若是妇道人家，则很难明白其中“秘密”。木匠越是慌张，她越是瞅得仔细。不一会儿，木匠额头上就汗水涔涔了。

叮叮咣咣几天或十几天，家具做好了。木匠就要到另一家去。这天晚上，主人家要给木匠算账。价格一般都是预先说好的，虽然没有签什么合约，但谁也不能反悔。即使觉得太贵了或太少了，只要一上工，说也是白说，哪一方都不答应。

主人家觉得价目比较合理，木匠干活勤快利落，做的家具也令自己满意的话，就炒了菜，买了酒，请木匠吃喝一次。菜虽不好，有酒就行。其实，木匠看重的不是菜和酒，而是主人家拿酒炒菜的那份诚意。

算完了账，谁也不欠谁的，都觉得轻松。主人家会说，下次打家具俺还找你，木匠知道这是套话，就说那敢情好呢！至于这户人家下次打家具时会不会再找同一个木匠，木匠不知道，要做家具的人家也不知道。

木匠就像夏天的蚂蚁，仅仅三两只，它们的活动范围不过窝边的两尺多远，如果是一窝儿，范围会逐步加大，以致连它们自己也看不到自己的巢穴，来回要半天甚至更长的时间。木匠也是一样，就那么几个同行的时候，个个有活干，东家请了张木匠，李家就请杨木匠。不多的木匠各有各的雇主，各有各的生意范围，只要尽心做好每一户人家的每一件家具，绝对不用担心没有饭吃。

到二十世纪八十年代中后期，村里的木匠人数增多，但似乎都洋洋得意，自以为有了铁饭碗，一家人过着仅次于地主的生活，虽不能花天酒地，可也衣食无忧。

其中，手艺好、口碑好的木匠，找的人多一些；手艺不好的也不用担心闲着。举个例子说，即使像曾经把门框分解成窗棂的三流木匠朱包成，也都没闲下来。

木匠们一个个的生活都不错，有白面、肉和油吃，特别羡慕。木匠们也引以自豪。有一些比较爱显摆的，自个儿家里做了好吃的，不闷头吃，专门坐在路边的石头上吃，让村人眼馋。

可不论哪个行业，一旦成了热门儿，从业的人就多了起来。村人看着木匠生活优裕，人人都想把自己的纯农民身份改成木匠。究根问底，他们也不是特别喜欢木匠这门手艺，而是看中了木匠的生活质量。村里谁都知道，手艺是为人服务的，手艺不是目的。

手艺娴熟的木匠们受到了村人的一致尊重，提酒提鸡，托人求情，登门拜师学艺的人越来越多。聪明的木匠知道：多教一个徒弟，三两年后，自己就又多一个竞争对手，自己的饭碗里就多一个人舀食。眼光短浅的木匠，看着人家提着东西来了，对自己又像老子一般尊敬，再看看摆在桌子上的鸡和酒，脸上的皱纹舒展，笑压在嘴缝儿里，还要装出一副不得已的样子，面对来人，推托一番，然后答应。

师傅带着徒弟上工了，徒弟自然要受师傅的打和骂。严师出高徒。徒弟们也都知道，但谁也不愿意让别人在自己身上粗暴地行使肢体语言。师傅打骂了，嘴上不吭声，心里骂。师傅当然知道，但只要不出口，抓不住把柄，就等于没有。

渐渐地，村里的木匠们都带了徒弟，少的带一个，多的带三五个。木匠们不光在兜揽生意上竞争，带徒弟也竞争。在村人看来，哪个木匠徒弟多，自然手艺就好，这虽然是个表面现象，但也很能迷惑人。

徒弟终于熬到了出头之日，就像羽毛全丰的鸟儿，再不要依赖父母衔食养生了，一个个踌躇满志，一副秀才中举的亢奋劲儿，倾家中所有，购置了凿子、锛、锯、墨斗等等家什，然后待在家里，整天倚在门框上，东张西望，盼有人请。因为刚刚出师，临近的人家还有点怀疑，做家具尽量请老木匠，老木匠顾不开，就把新木匠请了，做好做坏等着看吧。

新木匠急于打开门路，做家具时虽然紧张，但都是尽心的。村人也知道，手艺好坏纯属个人修为，尽心不尽心是“职业道德”问题。新木匠接了活计，第一个念头就是想着一炮打响，为自己以后的木匠生涯开个好头。

新木匠干了几年，手艺好坏只是一个方面，手中的钱多了，身边的徒弟也多了。到九十年代中期，村里的正式木匠已21人，算上正在学艺的，总数已达46人，破了有史以来的最高纪录。木匠多了，可活计毕竟有限。这时候，那些稍微愚鲁的木匠才渐渐明白，带徒弟不是好事，花费精力不说，简直就是拿着自己家的票子往外扔。

出师的新木匠看本地已没有发展“前途”，就把目光盯向更远的村庄。木匠们赶着毛驴儿走几十里的干河沟，再翻过一道岭儿，到山西左权的下庄村和枵儿镇去找活儿，这里虽也是太行山，沟沟壑壑的，可四周还有一片村庄，生意范围比自己河北那一带还要大一些。

晋冀两省交界处，两边村庄人家大都有着这样那样的关系。没有活儿干的木匠就利用亲戚关系，先在下庄或是大南庄找一家生意做，一边和其他村人套近乎，让做家具的人家也给自己再找活儿干，有手艺好、嘴巴甜、讨人喜欢的，外村人也喜欢，也乐意为其介绍。

久而久之，这些木匠就在山西左权一带站稳了脚跟。正月出门，一般都要到秋天或者腊月才回来。单看时间，就知道山西的木匠活儿不少，收益也肯定坏不了。可是，一个木匠去了山西，紧接着又是一个，多了之后，就有了优劣，从业人员过剩问题也相应地凸现了。劣的木匠只好另找生意，再从山西翻下来，到了邢台县路罗、白岸一带。这里的村庄也不少，虽然也穷，但谁家都要娶媳妇、送老人和盖房子，养活几个木匠还不成问题。

地盘站稳了，木匠就又带了徒弟，这是一种循环，木匠们又都忘了前辈的教训，重蹈旧辙，心态也和自己的师傅一样，逐渐地，徒弟们出师了，又在自己锅里分了一份羹，木匠又幡然醒悟。但事实铸成，后悔没用。

木匠虽然将自己的生意做到了山西，但从古至今，村里的木匠没有一个真正抛家离乡，一去不返，在远处的村庄扎根生活的。这里的人们乡土观念重，任凭走到哪里，都不轻易忘根儿。前几年，砾岩村一个离家多年、家在广西的老木匠，仍旧隔三岔五地回到村里来，在老房子里住上几夜，到父母的坟头去哭上几声，烧些冥币，以此表示自己对家乡的依恋和对父母的感恩之情。那位老人还说，他想回来住，随便一个地方盖个房子，都比城市里强。

九十年代中期以后，木匠也跟着进入了电器时代，买了电刨子和电锯。前几年的生意还好，村子里面隔一段时间都还可以听到电刨子的轰鸣声。现在，木器厂做的家具迅速占领了农村市场。村人也都知道成品家具不结实，但看中了它们的漂亮美观，结婚时候也图省劲儿，门也都定做了铁门，窗户也省掉了木头，改作铝型材和百叶窗。没有了家具做，木匠也就没有了生活来源，只好和别人一样，外出打工或是躬身垄亩。村人用不着木匠，也就不那么重视了。木匠无奈。木匠和他们的手艺属于过去的年代。

铁匠

南街村有一个铁匠，我只记得他姓曹，叫什么名字忘了。认识他很偶然，更得益于同村的小六子。某一天放学后，我和小六子蹿出校门，布鞋脚板甩起两股尘烟，沿着土石的转盘马路，像兔子一样奔跑。到了村口，气喘吁吁一阵，先后爬上一棵核桃树，两个人找了合适的树杈，骑稳当了，伸手摘几颗青核桃，用刀子旋着吃里面的仁儿。

光是吃肯定枯燥，就像饮酒，没有下酒菜，不说点闲话淡话也没意思。正吃得满嘴流油，我说：小六子，咱们将来干啥？能干啥？小六子想也没想，说：我当铁匠！俺舅舅那铁匠当得好呀，连武安和邢台人都到俺舅舅那儿买农具！我以后就跟着俺舅舅当铁匠，肯定不缺钱花。我听了，无言以对，我们家的亲戚们没有一个有手艺的，心里就很羡慕。但为了撑面子，我就对小六子说：我将来一定走得很远，进城市，住楼房。

小六子说：你这是做梦乘飞机——净想好事儿。当时，我脸上有点挂不住,但除了小六子之外,我没有一个像样儿的朋友。他的话虽使我难堪,但也不好发作。低了一会儿脑袋后,我把话题扯到喜欢的女同学身上,我说:我将来一定要娶张春莉当媳妇。小六子说:这个嘛,倒还有二分五到三分的可能。

第二天下午放学,小六子专门带我去他舅舅的铁匠铺。在南街村口,只一间黑黑的房子,前面搭着一个凉棚,凉棚下面是一堆巨大的炭火炉。再往前是一道石头垒的河坝,不高,大人抬抬腿就过去了。河坝外面,就是大河滩了,堆满了光光的石头,有大有小,坐着拖拉机从上面过,再结实的屁股也要颠成八瓣儿。

里面正在打铁,火花乱溅,有一个人抡锤,另一个用火钳夹着一块生铁,铁锤在生铁上轻轻重重地砸。看了一会儿,我说:小六子,咱该回家了。刚走出三米远,小六子一脸骄傲地看着我说:咋样?我说:啥咋样?小六子说:俺舅舅啊!我走了几步,说:抡锤太使得慌(累)了,我不干这活!小六子的脸立马耷拉了下来,像个茄子,不理我,一个人甩着步子过了河滩,往我们村的方向走去。

我知道小六子生气了,心里觉得过意不去。第二天一大早,早早跑到他们家叫他一起去学校。小六子看到我,也没吭声。他娘说:稍等等,六子吃了就跟你一起上学!我在他家院子里的梨树下站了一会儿,想独自走,又觉得一个人孤单,只好硬着头皮等。

两个人走在路上,开始只有四只脚在噗噗响,单调得烦人。

我说:小六子,你还生气呢?小六子看看我,鼻子里还呼着粗气,说:那么好的活儿,你还说累,不累能挣到大票子吗?活人能不累吗?我听了,脸红了一下,说:你说得对,当铁匠能挣钱,真是个好活儿!

小六子笑了,我也笑了一下。

到冬天住校,我才知道,铁匠不仅累,而且还起得很早。通常,太阳还在东边的树梢上挂着,打铁的声音就从河谷响起,连同冬天的寒气,一同进入村庄以及远山的各个角落,震落了草叶上的露珠,也惊醒了山里的野鸡。这时,村人大都还在土炕上做梦,铁匠就把人敲醒了。

铁匠铺的炭炉子火焰不高,红色中略带淡黄,火苗上压着一块类似半个地主帽儿的东西,很是耐烧,再惨烈的火焰,也不能损它分毫。我问小六子那是什么,小六子转着小眼睛想了半天,又蜷起食指,把太阳穴敲了几下,也还没有想到。

每天早上路过,我都看到,三个上身裸着,只穿了一件油布围裙的男人,面孔黑得跟炭一样,手臂上的肌肉一疙瘩一疙瘩的,很是健壮。一个男人坐在炉子一边,使劲儿拉着风箱,每拉一下,上面的火苗就蹿高一次。火苗突突,发出呼呼响声,火苗形状很是尖利,像刀子,能伸能缩。烧到一定程度,另一个男人站起身来,手拿火钳,探进炉火,将锄头、铁板或是斧头、镰刀等家具用火钳子翻翻,再烧一会儿,赶紧夹出来,放在专用的铁墩子上,手里提锤的男人迅速往自己手掌上吐一口唾沫,抡起铁锤,砸向全身通红的铁块子,乒乒乓乓一阵,铁块子基本成型,火焰渐灭，变作焦黑色。

如果锻打的火候到了，手拿铁钳子的人就会夹起成了型的物件儿，转身放进脚边的清水盆子，嗤的一声，冒起一团白烟。如果还没烧好，或是缺少了工序，就再放进炭火，继续烧灼。再取出另外一块儿，又是一顿敲打。

几乎每天都是这样，和小六子一块儿，从铁匠铺前面走过时，小六子的神色一如既往地骄傲。有天早上，小六子说：你还说打铁累，就你，连俺舅舅抡的那个大锤都提不起来。我不服气，就和他打赌。赌两块钱，谁输了谁买一包饼干，俩人吃。我说行。

放学后，两个人跑到铁匠铺。小六子一进去，一个脸长而瘦、嘴巴上长着一捏小胡子的人笑着对小六子说：六子，放学了，去家里吃饭去。

不用小六子介绍，我就知道这人肯定是他舅舅。

我使尽吃奶的力气，憋得面红耳赤，才使那个状似牛脑袋形状的大锤离地三厘米，坚持不到一分钟，就狠狠地扔下了。铁锤砸在黄土夯成的地面上，发出一声闷响，锤子周边的干土都裂了缝儿。喘息未定，我对小六子嚷：你输了。小六子说：这不算，要离地一尺才行。我不答应，就和小六子吵了起来，以前的友谊都变成了气恼，谁也不让谁。直到最后，都指名道姓地互骂爹娘。

那时候，我光顾着回骂小六子了，忽视了他舅舅和他娘是亲兄妹的关系，骂的话也不堪入耳，况且又在铁匠铺里面。瘦铁匠先是蹲在地上抽烟，看着徒弟们操作，继而把脸转过来，把皱纹和汗碱包围的眼睛伸到我的脸上来。

不知什么时候，他的脸就和我的脸一般红了。他忽地站起身来，鼻孔里的气流吹得胡子颤动。他甩掉烟头，两手往背后一插，张口就骂我是小兔崽子、杂种，还说我爹娘这样那样的不好。我气极，骂得越凶越难听。他舅舅更生气了，上嘴唇的小胡子一耸一耸，脸也变成了酱猪肝儿。

骂着骂着，他右胳膊猛地一伸，往外面的河滩一指，对我说：你给我滚出去！

这时候，我才醒悟，我在人家的地盘上。别说人家骂我，就是打我，我也不占一点儿理。我赶紧退出来，站在外面的河滩上，和小六子对骂。没想到的是，小胡子顺手捡起一块烧白了的焦炭，冲我砸过来。那飞行物在空气中摩擦出呜呜的响声，打着旋儿飞了过来。

我下意识地蹲下，飞行的焦炭从我的头发上擦过。

我把小六子恨到骨头里了，还有他当铁匠的舅舅。一个人走在回家的路上，胸中怒火燃烧，我想报复小六子，报复铁匠。

我害怕的不是小六子，而是他比我大几十岁的铁匠舅舅。

可是，我又拿他们没一点儿招，只能在心里恨不得小六子被石头绊倒，摔个鼻青脸肿脑袋再蒙三天，也恨不得让他当铁匠的舅舅在抡锤时候不小心砸伤手指和脚……

但这只是我的愿望，却成不了事实。回到家，我对母亲说了，母亲很生气。说，两个小孩儿闹着玩儿，大人掺和进来骂俺不说，还拿东西砸俺孩子，真不是东西！还说，以后不去他那儿做农具了，宁愿多跑十里地，到蝉房去做。

母亲说到做到，家里的锄头和镰刀坏了，哪怕天气再热，也一个人，迈着走惯山路的脚板，往返三十里地，到蝉房去买去做。蝉房铁匠铺卖的做的农具也不便宜，可路程是我们村到小六子舅舅铁匠铺的六倍距离。

没过多少天，我对小六子的仇恨渐渐消散，可总是对他的铁匠舅舅怀恨在心。以至于我和小六子再次言归于好后很长一段时间，我还是不愿从铁匠铺前经过，宁可多走一段路程。在我的内心，对铁匠铺和那个小胡子铁匠，总怀有恐惧、怨恨甚至另外一种难以言说的心理。

所有这些，小胡子铁匠当然不知道，或许他早就忘了。

往后的时间里，铁匠继续打铁，并没有因为少了我们一家的生意而倒闭和破产，我也偶尔从铁匠铺前经过，听见里面传来的声音，看见小胡子铁匠和他的徒弟们，心里有种很奇怪的感觉，是怨恨，又不太像……总是觉得心里很难受。

我路过的时候，小胡子铁匠肯定也看见我了，有时候四眼相对，我一阵惶恐，赶紧收回目光，再看的时候，小胡子铁匠不知什么时候进到了屋里，或者坐在了木墩子上抽起了卷烟。

在学校，铁匠铺的声音很远地传来，有时候比下课的钟声还要响亮，节奏感很强。每次听到，都会想起那次不愉快的事情，想起小胡子铁匠的那张脸。直到现在，这一切仍还没有在我的记忆中黯淡。

所不同的是，我在渐渐长大，他慢慢变老。在时间当中，人和人才绝对平等。

初中毕业，我到县二中读书，因为有直接通往的客车，除了逢年过节去一次铁匠所在的村庄外，其他时间是不去的。

有一年冬天，奶奶带着我去一个远房亲戚家，我不可避免地路过铁匠铺，但小胡子不见了，抡锤的人是个生面孔。我问奶奶。奶奶说，小胡子铁匠患直肠癌死了，死的时间不长，也就是上个月的事儿。

再后来，铁匠铺换成了小饭馆，叮叮当当的打铁声消失了。铁匠铺彻底消失了，想起那个小胡子铁匠，心里还是怪怪的。

没有铁匠铺，并不代表村人不用农具，村庄进入了机械化时代。母亲说，集市上到处都是卖农具的，又不贵。再说，现在，人都觉得种地划不来，一年下来，能顾住一家人吃就不错了，还不如出外打工挣的钱多。除了一些老年人仍将田地当作宝贝伺候之外，年轻人都没有了种地的心性，下地干活儿的少了，买一件农具几年都用不坏。没有了需求，没有了钱赚，谁还当铁匠？！

只是，村人听不到打铁的声音，一时不大习惯，时间一长，也就觉得没什么了。生活还是原来的生活，日子还是一样的日子，只要自家过得好，别人的事情在心上搁一段时间，随后就水一样流走了。

瞎仙子

南太行一带村庄的人们，将那些眼睛盲了，又学了些算命、风水之术的人尊称为瞎仙子。这一名称中，包含了村人发自内心的怜悯。他们时常拄着拐棍，摸摸索索，走村串乡，随遇随住，行走在山野田垄之间，以三寸不烂之舌，似是而非地为他人指点命运，出卖天机，为自己挣些钱财。当然，也有一些心地不纯的人，经常作弄那些残障者。但若有人在场，肯定会遭到谴责。

但奇怪的是，我们村子里却没有一个人成为瞎仙子，即使眼盲很早如我祖父者，也没有转而学算命风水之术。

在我祖父之前，砾岩村和南垴村虽不断有智力残障者出生，但也绝没出过瞎仙子。祖父四十岁那年，患了严重的白内障，多次医治无效，而逐渐变盲，起初对着太阳还能看到一盏大灯笼，几年后，就彻底陷入了黑暗。

祖父失明后，村里的杨追在三十五岁那年，放炮时不小心炸了眼睛，虽没有全瞎，但视物模糊，已不能独自行路和干活儿了。

无独有偶，杨追出事的第二天，南街村的曹务丰也在放炮时被炸了眼睛，抢救未果，成了瞎子。那一年，曹务丰也就二十五六岁，个子高大，相貌堂堂，本来说好冬天把未婚妻娶进门，可女方看曹务丰成了残疾人，模样再英俊也是个瞎子，就狠心退了这门亲事。

眼前的明亮突然黑暗，心灵的窗户成了两个黑洞，未婚妻又不失时机地在伤口上撒了一把盐，曹务丰内心的痛苦可想而知。眼睛炸伤后一年时间，曹务丰整日愁眉苦脸，哀声连连，也时常夜半痛哭出声，并先后实施了三次自杀行为，都因家人发现及时，挽救了他的性命。

外伤可以慢慢愈合，心伤却持续终生。养好伤后，曹务丰整天拄着拐棍，在房屋和街道上敲敲打打，遇见谁都满脸忧伤。家人顺势思维，先后提议曹务丰找个师傅，学阴阳八卦、风水堪舆，学好的话，不仅可以养活自己，也可解寂寞。

找到师傅后，曹务丰眼睛看不见，但心智没损坏，找来《易经》《诸葛神算》和《鬼谷子》等书，开始由家人朗读，自己举着一颗大脑袋死记硬背，进步端的神速。不到半年时间，就开始操卦开业了。

曹务丰是这一带乡村唯一的瞎仙子。在他之外，还有几个眼睛完好，而深谙命相风水之道的人，但都以拉大锯和木匠为主要职业，算命和看风水算是个第二职业，都在本地的名声极大。有些外姓人家，自以为关系好的，时常来请，至于看得准确与否，村人众口不一。

我很小的时候，就听村里的一个老医生说：医生可以治人，但不可治自己。风水师也是一样，能够为他人看风水，勘房基，但不能己技己用。

在曹务丰之前，在村庄出现的瞎仙子，大都来自外地。那些年，村里隔三岔五就有瞎仙子来到，敲着竹板四处走动。有人见了，就把瞎仙子接到自家，给一顿饭吃。为了报答一饭之恩，瞎仙子总要免费为这家人算卦，这家人觉得准了，就会留他住下来，让瞎仙子在家“开门营业”一段时间。

村人这一举动，不单纯是对瞎仙子的一种怜悯，还包含了一定的功利目的。和瞎仙子熟了，好给自家看坟地，确定一下新房子的方位。如若有冤仇极深的人家，更要请瞎仙子代为使些“镇物”，包括让仇家生大病、出车祸或是孩子夭折，用心极其残忍。一般的瞎仙子都会答应，虽然常说这样做要折阳寿，对自己也不利，但有钱财，出卖一下良心无妨大碍。

残疾了的人若是狠起来，比快刀还要厉害。这又是乡村人的一个经验之谈。还说：咱这儿的人，从古以来就有“软的欺，硬的怕，见了驴鸡巴仡僦下”的毛病。

瞎仙子掌握着风水之术，可以成你也可以坏你，成你可能不是太靠谱，但坏你却是毫不留情甚至灭绝人性的。有了这样一种认识，村人便对瞎仙子敬畏起来，以致到了宁可自己吃亏，也要让瞎仙子占便宜的地步。

更有甚者，还主动与一些名声较大的瞎仙子，以干儿干女、朋友和结为儿女亲家的形式建立密切的关系，最终目的是更好地利用瞎仙子，为自己服务，当然也有防着瞎仙子为他人所用，反过来坏自己事儿的因素在内。

在这方面，杨整风家就是一例，他家常年与邻居因房基地相互仇视、打骂和坑害。为了保护自己，杨整风让自家闺女认邢台县四庄村的一个穆姓风水先生为干爹。有了这层关系后，穆风水“尽职尽责”，不长时间来一趟干亲戚家，在杨整风家的房子前后转悠，用罗盘为他们一家人勾画幸福前程。

有此情况的不止杨整风一家，这似乎是村人的一个固有传统，迷信鬼神，还要有一个可以与鬼神沟通的人作为保护，这看起来像是一个两全之策，也是村人“智慧”的一种表现。

我依稀记得，瞎仙子出现的时候，村人就像见了远方的亲戚一样，极其热情周到，即使瞎仙子来的时候已经吃过饭，锅碗刚刚洗涮了，也要再掐来柴火，和面为其擀面条儿炒鸡蛋吃。其他人家听说瞎仙子在谁家赶紧奔来，或者背地里打听一下被这个瞎仙子算过的人，一个人说准，就会招来更多的人，把自己的生辰八字说出来，请瞎仙子为自己把捏命运。

瞎仙子在一户人家住下，算得准了，其他的人家就想把瞎仙子请到自己家来，精心伺候，日夜讨教。一个人这样做了，就会有更多的人跟着做，一个个心怀虔诚，无微不至，比对待自己亲爹娘还要尽心负责。瞎仙子能享受这般待遇，自然不是瞎的功劳，而是掌握阴阳堪舆之术的原因。这一点，瞎子比眼睛明亮的人更为清楚。有聪明的、善于运用自己那点“能力”的瞎仙子，开始很保守，决不肯一下子就将自己所能抖落一空，而是以对方的说话声音和对自己的态度为触角，用心感觉，待到主人家觉得瞎仙子黔驴技穷，再免费供一个瞎子吃喝实在是亏的时候，瞎仙子再把自己的“本领”逐一显露出来，比如捉鬼、使邪术等等。

这户人家一看，就又对瞎仙子有了兴趣，态度又如最初一般好。村人对待任何事情都是一样，由功利开始，也由功利结束。

村人还说，眼瞎心不瞎，瞎子摸钱很准，谁也别想骗人家。即使有人骗了，心里边也很忐忑，生怕瞎仙子知道了背后给自己施邪术，迷信得厉害的人，也还要追回来付给瞎仙子钱。

很多时候，瞎仙子们也成群结队自东边或西边而来，马路上到处可见他们的踪影。通常的情形是，瞎仙子们走在马路边儿上，一个接着一个，一个拉着一个的胳膊，像是一群伤兵。看起来团结友爱、令人感动。但实际上其中也有猫腻行为。张瞎子背地说李瞎子胡说，根本啥也不懂；李瞎子也说张瞎子是个半吊子，狗屁不通，胡乱蒙人。

其中也有男女瞎仙子混合的“方阵”出现，一道儿求钱算命。晚上宿在一个炕上，争着抢着和女瞎仙子发生关系。两个男瞎仙子就在炕上打了起来，黑灯瞎火的，眼睛又看不着，但找对方的身体却很准确。有时，打斗的声响很大，都把睡在隔壁的房主惊动了，房主想起来看看，转念一想，又觉得不妥。

三个瞎仙子闹上一夜，最终谁独占花魁，瞎子们自己不说，外人绝对不知。第二天一大早起来，两个男瞎仙子鼻青脸肿，但还得一起摸索着向前走。

我还听说，瞎仙子们还有自己的协会或者组织。每年六月十九这天，是瞎仙子会议的起始日，来自南和、武安、邢台、沙河、永年等县境的瞎仙子自己摸着，或是被家人牵着，向着某一村庄进发。

瞎仙子开会的地点一年换一个村庄。

他们的会议由秘书长主持，会长和副会长轮流讲话，雷同于企事业的年终总结。主要内容大致是，对声名比较好的瞎仙子进行表彰，对差的提出改进意见。还要讨论通过新人名单，届任期满了再选出下届领导班子等等。

会议结束当晚，瞎仙子们也要以吃喝表示庆贺，他们的头儿们自在一桌，普通会员自寻要好，聚在雅座之外的大厅，摸着酒杯喝酒，拿着筷子夹食自己喜欢的菜肴。酒桌是交流感情的好地方，好不容易聚在一起，肯定要相互畅谈经验，探讨技巧，增进感情。瞎仙子们虽不能猜拳行令，但有嘴巴，可以说。眼睛好的人看到了，听听，然后摇头，说，瞎子们也热闹。

可瞎仙子们的晚景大都不好。若能讨上婆娘，生养一两个儿女，老来还有人照顾。如果单身一人，多由自家兄弟过继一个儿子顶门立户。可过继的儿子大都不怎么孝顺。瞎仙子再有能耐，一旦躺在炕上，就成了一个废人。要是自己积攒了一些钱财，还有人悉心照顾；如果没有一分钱，连水都没人倒一碗，只能躺在炕上，哼哼呀呀地忍受疼痛，有性子烈的，果断采取自杀行为,眼睛一闭,身后之事自有人来打理。

谁也不愿意让一堆臭肉将一座房子污染了。房子再破,也可以盛些旧家当,翻盖一下也可以给儿子娶媳妇用。过继的儿子会说,他老瞎子人不值钱,破房子还值几个钱。不要人,俺还要房子呢!——最后这句话,或许才是有深度的,不仅反映了瞎仙子晚年及身后的境遇,而且还使得某种人性昭然若揭。

成长的大地

幼年的弹弓

梧桐树叶上挂满新鲜的蛋黄色，它粗大的树干被我多次用小刀或者铁钉划过，年长日久，留下些很深的疤痕。母亲做饭，从房子侧面的柴火堆里抱来一掐子干枯的杨树和核桃树枝，“噗”的一声扔在灶火边，再蹲下来，两手抓了一根枯枝的两头，搁在膝盖上用劲儿一拗，枯枝发出很脆的响声，断裂开来。

把断柴放进灶膛，母亲又抓摸了一把茅草，用火柴点着，放在黑乎乎的灶膛里，再折了些较细的枯枝，放在慢慢扩大的火苗上。不一会儿，灶膛就传来热烈的噼啪声，火焰忽地喷出，有好几次，燎了母亲额前的头发。

我一个人在院子里玩儿。院子不大，靠着另一家楼体后墙的地方长着梧桐树，好像很多年了，庞大的树冠比二层石头楼房还高。春天长出阔大的叶子，在微风中忽闪，把越来越热烈的阳光切割成一块块光斑。

院子下面是路，路左右和下面是田地。麦子已经抽穗了，父亲时常走到自家的麦地里边，掐着麦穗看一阵儿，说，再过三五天就能割了。

我百无聊赖，一会儿看蚂蚁搬家，一会儿被突然从墙洞里蹿出来的老鼠惊吓。忽然，一条不常见的蛇，在石头台阶上扭着身子狂跑，我一眨眼，就见它钻到某个石洞里去了。

清水在铁锅里发出滋滋的响声。母亲把大点的枯枝掰开，放了好几根，就去屋里和面。我玩得累了，坐在石头礅上看了一会儿天。初夏的天真蓝，像我在梦中看到的大海。不断有狗叫声从村子的其他地方传来，间或还有孩子的哭声。

我看见一只小麻雀，从房顶飞下来，在院子里有土的地方啄食。我盯着它看。小麻雀也很警惕，低头猛啄一会儿，赶紧抬起头来，四处看看，然后再低头啄食。

母亲从屋里出来，脚还没落地，那只小麻雀就惊了一下，扑打着翅膀飞起来，落在邻居屋檐下。我说：娘，你把小麻雀吓跑了！娘又往灶膛里填了几根枯枝，站起来，看着我说：吓走个麻雀有啥味？话音没落，就回屋了。

麦地里也有很多麻雀，一只只飞起来，在马上就要成熟的麦穗上飞快地啄一口，又落在麦地里。再下面的河沟，对面的林子，还有很多鸟儿，呱呱叫着飞，或者几只十几只聚集在某棵柿子树上，你一声我一声地叫。那情景，让我想起大队开会，那些人坐在桌子旁，你一句我一句地大声说话，甚至吵架。

忽然看到一片类似叶子的东西，从高处摇摇晃晃地下落。好久之后，落在院子下面的小路边。我一步一步走下台阶，到路边找到那个东西,却是毛茸茸的,我知道那是羽毛。抬起头来,果不其然,有一些黑白相间的鸟儿不断从头顶飞过,叫着叫着就隐没在对面的山岭后头。

母亲和父亲跟我说过好多鸟的名字:弹弓、喜鹊、布谷、黑老鸹儿、麻雀等。它们几乎每天都在我头顶上飞,在村庄四周的田里,还有附近的山坡上,落下来吃东西。慢慢地,我也能简单地分辨一些,叫出它们的名字来(长大后,查字典也不知道方言叫作“弹弓”的鸟是哪一种)。

母亲再出来时,我说:娘,那麦地里有麻雀!娘站在我面前,探着身子向麦地里看了一眼说:那是麻雀,在吃麦子呢!我说:它们为什么吃麦子?娘说:麻雀就是糟蹋庄稼的!

听了母亲的话,我迟疑了一下,颠儿颠儿地跑回家。屋里很黑,和外面截然两个世界。我冲着正墙看,上面挂满了成串的黄玉米,父亲说是留种子明年种了打粮食。我眼睛搜寻了半天,才看到挂在玉米种子之间的弹弓,上面沾满了黑色的灰尘。父亲给我做的。红色的皮绳,取自破了的架子车内胎。发黑的骨架,来源于一截粗铁丝。我取下来,顺路捡了一些小石子,放在衣兜里。

我像个偷袭的战士,爬到麦地边儿,探头向下一看,那些麻雀还在争抢着啄食麦穗。我掏出一块石头,夹在红色的皮绳里,拉开弹弓悄悄瞄准,朝着至少有二三十只麻雀发动攻击。石子射出后,那群麻雀“轰”的一声飞走了,掠过麦地,在空中一纵一纵地消失在另一片麦地。

我想它们还会飞回来的，就趴着等，直到母亲大声喊我吃饭，我也没应声。我正聚精会神，后面传来娘的问话声：傻孩子，你在这儿趴着干啥？我说打麻雀！母亲说：你能打中麻雀？赶紧回家吃饭！话没说完，就伸手拉住了我的胳膊往家去了。

春姑姑，小拨浪鼓

“春姑姑，豆芽芽，说着说着，春天就来了。”很小的时候，母亲就教我这首歌谣，我不知道是什么意思，身边有小孩或是大人说起，我就会想起自己的姑姑，还有椿树上挂着的一串串形似长豆角一样的椿莲子。

南太行的春天最先是从地面发生的，穿棉鞋的脚不由自主地发热。穿上单布鞋，也不再觉得冷了。抬眼一看，近处的山坡上有了一层薄薄的绿意。风吹在脸上，也有了一种温水洗过的感觉。长得最快的，是向阳墙根的野草和甜甜菜，人还不注意，它们就蹿起来老高，可以摘下来炒着吃了。

夜里还稍微冷些，东风还使劲在树梢、房顶和远山近岭上扎猛子。人要出门，还是要穿厚衣服，缩着脖颈。

二月下旬某一天，我跟着父亲去山后拾柴，一上到岭顶，眼睛就被杏花抓住了。我大喊一声：爹，杏花开了！爹看看，说：这时候就是杏花开的季节。我说：爹，我想吃杏子！爹说：杏子还早着呢，再等个把月才能吃。

杏花像水粉，一树一树，挂在起伏不平的山地上，而其他的植被，还沉浸在冬天的噩梦中。父亲拾柴，我跑到杏树下面，仰着脖子看花。我其实不是在乎花朵，而是想看看花朵后面有没有杏子。

父亲看到了，大声对我说：有蜂，小心被蜇了！这时候，我才发现，杏花上下翻飞的都是蜂，有人养的蜜蜂，还有山里的大黄蜂、小黄蜂、黑蜂，甚至刚刚重生的苍蝇。它们在杏花中间争先恐后，嗡嗡乱叫，忙得像疯了一样。我退后几步，无意中，看到地面上蜷缩着很多蜂的尸体。

我问父亲：这蜂咋死了？父亲说：冻死的，要不就是被其他蜂咬死的。蜂们也打架，一种和另外一种水火不容，见了就相互咬，拿针蜇。就跟有仇的人一样，非要把对方弄伤弄死才罢！

听了这些话，我懵懂。爹又说：这些蜂也相互打架和伤害，跟咱村里的人一样，为一点儿小利益，连亲情都不顾，吵闹、打架，背后下刀子。

我觉得可怕，远远地离开杏花，到父亲跟前看着父亲拿斧头砍柴，或者帮他把枯枝拢在一起。

没过几天，我家院子下面的梨树也开花了。娘说，二月初二早上，所有的梨树枝条都没有了尖儿。我说那是为啥。娘说，被神仙采走了，用梨树枝的尖儿做衣裳，或者在蟠桃园里嫁接成仙梨树。

到傍晚，无论天再黑，远远都能看到盛开的梨花，像是一团巨大的雪球,在空旷的野地里,照亮一方天地。

三月上旬,桃花也开了,整个村庄一片芳香。蜂们照样追香而来,嗡嗡的声音使得树枝发颤。这时,椿树也冒出了嫩芽,紧接着,吐出一串一串的椿莲子,像洋槐树上的长豆荚一样,绿茵茵的,风一吹,会响起嗦嗦啦啦的碰撞声。

再几天后,椿莲子就全身发黄,然后变红,再持续变黑。红的时候,就像是写给春天的条幅,上面都凹凸着一些字儿。黑的时候,就预示着它们的生命走到了终点——有些会摔在地面上,里面成熟的籽粒被太阳暴晒,炸开来,蹦得哪里都是;有些,还会勉强挂在枝上,慢慢地,籽粒落下,只剩下干瘪的身体。

紧接着是清明节,娘带我去舅舅家。似乎从一开始,我就没有见过姥姥、姥爷。娘去舅舅家,就是去给姥姥姥爷上坟。还有大姨妈和小姨妈。姊妹三个,带着各自的孩子,先去舅舅村后的坟地。姥姥姥爷的坟地上,长着几棵柏树。母亲姊妹三个对着石头做的坟墓跪下,点燃黄纸,还有冥币,然后放声哭:爹啊娘啊俺想恁都(你们)!哭得眼泪鼻涕一大堆。

我在旁边的草地上玩。

回到舅舅家,通常会留下来吃午饭。小姨妈到大舅家吃,大姨妈和娘在二舅家吃。

两个舅舅家挂在一面山坡上,院子下面是石头砌的墙壁,墙壁下面长着很多椿树,再向下是小马路,马路外面是石头水泥大坝,宽宽的河道里都是大小不一的卵石。一到雨季,来自上游的水就会把卵石一股脑儿盖住,不断地向前推动,也把新的带来。

每年这时候,舅舅家院子下面的椿树也正挂着数不清的椿莲子。我和大我几岁的表姐表哥一起,站在石墙上面,大声说:“春姑姑,豆芽芽,说着说着,春天就来了!”表哥人大力气大,总是会拿了带钩的长杆子,伸到某一棵椿树上,将其中一根树枝折断。我们几个一起,把上面的椿莲子捋个精光,拿在手里,一边说“春姑姑,豆芽芽,说着说着,春天就来了”,跑到大人面前耍。

娘说:这样会损坏椿树,你们这群孩子啊,咋不知道爱惜椿树呢?舅舅和妗子看着我们笑笑,说:孩子,就是贪玩的,没事儿。

下午跟着母亲回到自己家,我还拿着几串椿莲子。

我六岁那年春天,嫁到邻村的姑姑忽然回来了,从我们家一侧的巷道里,拿着一只小拨浪鼓,走到我面前,说:平子,姑姑给你买的!我接住,使劲摇起来,咚咚的鼓声在春天的院落里格外清脆。娘看到了姑姑,热络地说:你姑姑来了,献平,快叫姑姑。我叫了姑姑。

小小的拨浪鼓,两面打磨得白而光滑,绷得很紧的牛皮,上面带着一个用红绳儿拴了的小鼓锤,还带着一绺儿红缨儿。我欢喜得不得了,连饭都没有兴趣吃了,一个劲儿地摇着,在院子里跑着。

姑姑没有在我们家吃饭,母亲端起面条给姑姑,姑姑好像说吃过了。在门墩上坐了一会儿,起身要走。母亲喊我说:姑姑要走了。我收住脚步，姑姑摸摸我的头说：姑姑送你的拨浪鼓好玩不好玩？姑姑好不好？我说：好玩好玩，姑姑很好很好。

姑姑的小拨浪鼓让我的童年时光幸福了好多天，甚至睡觉的时候，还把它紧紧抱在怀里。后来，母亲和姑姑吵架了，吵得很凶，回到家里，母亲把小拨浪鼓硬从我手中夺了过去，朝着姑姑家的方向，快步走去。从那儿之后，我就不见了小拨浪鼓。我哭着向母亲要了好几次，母亲总答应给我买，可买着买着，我就长大了。

摘榆钱儿

村庄周边有很多榆树，一棵棵，一丛丛，在春天，闪耀着绿。杏花、梨花和桃花，甚至山坡上的黄芩花，都是热闹的，只是榆树很寂寞，除了偶尔的鸟儿去榆树上歇一会儿脚。直到榆树叶子长大了，其间缀满了铜钱模样的榆钱儿，嫩嫩的，在阳光下闪着光的时候，村人们才把眼睛对准了它们。

那时候，刚刚包产到户不久，冬天刚刚过去，家家户户的存粮就不多了。有特别困难的，早就吃干了缸底，找人借着吃了，等秋天粮食下来，再还上。

春天，人们就开始了野菜的盛宴。先是挖着吃苗苗草和甜甜菜，等榆钱儿长大，就拿着镰刀和长竿，向着榆树进发。娘说：榆树上最好吃的就是榆钱儿，再就是榆树皮，剥下来，晾干，放在碾子上碾成面粉，掺在玉米面或荞麦面里，吃起来很滑。

有一天，天就要黑了，母亲领着我，挎着篮子、拎着长竿，悄悄地向白天观察好的榆树走去。山坡很陡，她在前面探着身子向上爬,我在后面四肢着地地爬。娘儿俩呼呼地喘着粗气,到白天观察好的一棵大榆树下面,趁着星光,娘抬头向上看看,说:幸好还没有人摘过,榆钱儿很多。

母亲叮嘱我就在树下,哪儿也不要去。怕我乱跑,娘说:山里有狼,狼最喜欢吃小孩子!我吓得就要哭了。娘说:狼怕大人,只要你不乱跑就没事儿。我赶紧点头。娘还说:一会儿树枝掉下来,你要看着,别砸到你!我也嗯嗯着答应。

娘脱了布鞋,像猴子一样沿着粗大的树干向上爬。母亲爬树的姿势不好看,甚至还有些丑陋。两条腿弯着,两只手使劲儿抓着树干,屁股突出。可母亲根本不会想到这些,能采更多更好的榆钱儿,够一家人吃几天,比什么都强。

榆树高高大大,在母亲的攀爬中轻轻摇晃。爬到榆树分叉儿的地方,母亲坐稳,从后腰取下镰刀,开始砍树枝,哐哐的响声在渐次加深的夜晚显得格外空旷。大约一个小时后,地面上就落了好多树枝。母亲在树上直起腰来,四处看看,实在够不着能砍的树枝了,就找一个空地,把镰刀扔下来,然后顺着树干轻快地爬下来。

这时候,天已经黑透了,星星在天空中不知好歹地闪着,旁边的草丛中传来鸟雀睡眠的声音,还有风摩擦茅草和摇动树叶的声音。母亲穿上鞋子,对我说:帮娘捡树枝吧,咱捆好,扛回家再捋!我也急忙行动起来,帮母亲拉树枝。母亲拿了根长长的麻绳,呈一字形放在茅草上,再把树枝一根根摞上去,然后把所有的榆树树枝捆起来。让我拿了篮子,她扛着一捆树枝,手里还拖着长竿和镰刀,沿着陡坡向下。

母亲滑倒了几次，我也是，篮子脱手，向下滚了一段，又被一丛枣树灌木拦住。等我们跌跌撞撞地回到家，村庄里已经没了灯光，只有几只狗，对着黑夜狂吠乱叫。

到家里，母亲帮我脱衣服，让我先睡，我说：我不睡，跟着娘捋榆钱儿。娘说：你小孩子家捋不下来。我坚持，母亲只好不管我。她把那捆榆树枝子拖进家里，拿了小凳子，坐在煤油灯下一节节地捋。我也拿了凳子，坐在母亲一边捋。可把手都捋疼了，榆树叶子也还好好的。娘说：你快去睡吧，别在这糟践榆钱儿了。

我趴在炕上，看母亲捋榆钱儿，看着看着，就睡着了。第二天早上醒来，看到屋地上放着两大篮子榆钱儿。母亲说：今儿晌午咱吃榆钱儿饭！想不想吃？我说：想吃。母亲笑着给我穿衣服和鞋，把我放在地上，又看了看那两篮子榆钱儿，叹了一口气，说：太少了，这能吃几顿？

中午，我在院子里玩，榆钱儿和玉米面混合的香味就飘进了鼻子。大约半个小时，母亲掀开锅盖，看榆钱儿饭熟了，就倒了一点儿食油，用勺子放在火上烧热，又放了一些花椒和葱花，还有白盐。给我盛了半碗。我拿着勺子吃，觉得很香甜，尤其是榆钱叶子，嚼起来特别柔韧，有一种清香味。

到下午，还是榆钱儿饭，不过是中午剩的，榆钱儿已经变成了黑色。我有点不想吃，母亲就给我下了一把挂面，撒了点香油和葱花，还有盐。收拾了碗筷，母亲提着猪食桶子去屋后喂了猪。就要拴门睡觉的时候，一个人进来了，借着昏黄的煤油灯光，我看到了父亲。

一个人的正午

父亲从很远的水库工地回来，带了好多香烟、糖块，还有一包一包的雷管和炸药。母亲说：你吃饭了没？父亲说：这么晚了我到哪儿吃饭去？母亲说：我就给你做去。

母亲做饭，父亲打开屋子中央的双层抽屉，将香烟和炸药分开放了。叮嘱我说：你小子可不要乱翻，那是雷管和炸药，很危险。那时候，我正在吃糖，还抱着一大堆花花绿绿的糖块儿挑挑拣拣，把认为好吃的放在自己的布兜里，不好吃的就暂且搁下。

父亲又大声说：你听见没有？我回过头来，看到父亲略带怒气的脸，赶紧说知道了。我又问：爹，到底有多危险？父亲说：就像《地雷战》里炸日本鬼子一样，"轰"的一声，就把人炸飞了。

父亲对母亲说，水库已经修好了，再不用去了。母亲说：就在那儿还能挣些钱回来养家，不去了，以后干啥呢？父亲说：回来就种地呗！母亲说：村里就那么一点儿地，还不够俺一个人种！父亲说：不种地还能干啥？母亲搓了搓沾了面的手，说：村里正在找人放羊，要不你去吧。放一年羊也能挣两三千块钱，还给几袋面和大米。父亲点了一根烟，坐在炕前的小凳子上，没有吭声。

第二天，家里都是和放羊有关的话音，在我耳边绕来绕去。到傍晚，父亲就做好了放羊的铲子和皮鞭。村里同意把各家各户的羊拢在一起，让父亲放了。

奶奶说：俺小子放羊绝对是个好手，除了他，村里再没有合适的了。爷爷说：俺小子放羊，羊绝不会有啥闪失的，这孩子心善，对人好，对羊也好。

再一天早上，父亲起得早，穿上衣服，脸都不洗，带了铲子和皮鞭，就出去了。从那天早上起，父亲正式接管了羊群。中午，母亲说：你到山上给你爹送水和干粮去吧。我说：山很高，我爬不动。母亲说：你都七岁了，该替娘干点活儿了。

母亲一边说着，很麻利地将烙的饼子和水装进花布袋里，把袋子挂在我的脖子上。

应当说，后山我还是很熟悉的，父母亲带我去了多次。去收坡地的庄稼，还有给牲口割草，打栗子，摘柿子和核桃。父亲放羊的地方虽然不大确定，但范围大致就在后山。

我脖子上挎着饼子，还有一罐头瓶子热水，出了村庄，一直向后山走，嘴里嚼着父亲带回来的糖块儿。暮春正午的太阳很热，在家里还不怎么觉得，走一会儿路后，感觉就像热锅上的蚂蚁一样，连头皮都发烫。

后山长长的河沟里满是卵石，大的比一间房子还大，小的就像我攥紧的拳头，石头下面是粗沙。河谷中间，有一条溪流，水很清，但很凉，即使夏天，也炸手。河沟两侧，是高高的山坡。阳坡草也不少，石头也多，到处是高高低低的悬崖。石头下面住着蝎子、壁虎、蜈蚣和蚰蜒，还有冷不丁吓人一跳的花蛇。裸露着的褐红岩石形似野兽的血盆大口。悬崖下面，还有很多的枣树和紫荆灌木。背坡见阳光少，泥土和空气很湿润，簇拥的草柔软地贴着土皮，草中间有很多的药材，像柴胡、田七、黄芪、桔梗等，春天时候，杜鹃、山丹丹、野黄花开得到处都是。

我走累了，钻在一棵栗子树下乘凉，一阵风吹过，感觉像凉水冲了一样的舒畅。山坡上有些鸟，不停喊着叫着，小小的壁虎匆匆地从我脚边蹿过，一窝窝的黑色蚂蚁排着队列把小虫子的尸体拼命往家里拖。

一只蚰蜒不知怎么就爬到了我胸脯上，我惊叫，站起来慌乱拍打。蚰蜒的腿很多，细细的，抓得很牢。我捡起一根木棍，这才放心大胆地将它划拉下来。母亲说，蚰蜒这东西很邪乎，爱钻耳朵，钻进去，就非要用香油灌，它才会死或退出来。

沿着河沟，我又走了一会儿，看到飘在阳坡上的黑色羊群，羊们蹬下来的石头从山坡的最高处，轰轰地，碰撞着火星，冲沟底奔来。我害怕，站在一块大石头上，脸向上使劲儿喊爹。父亲听见了，站在山坡上面，大声喊：你就在那儿待着，不要过来，我下去。

父亲的声音很大，声音掠过两边山坡上的岩石、茅草、枣树和野花，不一会儿，就跑到了河沟的尽头，又撞出一片回声。我找了一个荫凉的地方坐下，父亲从高高的坡顶上走下来，手里拿着铲子和皮鞭，腰里还别着一把镰刀，肩上还扛着一捆荆条儿。

父亲“哎呀”一声坐下来，吃干粮，喝水。抹了抹嘴角，开始捋荆条儿上的叶子，只剩下细细长长的光秆儿。父亲说：割些荆条，冬天时候编花篓，一个花篓三块钱呢。你背回去吧，下午我再割一些。我说我背不动。父亲说：少背一点儿，没事儿，人就是干活儿的。说着，就把一捆荆条儿搁在我的肩上。

蝎子的叫喊

蝎子们住在后沟山坡的石头下面，它们颧骨很高，嘴巴塌陷，经年累月不发一声，即使它们叫喊，也只有覆盖它们的石头听见。小学五年级之前，蝎子们对我一无所知，我也从来没有打搅过它们。十岁那年暑假，我第一次和蝎子谋面。因为值钱的缘故，蝎子们的名声似乎是一夜之间大了起来，像一炮走红的艺术家。

我看见蝎子们在老军蛋家的臭洗脚盆里，头顶的两只浅黄色的钳子左右伸着，细细的腿脚轮番迈动，形似竹节的尾巴尖儿上举着勾状的尾刺。老军蛋一脸得意，说：别看那不起眼的刺，扎进肉里就放毒，然后缩回去，它才不管你疼不疼呢！

蝎子们听不懂老军蛋的话，只是一个劲儿地熙熙攘攘，一个个做出张牙舞爪、不可一世的凶恶样子。可这只是蝎子们在妄自尊大，它们再跑，做的样子再凶，也跑不出老军蛋家的臭洗脚盆。怪只怪它们的身体太小了，如果和我一般大，老军蛋就不会站在我面前指手画脚了。

老军蛋找了一根木棍，伸进臭洗脚盆，在蝎子群里胡乱指画着，一会儿压住一只蝎子的后背，一会儿把一只蝎子翻个仰面朝天。蝎子们挣扎着，对老军蛋的戏弄根本不放在眼里，只是在长满污垢的盆子边上，使劲儿地向上爬。蝎子们的心思很明显，老军蛋却不肯放过它们，有一只特别健壮的家伙，成功爬上盆沿，喘息未定，老军蛋手中的棍子一挑，它就一个跟头栽回去了。

村口传来收蝎子人的叫喊。这些骑着破车子满村庄跑的小贩，也不知道从哪儿冒出来的，一串儿一串儿的，一个还没走，另一个就跟来了，亲戚串门一样。但尽可能分散到不同的几个村庄吆喝着收购蝎子。大人们说，做生意有做生意的道道儿。可我所看到的事实不是这样，通常，在栗岩坪收蝎子的是这个人，到和尚沟还是这个人。另外一个收蝎子的人骑着车子来了，这个就赶紧收了袋子，把车子骑得飞快，从另一条路上跑了。

收蝎子的推着车子，到马路边儿就扯着嗓子喊："收蝎子了，收蝎子了！"吆喝声在村庄里缭绕。这时候总会有人答腔，问咋收的，收蝎子的停下车子就喊：大的一只五毛，小的两毛钱，半大的三或者四毛！捉了蝎子的半大小子们就蹿出家门，招呼收蝎子的快来、快来呀！收蝎子的老远儿听见或看见，就骑上车子，也不管路面的石头蛋子和洋槐葛针，卖命地蹬着，冲到小伙子们面前，看货论价。老军蛋、黄毛鬼、朱娃子等捉蝎子的能手蹲下来，睁大双眼，仔细瞅着，生怕收蝎子的少数一只。接过钱，手指往舌头上一抹，一块两块，两毛五毛地点。个个眼睛里都有光芒在闪。收起钱，老军蛋、黄毛鬼和朱娃子就嚷着下午到哪儿哪儿去捉蝎子。他们眉飞色舞，指手画脚，神态就像书上舍身炸碉堡的英雄董存瑞或者小英雄雨来。

蝎贩子挎在自行车前把上的厚塑料袋里装的都是蝎子，一只只压在一起，黑黑乎乎的，如果不动，倒像是装了半袋儿黑土。

老军蛋、黄毛鬼和朱娃子卖蝎子的钱让我眼红，花花绿绿的纸票子往兜里一塞，想要什么就有什么，这恐怕是世界上最好的事情了。我跑回家的时候，母亲正在院子里用簸箕簸着晒干了的瘪麦粒，头顶的毛巾上落着一层黑黑的土尘。我对母亲说："我也要去捉蝎子！"母亲转过脸来，一副不相信的表情。

母亲摸摸我的头说，俺平子知道帮着家里做事儿了，这才是好孩子。恁爹累死累活地给人家放羊盖房子，一天才挣十几块钱，你一天不多，捉十个蝎子相当于恁爹半天的工资了。就是怕你被蝎子蜇。再说，山也高，你爬不动，山上还有人捉蝎子，要是石头掉下来，那可不是闹着玩儿的。

我说：娘，不要紧的，你给我做个镊子，看见一只，捏住往瓶子里一扔就行了。我爬高些，不让石头砸中我就行了。

第二天一大早，母亲叫醒我，一边让我洗脸，一边洗涮了盛咸菜的小玻璃瓶儿，随手从墙壁上的筷桶取出一根竹筷，用菜刀从粗的那头劈下，到筷子中部停下来。再找一段不长的细铁丝，在劈开的筷子中间绕上几圈儿，一个捉蝎子的简易工具就做好了。

老军蛋和黄毛鬼故意把我往没有蝎子的坡面上带，他们总是在坡根转，等我爬得老高了，他们就像兔子一样滑下来，到河沟后，嘴里响着一串戏弄的笑声，跑到另一面山坡上去了。我想去，可他们总把石头翻得滚下来，飞快滚动的石头和静止的石头相互撞击着，满山遍野都是它们的响声和浓重的硫黄味道。

我只好从背面山坡向上爬，一边翻着可能压着蝎子的石块，等我接近他们的时候，老军蛋和黄毛鬼已经抓了十多只大蝎子了。

再以后，我不敢跟着他们了，就和比较实在的建民一块儿。和老军蛋、黄毛鬼他们一起的时候，我也看出了些门道：蝎子一般都栖身在阳光照得比较多的地方，覆盖它们的石头要有点缝隙，一般用手就可以翻过来。

中午天气比较热，蝎子都紧贴在石头上面，翻石头的幅度要大些。下过雨后，藏在深洞和巨石下面的蝎子都要出来晒太阳，这是捉它们的绝好时机。那些深陷泥土的大石头下面，看起来不像有，用短钎撬开，说不定就是一个蝎子家族，多的有上百只，少的也有十几二十只。

可是我每次捉的蝎子都很少，有时跑一天，耗费两张大饼、一壶糖开水，傍晚回来才捉了两三只，可老军蛋和黄毛鬼平均每天都是五十只以上。我心里总有些不服气，可是蝎子们并不理解，它们变着法子躲着我，跑到老军蛋他们眼皮底下。

后来跑得很远，到南盘老长城那面山坡上，几乎一块不落地翻石头，可捉的蝎子还是少得可怜，怎么也不好意思迈进家门。那次和母亲一块去卖蝎子，几个妇女相互打问谁家的儿子捉得多，卖了多少钱。母亲实话实说，俺献平一个夏天捉蝎子一共卖了二十五块钱。

其他几个妇女就笑，牙龈都红艳艳的。有的说，恁家献平没那个外财命。母亲虽然很没面子，但从来没有因此数落过我。

我听到了，心里也难受，有天中午，看田地里没人活动，我一个人去翻地沿边儿的石头，希望找几只蝎子。没料到，正翻一块石头的时候，一只半大的蝎子就藏在石头底下，我手指刚刚到达，它的尾针就命中了我的右手食指，那一瞬间，我感觉像遭了电击一般，脑子“轰”的一声，疼痛传遍了全身。

我娘呀娘呀地喊着疼。回到家里，母亲听见我的哭声，急忙跑了出来，眼睛里满是惊恐。

母亲说：蝎子没娘，越是喊娘就越疼。

蝎子怎么没娘？

母亲告诉我，蝎子生出来后，没东西吃，就把自己娘分着吃了。这是残忍的，它的食母行为让我吃惊，“娘”这个称谓可能是它们致命的弱点和良心的滴血伤疤，不允许别人提起。

母亲一边说着，一边取出白线，使劲绑了手指，用针尖刺了一下，使劲一挤，一股清液溢了出来。母亲说那是毒液，挤出来就没事了，不要喊疼，就当蝎子报复了咱一下。

我们的新居

好像就在一场雪后，新房子就站起来了。它按照父亲母亲的意愿，离开了我们都不喜欢的村庄，在向前二里的一处向阳坡上——母亲找的地方，又经过风水先生堪舆。先是打了拉了石头，砌了根基。趁冬闲，找人垒了起来，铁锤和钳子叮叮当当了一个腊月。

雪很快就化了，天气也暖和起来，趁着农忙还没有开始，父亲和母亲拿了镢头，挑了荆篮子，到一边的黄土岭上刨了黄土，一担一担挑回来，堆放在院子里，如此重复了两天时间，所需的黄土就够了。如果堆在一起，完全可以达到房墙的高度，但必须摊开来，并在它们上面挖出池塘一样的坑。

又一个好天气，父亲就找了二十来个不错的乡邻，挑水，掺了麦秸，将黄土和草芥和成黄泥，用荆篮子吊到房顶上，一层一层抹了，再盖上石板，不到一天时间，算是完成了最后一道工序。又请了木匠，在新房子里面，抡起刨子、凿子、宽斧和锯子，做了门和窗户，装了玻璃。正月还没有过完，我们就迫不及待地搬了进来。这时候，白天的阳光热得叫人脱掉棉袄，傍晚，细碎的霜花悄没声儿地结在了窗玻璃上。

新房子一共三间，坐落在向阳坡地上，显得有点孤单。夜里，以往邻居们长一声短一声的喊叫声消失了，取而代之的是风走过山岭、荆柴、茅草和屋顶时发出的尖锐之声。

令我意想不到的是，连从老房子一起搬过来的猪猡和鸡，叫声中也有了一些变化，往往，哼哼声大得出奇，也多了颤音……父亲和母亲似乎没有觉察出这些变化，他们两个时常站在一边的山岭上，看自己的新房子，表情忧郁，或者轻松和舒展。

我和弟弟的心情空前兴奋，尽管新房子里面还弥散着浓重的黄土气息，也避免不了烟熏火燎，白白的墙皮上渐渐有了一些黑黑的垢迹，到处都还散落着碎石、干泥和草芥。但相比老房子，它已经足够敞亮和新鲜了。尤其早晨，曾经的村庄还残存在阴影当中，鸡鸭和毛驴们开始躁动，早起的人打着长长的哈欠，而我们还躺在炕上，我和弟弟的身上就有了阳光。正月的阳光，落在杜鹃和牡丹的被子上面，也落在我们的心情上面。我和弟弟常常赖在被窝里，各自伸出手指，抓挠对方，两人咯咯大笑，也会因疼痛而恼怒，大哭出声。

院子里新鲜的土还没有踩硬，尤其是边缘地方，还留着好多的草根和枯枝，浮土松软，一踩就是一个脚印。父亲有意识地去那里踩踩，脚下用力，一遍一遍；也叫母亲、我和小弟去踩。我们当然乐意，尤其是我，对这样的不用费力气而又有乐趣的活计，做起来总是十分快乐。不几天时间，我和弟弟的小脚就把它们踩得找不出任何痕迹了。

院子外面的旱地里，杂草疯长。苗苗菜、猪耳朵、黄芪和党参等药材见缝插针，从地沿的石头缝儿里挺出茎叶，新鲜的叶子在风中忽闪着初春的太阳光芒。我们端着饭碗，蹲或者坐在院子里的石凳子上面，一抬眼就看到了它们，还有一些昆虫，在湿润的表面上快步爬行。冷不丁地会冒出几条花蛇，从草丛中蹿出，又在草丛中闪没。还有从后山跑来的野兔、野鸡和笨重的山鼠，在下边的麦子地里悄悄作业。这一年的三月，父亲用铁丝套了好几只肥硕的野兔，还捎带着勒死了三只山鼠。

春天正式蓬涌起来后，不大的村庄到处发绿，灿烂得像油画，就连村口那棵即将老死的槐树上面，也舒展了几根新枝。房后的草，一边的榆树灌木，再一边的旱地，到处都是春天的颜色和声音。在它们的喧闹和衬托下，我们的新房子显得有点不合时宜，它高高地耸立在春天之上，没有依傍。而那些梧桐、洋槐、椿树和桃树、梨树等已经超越了从前的老房子，在房顶上，婆娑着大片的阴凉。

父亲说：种些树吧。母亲也说，种些树吧。我和弟弟也说，种些树吧。可具体种些什么树呢？一时拿不定主意。母亲说，院子里面种些苹果树、桃树和梨树好，孩子们有东西吃。父亲说，房后种些洋槐树、椿树和梧桐，将来可以打家具用。我们说，种些松树、竹子和山楂树吧，又好看又好玩，还能吃上笋子和果实。父亲说哪儿去找竹子呀？咱这儿土壤不适合，长不成。而我和弟弟坚持要试试,母亲就说,石盆村赵起立家院子里长着几棵竹子,啥时候我去问问看。

几天后,那些移植而来的树木,离开了土壤,不到半天时间,叶子就蔫了。我和弟弟看到的时候,父亲正把它们往树坑里面栽放,我们帮着提清水,一桶一桶往里倒。父亲说行了行了,我还觉得不够,似乎水比土壤重要。我们的植树活动断断续续了一个春天,房前房后就有了一排摇曳的树影。有的树木虽然复苏得慢一些,但有足够的水和我们的关心,它们的生命总是要舒展起来,向着更大更高节节长成。

大树和我们的生活

那些树已经栽了好久，我亲手栽的，也亲眼看见了，但没有确切的印象。我好像一直在有意地忽略它们，反过来说，它们也在忽略着我。而现在，它们长成，我也长大了。在某年正月的一天，我们相遇了，似乎是第一次相遇。

其实，它们在那里长了好久了。我也就在它们身边，日日时时相互看着，我甚至还在它们身上用刀子刻下自己的名字……而今，它们已将我的名字掩盖了，用并不坚硬的皮肤，将一个人的名字收缩到了时间里面。

早上起来，父亲拿了锯子，出门。那锯子被太阳一照，就泛出明亮的光，照在我和一边的母亲身上。我第一次看见那种凶恶的工具，足有六米长，半尺宽，一个接一个的齿子像小人书上的魔鬼獠牙。

父亲要干啥呢？正想着，母亲问了，父亲指了指院子右边的那棵高大的梧桐树说：把它锯了！

梧桐树发育太快了,没几年时间,它就树叶婆娑,躯干粗到了水缸的程度。上面的枝杈很多,但有很多干枯了,最显赫的一枝,就是它的头颅了,原先青色而略带黑色碎斑的肢体变得特别黄脆,在冬天啸叫的大风中,吱吱呀呀地响,尤其在夜里,声音吓人,落在地面上,有点魔鬼脚步声音的意味。我很是惊惧,常常被它们吵醒。而早晨,那些枯枝就成了我们这一天做饭的柴火了。母亲觉得挺省劲儿,好像天赐的一样。

父亲说要锯掉,我觉得不可理解,以致他叫我帮忙拉锯,心里还有点别扭。看我不高兴,父亲就说:这树里面空了,再长下去,什么材料都不成。还不如现在锯了,还可以解成几块板子,做家具用。我说:咱家的家具不是很多了吗,还做家具干啥呢?父亲有点不高兴,侧脸拧了我一眼说:给你娶媳妇用。

我哦了一声,就再没有出声。

父亲叉腿坐在左边,我坐在右边,中间是梧桐树,锯条横在树的最底部,我们各捉了一边,一推一送,锯齿不断深入树木。第一个回合,它就流出了青色的树脂,稀稀的,亮亮的,像口水一样,噗嗒噗嗒地滚在树根的泥土上。而我们的锯齿不依不饶,沿着新开的缝隙,一左一右,向着它的中心和另一面,甩着白色的锯末,凶猛挺进。

梧桐树材质柔软,自然当不了大梁,倒是做桌子面的绝好材料。父亲说:这棵树,要是没有被虫子蛀过,差不多能解成三个写字台的桌面材料。我抬头顺着树身子向上看,它仍旧纹丝不动,满树的枝杈向着各个方向,新鲜的骨节隐约着,里面蜷缩着春天的叶子。锯齿过半的时候,它似乎觉察到了,突然歪斜了一下,朝我们相反的方向倒。

我知道,再也不能坐着锯了,需要蹲下来,它倒的时候,也可以及时跑开。而它却又静止不动了,还是原先的样子。父亲说,把锯拉平,要不然就夹住了,抽不出来。我说会不会向房子那边倒呢? 父亲说,应该向着院子外面的田地。母亲在一边却说,还是用绳子拉住一点儿吧,啥事儿都有个万一。

我脱了鞋子,像猴子那样,爬跑到树冠分叉的地方,老梧桐树晃了一下,我一阵惊惧,父亲和母亲同时叫了一声。树又不动了,我才继续向上爬。好不容易爬到足够的高度,父亲拿了麻绳,使劲儿扔了上来,它还是纹丝不动。我伸手接了麻绳,按照父亲的意思,拴在向西的一根粗枝干上。

我们继续锯,锯齿还没有完全穿透它的身体,它就倒了,轰然一声,落在还没有点种秧苗的田地里面,就连那根最为粗壮的枝干,也断成了几截,断裂之处白茬儿耀眼。干枯的和活着的细枝碎了一地。父亲说:这下又有柴烧了。母亲说:这树长了这么多年,现在把它锯了,真有点可惜。我在一边看着一地的树木,有一些快感,还有一些惊愕。

把树枝收拾完毕,天色也晚了,初春的空气里有一些温热和粘人鼻息的味道。而那棵树不在了。端着饭碗,我一直朝那里看着,除了白白的锯茬,什么也没有了,心里忽然觉得少了一些什么。父亲说,撒上一些湿土,它还可以滋生一些新枝条,几年之后,就又是一棵大树。而母亲说,梧桐树只能做桌子面,不如栽一棵椿树,将来要给继平盖房子了,当梁当门板都好。

而椿树苗不像梧桐树苗那么好找,尽管山后边不少,可大都不太直顺,不符合我们的要求。第二天早晨,父亲扛了镢头,到石盆村里转了大半晌,带回来一棵椿树苗儿,还没有我高,但很直顺,新发的叶子已经露出了嫩黄色的脑袋。

父亲把敷在梧桐树根上的湿土用扫把扫净,不让它再滋生枝条了。又在一边挖了一个坑,提了清水,先润了底下的干土,把椿树苗儿放在里面,我铲土,一锨一锨地填,父亲不时用脚踩踩浮土。一会儿工夫,一棵树就又竖在了我家的院子里面。

不过几年, 一棵新生的椿树顶替了那棵老梧桐的位置,时间一长,发芽展叶,很快长大长粗了,这时候,我早就把那棵老梧桐忘了。但老梧桐树还在地下的根系很顽强,不断地伸出新的枝条,我们把它们砍掉,或者踩死。

再一年冬天,家里请了木匠,叮叮当当做起家具。那棵死了的老梧桐已经干得可以用手指敲出响声了,不到十天,就变成了我们家崭新的写字台和橱柜的一部分。至于它留在院子里的根,就像我们此后相当一段时间内的生活,基本没有什么异常枝节。

我爱过的乡村女子柳如燕

夏天正午，阳光在西边山坡上晒焦了绿叶，青石的房顶和院子里的梧桐上爬满了黑色的蚂蚁，很多的灰雀在柴草堆上飞来飞去。柳如燕和她的父亲出现在我家门前，好像是刚刚干活回来，汗水满头满脸，衣领和袖口上还带着一些碎草芥。她父亲坐在我家院子里，柳如燕从我母亲手中接过开水碗，小嘴巴吹皱了白白的开水，小口喝。我坐在门槛上，觉得她吹开水的样子很美。她父亲说，你儿子要是跟俺闺女岁数差不多，咱们做亲家挺好。我听见了，转头盯着柳如燕的脸，她也转头看见了我。她本来被太阳晒红的脸颊更红了，真的跟火烧云一样。

柳如燕的眼睛很美，睫毛长得可以做扇子。从那后，我常常想，我要是真的娶了她的话，每年夏天，就不要再买蒲扇扇凉了。那时候，我就坐在她的旁边或怀里，她眼睛眨巴眨巴，我就会觉得很凉快。

有一次，母亲打我，我跑到院子里说：娘，你别打我了，我都是有媳妇的人了。人家看见笑话哩！本来怒气冲冲的母亲一下子乐了，笑得弯下了腰，蓝方格布衫不停抖动。

那时候，柳如燕读小学五年级，上学放学都从我们村前的马路上经过。大人们说了之后，呵呵一笑就忘了，但我记得清楚。每天到马路口，等她上学和放学。夏天，我一个人坐在被太阳烧热的石头上，托着下巴，等她出现。有时候去得早了，我就拿一根木棍，找几眼蚂蚁窝，把它们破坏掉；或者注意坡上的草丛，期待发现几个鸟窝，最好有鸟蛋。有一次在附近的老栗树上发现一个鸟窝，我爬上去掏，突然蹿出来一条花蛇，忽地一下钻到我的袖筒里面，我惊慌失措，摔了下来。我被闻哭而来的母亲拉着往家走，而柳如燕背着碎花布书包刚刚出现。她手里提着的罐头瓶子晃来晃去，低头和另外一个女生很亲密地说着什么。

再一年夏天，我也背着书包，走进小学的门槛，而柳如燕却到乡中学读书去了。据说那里的教学质量比较好，她父亲想让她考个中专，毕业可以做中学教师。可几年后，柳如燕并没有遂了她父亲的心愿，而是跟着父亲学果树修剪。我在村里果园见过她一次，她好像满脸的忧郁，长长的睫毛上总是挂着一层雾水。

我故意从她身边走过，使劲咳嗽了几声，她也没有回头。

我黯然。直到读中学一年级，我还念念不忘柳如燕。

十五岁那年春天，电力局开始架设通往我们村的市电线路，虽然向村人收了不少钱，但大家都没有怨言。施工队人手不够,就聘请了村里的闲壮劳力,主要是栽电线杆子。有一天放学,我看见柳如燕也在施工人群中,上衣鲜红,头发高绾,斜着的身子挺拔饱满,像一张充满弹性的弓。我坐在路边的石头上看了起来,那么多人在喊叫,我却听不见,干活儿的柳如燕在我眼里有一种说不出的美感。

没过多久,我听说柳如燕和电力局的一个职工谈恋爱,经常不回家,和那个职工住在村里。我有点愤愤不平,逃了几次课,专程跑到施工地点,去看柳如燕,想把那小子当面骂一顿,可又怕挨打,只好从远处看着。她总是站在高高的水泥线杆下仰着脸往上面看,在上面接线的那个年轻人不是很漂亮,最突出的一点是脸蛋很白,像面粉一样。

而柳如燕好像总是在哭,有几次,我看见她捂着脸从马路上跑过,脚步趔趄,头发凌乱。在路上遇见,我突然发现柳如燕瘦得吓人,颧骨高耸,白白的脸上满是泪痕。我想说点什么,还没有想好,她就走远了。等线路架设完毕,通电的那晚,村里干部在乡饭店请电力局的人吃了一顿,柳如燕也去了,但没有吃饭,一个人站在饭店门前的石桥边上,不断地往挂着门帘的饭店门口看,猜拳行令的声音一浪高过一浪。我从中学出来,远远就看见了她,走近时,我想问问她饿不饿,努力了几次,但没有勇气说出。

后来,是柳如燕出嫁的消息,婆家在五里外的郭庄。那是1990年正月初六。我们放假在家,有人出嫁和娶媳妇,我常常去看热闹。男方迎娶她的时候,我坐在她家左边的一座山岭上,扯了一根焦黄干枯的茅草放在嘴里咬,淡淡的苦味弥散开来。上午11点整,柳如燕穿着一身绣着黄花的旗袍,头顶一块红色头巾,被一个长相很凶、门牙外露的妇女搀扶着,下了院子右边的青石台阶,低头钻进了一辆红色的桑塔纳轿车。很多孩子大声叫着,震耳欲聋的爆竹声在低纵连绵的沟谷里炸响,很多的乌鸦飞起来,遮住了本来就很稀薄的阳光。

柳如燕出嫁引发了我的伤感,但村人说:柳如燕终于走上了正路,一个乡下闺女想进城给人家当媳妇,比登天还难!

可没人知道我的心思,他们说的时候,我躲在一边,抓起一块黑色的卵石,使劲投向流水干涸的河谷。高考后的那年秋天,我跟着父亲在庙坪地干活,柳如燕的父母也在。正干得热火朝天,听见有人喊娘。柳如燕母亲起身答应,我看见一个抱着孩子的妇女,站在马路边,旁边还站着一个穿灰色夹克的男人。

我想那就是柳如燕了,她的声音粗糙和沧桑了许多,但我还是一下子认出了。她走近的时候,我侧身看见,她的脸,不知道什么时候变得黑红了,大大的眼睛显得混浊,长长的睫毛不见了,眼神很迷茫。我有点惋惜。我再看,却发现,她两个眼角,居然也有了皱纹,细碎的皱纹,像是那年冬天落在沙土地上的草芥。

她男人在后面跟着,穿着一双黑色皮鞋,从我面前走过的时候,脚掌上带了一大块湿泥。他提腿甩了几下没甩掉,转身走到地边,在一块突起的红色石头上蹭了下来。我父亲也看到了,等他离开,用手掌把那块湿泥抠下,顺手扔在了自家地里。

黄昏

那时候，电还没有在村庄出现。晚上，到处都是深一脚浅一脚的黑暗，马灯晃悠的山路，枯草摇动，风吹如泣，冻僵了的乌鸦出其不意地呱呱叫上几声，令人毛骨悚然。石头的房子里面，做饭剩下的火炭噼噼剥剥，明明灭灭，白色的灰烬不断诞生，有风从门缝儿进来，吹到人的腿上，彻骨地寒冷。

放学回到家里，趁着白天的余光写作业，写着写着，黄昏就降临了——这个家伙，也不打一声招呼，把脸黑得像锅底，不到一袋烟的工夫。就把村庄乃至村庄之外的一切全都收容在了它的怀抱。娘找了火柴，摸着窗台上的煤油灯，“嗤”的一声划着火柴，微红的光亮摇摇曳曳，首先照亮一家人的脸庞，再打上暗黑色的黄泥墙壁。

煤油灯的光亮可以照亮我们的家，但怎么也不能照亮我们一家人的心情。娘总是不高兴的样子，眉目间挂着生活的艰难和沉重。收拾了碗筷，放在清水里冲了，娘就说：你晚上到你爷爷那儿睡，还是在家？我想了一会儿说：到爷爷那儿去。娘没有说话，又把锅台扫了一遍。我做完作业，收拾了课本和纸笔，把书包挂在墙壁上，拉开房门，到爷爷那儿去。

我们家在村子最下边，挨着的是杨林光家的石头楼房，横在我们家的左面，感觉像一座山，压得人喘不过气来。杨林光搬走之后，老楼房窗户里面时常飘些霉味儿出来，尤其是夏天，遇着一阵逆向的风，霉味儿钻到鼻子里面，呛得人胃疼。

我总觉得杨林光家没好人，经常偷和损坏别人家的东西，还仗着自己家人多，整天没事找事儿，欺负我娘还有其他人口少、势力小的人家。有一次，杨贵新老婆跟娘吵架，他们一家七口人都趴在房顶上，居高临下咒骂我娘，骂得很难听。她二闺女还把手里的碗扔向娘，娘用手一挡，手背上就流出了鲜血。我在一旁吓得直哭，也不敢帮着娘骂杨林光一家，只是拉着娘的手，叫娘赶紧回家。

爷爷家就在杨林光石头楼房的上面，每次去，都要从他们院子里经过。

从我们家出来，走到楼房跟前，是一条不足十米的窄巷，走过去，再向上一个九十度转弯儿，爬上二十几级石头台阶，再一个九十度，向西，就到了老楼房前院。

因为杨林光，我每次去爷爷奶奶家都害怕。走到路口，习惯性地探头向杨林光家看一下，如果他家人没在院子里，我就赶紧蹦上台阶，轻手轻脚，以最快的速度走过去。如果院子里面有人，我就沿着房子后面的巷道儿，绕到爷爷房后，爬上房根的椿树，再从院子里的梯子上爬下去。有几次不小心，正要穿过杨林光院子，让他婆娘傅四妮看见了，从屋子里面蹿出来，一把抓住我的后衣领，在我脸上、背上打了几巴掌，嘴里还不干不净地骂着。疼了我就哭。娘听见，就从家里跑出来，把我拉在怀里，和傅四妮理论、争吵。傅四妮仗着人多，还把娘打了几次。后来，我学聪明了，实在绕不开，我就让她们打，一声不吭，也不跟娘说，免得娘和我一样挨人家打骂。

杨林光家西边，是万新爷爷家。老两口都快九十岁了，身体还很硬朗。那时候，万新爷爷还和年轻人一样，上山割草，下地干活儿，比年轻人的力气儿还大。两个老人对小孩子很客气，家里藏了柿子、糖块和饼干，到家里还拿出来给我们几块儿。老两口活了一百来岁，先后不隔一个月，双双无疾而终。我常常想，要是万新爷爷家和杨林光家换换多好！

过了杨林光家，一溜石墙中间有一道大门，里面是个四合院，爷爷奶奶和另外几户人家住在里面。大门的门板是柿木做的，足有半尺厚，门框是枣木做的，很结实，已经有上百年历史了，里面不知道被虫子噬过没有，表面看起来还很光洁。

我站在跟前，还够不着门锁。如果不是很晚，大门是不会插的。用手一推，很重，我要使很大的力气，它才吱吱呀呀敞开来，让我看到里面的房屋和灯光。对这种声音，里面的人谁也不会特意探头看看，甚至连谁来了的念头都省略了。毕竟，门就是开和关的，不到深更半夜，不闹出奇异的响声，院子里面的人就不会表示惊诧。

天长日久,什么东西都会习以为常。

和大门相对的那家老妇人,和我爷爷同辈儿,我忘了她叫什么名字。也不知道什么时候没了男人,从我记事起,她就一个人住着、活着,要不是嫁到栗岩坪村的闺女常回来看看,平时身边连个挑水打柴的人都没有。我总觉得她很可怜。在村庄,哪个人不是想着小的时候有人看管,老的时候有人养活,身边有个可靠的人,一起说说话儿。老了的日子就有了生气,也会顺心得多。

听爷爷说,这个奶奶出身不简单,娘家在山西左权(以前叫辽州)大南庄。她爹是地主,家里光金条就好几箱子。斗私批修的时候,财产被政府没收了,分给了群众。因为家境好些,她小时候读过私塾,很会讲故事,“三国”和《隋唐演义》讲得尤其好。每年腊月,村里人闲了,买上一盒烟,听她讲故事。

有一次,我也参加到了听故事的行列,好多人坐在她家炕沿边上、煤火台子上和小凳子上,一个个支棱着脑袋,像盯着电影屏幕一样盯着她的脸和嘴巴。我稍微大点之后,能挑得动水了,给奶奶家的水缸挑满了,就给她挑。她因此也对我很好,和爷爷一样,不叫我全名儿,叫平子。和村里的几个老年人走到一块儿,一起夸我懂事儿,是个孝顺孩子,将来肯定赖不了。我心里当然高兴,除了父母和他们几个老人说我好之外,村里再没有一个人说我好的。和我们家有“仇”的当然不说我好,没“仇”的对着娘的面,才会说我长得俏和聪明等等一些言不由衷的话。

十三岁,我到石盆读中学后,我们家盖了新房子,奶奶搬到我们以前的房子住,因为要过杨林光的院子,就很少到那位老人家里去。我在慢慢长大,她在渐渐变老,记忆一天天退化,讲故事也一段不接一段,经常颠倒人名和事儿,听的人就少了,以致屋里冷落门前无人的境地。

她可能也很寂寞,经常一个人坐在门前石阶上,抽着旱烟,嘴巴不停地嚼动着,脸上的皱纹随着嘴巴的翕动拉开又收紧,隔一会儿咳嗽几声,舌头再搅动几下,然后努嘴吐出一团黄痰或者白痰。我觉得她很脏,一听到她咳嗽就赶紧捂了耳朵,尽量不去听她吐痰的声音,若不小心听到,就会一阵联想,不由得一阵恶心。

这个奶奶后来过继了一个儿子,但毕竟不是亲生的,没有血缘,在心理和行为上就有点“隔”,平时也不大走动,除非有病了,人家才来看看,小病就拿点药吃,大病就不管了,撑到什么时候算什么时候。爷爷说,几次大病,要不是闺女花钱请医生,恐怕就再也见不着她了。

爷爷奶奶住在她的隔壁,两家儿房子是连紧儿的,中间就隔了一道墙壁,这边有什么动静,那边就可以听到。印象中,爷爷奶奶和她的关系很好,没有闹过别扭。

爷爷门口台阶下面不足三米的地方,还住着一户人家,论辈分,我叫叔叔。爷爷和他父亲是一奶同胞的兄弟,血缘上亲近。但他又和杨林光是亲兄弟,“恨乌及屋”,我对他们一家也不怎么信任和尊敬。有时见面叫一声叔叔婶婶,有时低头走过。

进了爷爷家门，奶奶已经收拾了碗筷，正用葫芦瓢往猪食桶里舀刷锅水，一会儿是木瓢摩擦锅底的声音，一会儿是水摔落桶底的声音。我进门，奶奶只看了一眼，我先叫了一声爷爷。爷爷问，平子你吃饭了没有？我说吃了。奶奶就说，没吃那儿还有饼子呢，吃点吧。我通常不吃，有时看烙得好了，就掰一块儿，三口两口塞进嘴巴，嚼了吞进肚里。看到我吃的样子，奶奶眼睛一斜说：看你那个饿狼样儿，没吃过个东西！

奶奶和娘关系不好，牵扯的都是婆媳之间的家务事儿，作为晚辈，我没发言权利。但奶奶有时也确实过分，比如吃饼子这件事情，如果把我换成表弟，奶奶就不这么说了，吃完了一块儿，至少还要说一句，把那个都吃了吧。还会亲自送到表弟手里。

娘说，我一生下来，奶奶就没有带过我，那时候还没包产到户，娘和父亲一块儿，带着我下地干活，奶奶带着表弟，看见我就当没看见。我在地边儿饿得嗷嗷哭叫，奶奶就只拿了开水和饼子给表弟吃，连看我一眼都不乐意。我长到七八岁，能帮奶奶干活儿了，奶奶对我的态度才有所好转。记得那一年秋天，我和表弟帮着奶奶割了好多柴，开学的前一天晚上，奶奶拿出两个小匣子，一个很漂亮，拉开表面的木板，里面还有很多小抽屉，可以放钥匙、铅笔和钢蹦儿等等；一个做得很简单，拉开上层的木板，里面空落落的，什么都没有。我想，我是奶奶的孙子，她一定会把漂亮的给我，没想到，奶奶竟然把漂亮的给了表弟。我当时就哭了，向表弟要。奶奶说，给你一个就不错了，还抢，再抢一个都不给你！爷爷因为眼睛盲了，在一边看不见，听见了也不说话。我哭着回到家里，娘问我怎么了，我就把匣子给娘看，跟娘说。娘帮我擦干眼泪，说没事儿，我叫恁爹再给你做一个。

有很长时间，奶奶要到杏树凹给姑妈看门，姑妈一家去了鸡泽县，要好几天才回。这就是说，奶奶要有好几个晚上不在家里睡觉。我听了，一阵高兴。奶奶在的时候，我想听爷爷讲故事，每次都要爷爷讲到我眼皮打架为止。奶奶嫌吵得慌，耽误她睡觉，就不要爷爷讲。

有几次还骂我说：你个小兔崽子，以后不要来俺家睡了。我心里就骂奶奶，不敢骂出声来，怕奶奶打。

有一段时间，我给娘"汇报"奶奶说我的话，娘就不让我去爷爷家睡觉了。隔了几个晚上，我又想听爷爷讲故事，就又跑去。娘找不到我，跟着到爷爷房子外面问我在不在这儿，我说我在，娘才放心。

爷爷对我挺好，有什么好吃的都给我留着，背着奶奶给我一些玩具，像木剑、弹弓和钢珠子之类的，还叮嘱我不要对奶奶说。爷爷的外甥和外甥女来看爷爷奶奶，带了好吃的东西，奶奶就放起来，怕我找到偷吃。有几次奶奶不在家，爷爷眼睛看不见，我还真的偷吃了几回。

脱了衣裳，爷爷叫我趴在炕边，吹灭窗台上的煤油灯。我探出上身，憋足一口气，凑到离灯头不远的地方，使劲儿把气吹出来，煤油灯苗儿忽闪忽闪，一下子就灭了。有时候憋的气不够，或者离得远点，吹了几次，煤油灯仍旧摇摇晃晃，扑闪几下，眼看就要浸入黑暗的房间，复又亮了起来。

要是冬天，天气冷，整个屋子里，只有炕是热的，被子是热的，身体是热的。光光的上身探出来，冷得咝咝地吸气。灯火儿却故意找事儿一样，非要让我再把身子往冷空气里露一露，嘴巴几乎贴在火头上面，它才肯被我吹灭。

和爷爷躺下来，炕热得我一会儿就得把胳膊伸出被子。爷爷讲故事，手摸了放在枕头边儿上的旱烟，中间停顿一会儿，划了火柴，点着烟后，继续讲那些神话传说、人生经历和奇闻轶事。现在回想起来，在童年，我最美、最幸福的记忆，恐怕就是这样的夜晚了。虽然路上要躲过霸道的杨林光一家，但在爷爷身边，躺在他的故事里面，身子下面是柴火的温暖，脑子里飘着想象的恐惧和快乐，现在还觉得很快乐。可惜的是，1990年冬天和1998年夏天，爷爷奶奶先后故去了，连同他们的故事和生活，成了黄土的一部分，但我时常记得，有时候还觉得这些事情就刚刚发生在昨天。

怀念曹光明

曹光明有一段时间没来了，我们都知道原因，老师也知道。最初几天，上课之前，老师叫点名，班长朱建军故意给落了。老师也没说什么。时间一长，“曹光明”这三个字就在我们同学当中渐渐退出了，像鱼在水面的一个气泡。

自从升了初二之后，曹光明的名字就一直排在黑猪军后面，即使朱建军不点，我们也知道该轮着他了。以前还觉不出什么，只是，每每想起曹光明，心里就有点难过。就在一个月前的那天中午，曹光明还跟我和老民棍子一起，相约了去上盆水库玩水。

那时候，五月刚刚开始，麦芒子已经奓巴起来了，玉米也一根根地茁壮了起来，刀一样的叶子直直向上，有的玉米穗子已经吐出了红缨；远处近处的山上树木叶子茂盛，杂草匍匐，除了河沟堆满光石蛋子之外，该绿的地方都绿了，就连阳光照不到的石头底下也绿茵茵的。

上盆的水库距离学校二里路程，曹光明的家就在水库旁边，一抬脚就到了。

上午第三节课，曹光明分别飞纸传书给我和老民棍子说：天气如此之热，水库涨满了。

我当即也回应道：这一主意，正和我心，中午一时，水库边儿见。

我和老民棍子同一个村庄，一个姓，而且还是一个家族，算起来还在三代之内。

老民棍子弟兄七个，上面还有两个姐姐，人多势众，为村里第一大户。在崇尚暴力的乡村，他们家在村里说话都是挺直了腰杆，仰起脸庞的。

我们家不同，奶奶和爷爷只生养了我父亲一个儿子，自然身单力薄，往往是村里有势力人家“专政”的对象。然而，在我的印象中，老民棍子家虽然一直和三牛子、黑驴脸家进行着明里暗里的斗争，明火执仗的打架每年都有两到四次，面对面的指责和谩骂少说也有三四十次，背地里的攻击和互损更是不计其数。但我们家与老民棍子家从来没有发生大的冲突。这是我与他要好的基本条件。

中学距离我们的村庄五里路程，坐落在石盆村通向蝉房乡公路一边的高岭上，一排青色石头房子，由于年代久远，逐渐变得灰暗，远远看，就像废弃的羊圈一样。要不是院子里长着北街或南街村的八棵核桃树，房前房后有不少的旱地，夏天时候有一些绿色和劳作者的说话声音，恐怕早就被村人们遗忘或者忽略不计了。

我们这些外村的学生，早上去，晚上回，中午在饭堂打米汤，就咸菜，吃干粮。

那一次，老民棍子带了他娘给他做的大饼，很薄的那种，还有几根大葱。在饭堂打了米汤，两个人走到学校一边的水泥乒乓球案子前。

我带的是掺了玉茭面的馒头，还有腌白萝卜缨子。老民棍子知道我不喜欢吃馒头，说我带的饼多，一块儿吃。说着就从帆布兜里掏出半张大饼，又拿了一根洗净的大葱。我毫不客气，抓住大饼，卷了大葱，上去就是一口。

洗了碗筷，进教室门儿，看见班长朱建军，坐在自己的课桌前，一边吃馒头，一边看课本。

我拉了老民棍子一把，使了个眼色。

老民棍子凑到朱建军跟前，说：班长就是班长，连吃饭的时间都要抓紧。朱建军抬头看了他一眼，露着满嘴的馒头和咸菜，眼神里面有一种鄙夷的神色。老民棍子脸“唰”地红到了耳根，酸杏一般大小的眼睛狠狠地在朱建军头顶剜了一下，转身朝自己的座位走去。

我放好碗筷，看到老民棍子的神情，就知道这两个人又杠上了。眼睛看着老民棍子挑了一下，意思说：你看我的。我故意干咳了两下，走到朱建军跟前说：班长，有个事儿向你请示一下。朱建军抬起头来，嘴角挂出一抹笑，嘴里说：不敢不敢，有事儿就说。我说：我和老民棍子想去石盆街上买几个作业本子。

朱建军咽了一口馒头，说：去吧。听了一下，又干瞪了一下眼睛，说：可别溜着去水库玩水儿啊！

我笑着说：班长你放心，绝对不会去玩水儿。

朱建军说：那就好。

出了校门，我就哈哈大笑，老民棍子也笑。我说：朱建军这回又上了咱的当。

老民棍子说：他小子是个蠢猪。

我说：这会儿曹光明肯定吃过饭了吧？

老民棍子说：这都啥时候了，肯定吃了，说不定就在水库边等咱俩呢！

说着，我身上也来了劲儿，步子迈得又快又大，老民棍子也拉大了步幅，在我身侧一晃一晃，像个刚充了气的小皮球。

——在我们的印象中，朱建军啥时候都一本正经，轻易不说一句笑话，整天绷着一张黑猪脸，看到谁都是一副苦大仇深的样子。

不过，朱建军的学习成绩一直是班里最好的，与南街村村长的姑娘刘晓滨合称我们中学的金童玉女。老师也以为全班49名同学当中，唯有这两个人一准能考上大学。

朱建军还有一个叫我们羡慕或者不服气的长处：他爹朱大炮是包工头，虽然经常不回家，但家里有钱是真的。就这两点，我和曹光明、老民棍子等大部分同学都比不上，自觉比黑猪脸朱建军矬三分。

可曹光明不服气，我和老民棍子综合了一下，觉得曹光明模样长得好,脸白,眉毛是眉毛,眼睛是眼睛,两片嘴唇还红艳艳的,跟电影里的女特务一样。

大概曹光明自己也意识到了这一点,我们三个一块儿胡谝时,曹光明总说,他朱建军不就是一副黑猪脸怂样儿吗?人家不是说了嘛,尺有所长,寸有所短。谁也不要过于牛皮了。

曹光明言下之意,就是,你黑猪脸朱建军长相比俺曹光明差远了!

老民棍子和朱建军向来是死对头。老民棍子的学习成绩也不错,尤其是数学、物理和化学,特别是几何,每次考试都与朱建军的成绩不相上下。

也不知道咋回事,自打初一开始,老民棍子和朱建军就杠上了。

有天放学路上,我们三个走得吊儿郎当,一直没说话的老民棍子转过脸,神秘地冲我和曹光明说:不知道咋了,我怎么也看不惯朱建军那股子假正经,嘴噘得能拴两个驴球。

曹光明迎合说:就是,我也讨厌,同学嘛,该怎么就怎么,总是把自己看得跟皇帝老子一样,算什么东西!

我也说:朱建军是有一点儿毛病,仗着学习成绩好,就不把咱们这帮子同学放眼里,我也看不惯。

我们你一言我一语,一声比一声高。说得正来劲儿,朱建军突然从后面冒了出来,与我们并排的瞬间,眼睛狠狠地剜了一眼,鼻子哼了一声,然后转过脑袋,仰起脖子,一副不屑的样子,雄赳赳、气昂昂快步走去了。

初二第一学期,老民棍子当了学习委员,和朱建军的矛盾似乎又加重了一层,每次检查和督促作业情况,朱建军总是低着头,用生硬的口吻对老民棍子说,某某老师叫你赶紧把大草、白眼狼和武二郎的作业收上去。

与朱建军的态度不同,老民棍子总是嬉皮笑脸,磨叽一会儿再说:朱班长,这事儿应该你干,某某老师怎么不当面给我说,给你说?那意思就是叫你亲自催了。朱建军鼻息咻咻,抬头瞪了老民棍子一眼,鼻子里面哼一声,说:不催算了,又不是我的责任。

老民棍子当仁不让,说:不催就不催,看看班长挨训还是我这个学习委员挨训。

每年的五月至十月,学校订了规矩,中午时候,学生出去必须跟班长请假,要不然的话,按逃学论处。主要针对点就是控制我们到水库玩水,这是老规矩了。要是仔细追究起来,都是因了那几个玩水淹死的同学和邻村小伙子,要是从来就没有发生过事故,学校肯定不会订这样的规矩。对此,我们给予了充分的理解,但不支持。

没有什么东西可以阻挡炎热,也没有什么东西可以阻挡欲望。夏天的炎热,对我们这些半大孩子来说,实在难受得太强烈。

因为人还小,我们缺乏高超的自制力,即使有人溺亡了,消停和恐惧一段时间,便很快就忘记。按照老民棍子的理论,人生死有命,该怎么着还怎么着。对此,曹光明说得更为彻底和清楚，他说：人迟早要死，要是怕，哪儿还有人种地干活挣钱？早趴在炕上睡大觉了！

这一次，我和老民棍子请了假，顿时一阵轻松。原以为朱建军会借机整我们一把，却没想到，一句话就开了绿灯。我和老民棍子一溜烟跑出学校院子，上了公路，想着曹光明可能在水库边等我俩，不禁加快了脚步。可老民棍子还是不大放心，走着走着，回头朝学校方向看了几次，我知道他怕朱建军反悔来追喊我们回去。

我说放心放心，朱建军这人别的不行，就是爱面子是一等一的强。老民棍子却说，毛主席还有反悔的时候，何况蚂蚁一样的朱建军呢。

上盆村怎么也不算个好地方，整个村子就挂在一面山坡的鼻梁上，散乱的红石头房屋远看像一个乱坟岗，要不是那些鸡呀，猪呀，狗呀什么的，制造出一种人间生活气氛，基本上就和我们村与武安搭界处的破长城一个模样。

曹光明的家在村子上面，也就是这面山岭的正鼻梁上。一排红石头房子，因为年代久远，烟熏火燎，红石头早就变成了黑石头，看起来就像一窟黑窑洞。

我和老民棍子站在曹光明家院子下面喊：曹光明！曹光明！过了好一阵子，屋子里面才有了声音。一个人从黑黑的门洞里探出了脑袋，满脸络腮胡子，张着一口的黄牙，冲我们答应说：你俩叫俺光明干啥？我和老民棍子几乎同时回答说：李老师叫他把昨天的英语作业再做一遍哪。今天下午就要。

这时候,我看见敞开的窗户里面有一个东西在晃,曹光明竖着脑袋,一只手指着水库的方向,挥了几挥。

他的意思我明白,随即用胳膊肘子撞了一下老民棍子,对曹光明他爹说:叔叔,俺先走了啊。

去往水库的路很窄,最大能容一个架子车通过。路面上尽是红色的沙土和碎石子。我们穿着布鞋,走起来有点硌脚。老民棍子说:曹光明会不会不来呀。我说:你还不了解他的脾性吗?咱们可是两年的哥们儿情谊了。老民棍子嗯了一声,再没说话。

正如我说的那样,在玩儿甚至逃学这等事情上,曹光明态度坚决,不打一丝折扣,就是被父母打得屁股开花,鼻青脸肿,也不会爽约。

倒是老民棍子这方面做得不好,反反复复,有几次只听雷声,不见雨点。就拿到东沟村去偷苹果和杏子来说,本来说好每个星期起码要干一次,商议的时候,我们选择了学校后面的黄土洞,三个人一起猫腰蹲在里面,提出议程,交流意见,制订计划。当时人人都沸腾了热血,对着老天发了响誓。

星期三中午,天气热得好像有病,晒得人身上流油。吃了中饭,三个人趴在核桃树杈上消磨时光。曹光明说:东沟村的果园苹果就要熟透了,过几天人家一摘,我们就只有吃苹果屁股了。我说:事不宜迟,必须采取闪电行动。

曹光明和老民棍子随声附和。我们决定,趁中午天热,看园子的人睡觉,咱们去整一把。说走就走,曹光明率先从树上溜了下来,跑到教室里面,拿了一个碎布书包,冲我和老民棍子摆了摆手。

我们的学校就在东沟村前面的一面山岭上。那果园说是东沟村的。我们去,却不需要经过东沟村,从学校的院子出来,走上一边的架子车路,再经过女厕所,沿着山岭向上就是了。

关于这一点,我们都很清楚,但比较陌生,都是女厕所造成的。那时候,和女生界线分明,水火不容。男生总以为女生不干净,身上携带着某种不安全的成分,当然也有迷信和大男子主义在内。

到初二,班主任为了改善男生女生关系,特意调整了座位,穿插安排。曹光明和北街的女生刘军花坐到了一张课桌。当日下午,在课堂上,就爆发了两个人的战争。刘军花举手“控告”曹光明侵占了她的桌面,曹光明辩解说刘军花拿圆规扎他的胳膊。两个人争得脸红脖子粗,不可开交。除了班长朱建军一脸沉静之外,包括我和老民棍子在内,全班同学都笑个不停,女生掩了嘴巴,或者埋头书桌,男生有的仰了脖子。

最后,语文老师刘志良大声呵斥了一声,笑声才止住了,仅有白眼狼一人,张着大嘴一下子合不拢,收不住的笑声像猪叫一样,又惹出了一大片笑声。

天气真热,没走几步,我们就汗流浃背了。曹光明走在最前面,我排第二。老民棍子断后。

一边的山地里麦子已经开始抽穗了。从路边经过的时候,曹光明随手拽了几个,一边走,一边在手掌里搓了,捡掉麦皮和碎芒,一扬手就进了嘴巴。回头看着我和老民棍子说:真香,真是他妈的香！老民棍子在后面也摘了几穗，揉着吃了。走到一棵洋槐树下，老民棍子建议休息一会儿，说着，一屁股就歪在了一块红石头上。曹光明看了看我，我也看了看他，用眼睛说了相同的话，也就坐下了。

我说：就快到了。曹光明说就是。我们的意思是催着老民棍子快点启程。老民棍子当然听出了我们的话外之音，一下子变得很生气。嘟嘴说：不去了，抓住了多不好！我又看了曹光明一眼，曹光明站起身来说：咱可是商量好的呀，说着，瞪大的眼睛看着老民棍子一头的细黄毛。老民棍子把头扭了过去，哼了一声说：商量好的，国家大事商量好了还得改呢，何况咱们三个毛喳喳子。

曹光明一听，就生气了，本来就很红的脸一下子涨红了，逐渐变成了紫色。我也挺生气，说：老民棍子，不能这样。咱们是一个集体，要团结一致，不能搞分裂。

老民棍子忽地站起身来，说：咱们三个团结团结，我不反对，可是，团结起来不是干坏事，偷人家的东西。说完，就甩开两条小短腿，沿来路往回走了。我们谁也没拦，曹光明一屁股坐在原处，鼻息咻咻，要发作的样子。

转头看了我一眼，说，还去不去。我说，我听你的。曹光明说，那好，说到做到，决不反悔。

不用说，虽然只有两个人，但行动也取得了成功，返回路上，我们狠狠地咬着偷来的杏子和苹果，发泄对老民棍子的怨气。曹光明说：这次得给老民棍子一个教训，不能再姑息迁就。

我说:也是,这样下去,咱们这三人帮就没有战斗力了。毛主席不是说过嘛,堡垒最容易从内部攻破,为了防患于未然,先发制敌。我和曹光明决定,为了不使矛盾激化,以四字诗顺口溜,教诫引导为主,再加上拒绝给老民棍子吃我们这次的战利品的形式,对老民棍子提出警告。编四字诗顺口溜曹光明不在行,任务就落在了我的身上。我想了一会儿,说:光明光明你听听,看看行不行。

回到学校,不到两分钟,上课铃就响了。我把顺口溜写在纸上,凌空传书说:老民棍子,你干啥子,我们三个,就你一个,说话不算,中途背叛,这样下去,三人集体,岂不完蛋?老民棍子接了之后,放在书本下面打开看了,当时就回了一帖,说:大曹光明,此次事件,我心不安,仔细想过,罪责在我,惩前毖后,以后不犯。

话虽这样说,可老民棍子后来还是又犯了几次,其中最严重的就是那次和朱老猪一伙儿的战争了。朱老猪长得给他的名字一样,又黑又粗,一顿能吃五个馒头,他爹当时是乡中学的教务长。朱老猪在学校更是有恃无恐了。朱老猪手下的四眼炮,自从投靠了朱老猪之后,牛皮了得,正好和曹光明同桌。

有一天,两个人在课堂就争论了起来,四眼炮说:朱老猪功夫了得,一掌能劈开一块砖头,一圈就能把曹光明之类的货色打得满地找牙。曹光明一听,当然不干了,说:四眼炮,你小子狗屎吃多了,在我们面前说这等三流货色,简直是脱了裤子放屁,多余得跟苍蝇一样。下了课,四眼炮就给朱老猪说了。往教室走的时候，我就看见朱老猪的脸成了猪肝色，跟在曹光明后面，故意用胳膊肘子在曹光明后背捣了一下，曹光明回头的时候，朱老猪凑近说了一句什么。

正上课，曹光明就传来了消息，说朱老猪下午找事，做好战斗准备。我一下子感到了事情的严重，就飞纸给曹光明，说：能免则免，最好两全。非要开战，二话不说，并肩作战。

老民棍子的意思是，此类事情，涉及干戈，如若动武，两败俱伤，主张以和为贵，即使委屈一下也无所谓。好汉不吃眼前亏。

下午放学，朱老猪一伙儿六个人在偏僻的黑土沟口将我们三个截住，要求曹光明当面赔礼道歉，并且给每人买一只雪糕。曹光明不干，两个人先是相互推搡，后来又用胳膊肘子撞击对方。曹光明大概被撞疼了，首先发怒，冲着朱老猪的鼻子就是一拳，朱老猪体宽肉厚，一时没有来得及躲闪，自觉得鼻子一阵疼痛，再用手一摸，就看见了鲜血。

打人不打脸，骂人不揭短。朱老猪一声大吼，向曹光明扑去。迅即之间，两个人扭作一团了。这边，我和四眼炮也干上了，他抓破了我的书包和手背，我用指甲在他脸上刻下了记号。要不是后面赶来的同学，我们的战争可能更为持久和残酷一些。我们分别被拉开之后，我看见曹光明的脸上和胸口上粘了不少的鲜血，额头有点青肿。

第二天到学校，老民棍子上来说，昨个儿俺娘叫俺去俺舅舅家拿玉茭种子……还没说完，我和曹光明就甩步走开了。

从这时候开始，我、曹光明和老民棍子组成的“三人帮”严重分裂，一直到了一块儿去上盆水库玩水之前的三天，还是一副互不搭理的状态。我一直觉得这样不好，也会给朱老猪一伙儿可乘之机。我就和曹光明说：算了吧，老民棍子就是这德行，但其他方面还不错。

开始，我说啥曹光明都不同意，说老民棍子这等胆小怕事之徒，要他何用？我说不行不行，如果时间长了，很有可能被朱老猪争取过去，到那时，我们的敌人就又多了一个。曹光明想想说也是，同意了我的意见，并在下课的十分钟时间里，借机跑到学校后面的玉米地，一本正经地策划了这次玩水活动。

中午的太阳真毒，晒得人流出了油脂。曹光明出现的时候，我和老民棍子已经脱光了衣服，站在水库的大坝上，正撒了尿往肚脐眼上抹，这样据说可以防止受凉拉肚子。老远曹光明就喊：等等我，等等我。一边喊着，一边快步从山岭一侧的小路上奔了过来。到坝上，三下五下地脱了衣裤，三个人站在大坝上，一起喊了一、二、三，噗噗噗，接连三声，先后跳到了水库里面。

玩了一会儿，看时间差不多了，三个人穿了衣服，兔子一样奔到学校。我去跟朱建军销假，朱建军翻了白眼说：买个本子这么长时间，肯定是去玩水了。

我说没有没有，朱建军别过脸哼了一声说：没有才怪呢。说着，就拉了我的胳膊，用指甲轻轻划了一下，抬头看着我说：没有！这就是证据。我们知道，这一点是瞒不住的，身体一旦挨了水，皮肤表层就有点干，用指甲一划，就是一道清晰的白印。事后,老民棍子说,要是擦点雪花膏就好了。

就是这个下午,放学后,曹光明就从学校消失了。第二天早上,我们还在家里,就听说曹光明的爹在梧桐沟打兔子时从山崖上掉下来摔死了。大人们议论着惋惜着,说这人咋就这么不经事儿呢?转个眼就没了。

我听了,心里也是一阵悲伤,不是为自己,而是为了曹光明。突然觉得他很苦命,才十五岁,就没了爹,以后可怎么活呀!到了学校,同学们也说着这件事情,脸上没有一个是笑着的,就连朱老猪、四眼炮、朱建军等非我们阵营的过去是敌人的,也都对此表示了遗憾和悲伤。

大概三个月时间过去了,其间我和老民棍子去上盆村看过曹光明,在他家里,看见了丧事时候留下的白鞋面、孝帽子和孝衣,迈脚进了屋子,看见曹光明一个人坐在炕上吃面条,看见我们,端着碗跳了下来,没说一句话。

我和老民棍子说了一大堆的安慰话,曹光明一直低头听着,不停地抽泣。到后来,实在没话说了,我们就干坐着,等曹光明情绪好一点儿了,我们才告别。曹光明一直把我们送到上盆村口,不住地向我们摆手。

后来,曹光明随他娘去了邢台,当然是嫁带过去的。至此,没有了曹光明这一坚强的领导核心,我们曾经团结一致近两年时间的三人帮正式分崩离析。

只是,和老民棍子在一起的时候,经常提起曹光明,我们经常重复说,也不知道他在那边习不习惯,好不好。老民棍子建议给曹光明写一封信，由我主笔，我说，写什么呢，又不知道确切地址。老民棍子说，写好了先放着，等打听到了再寄给他不迟。

我想想也是，便在纸上写道：光明阿曹，你在邢台，是否安好？我和老民，经常想起。我们弟兄，战斗情谊。那边陌生，你要注意。好好学习，保重身体。虽然遥远，虽然分离，我们心中，永远有你！！！

信写好之后，老民棍子买了信封和糨糊，粘了，但一直没有地址，就由我保管着，夹在课本里，后来又放在了我的背包里，直到现在，也没有发出去。

溃败的乡村

自戕的村庄

想了又想，我决定还是回去。母亲生于1948年。虽在很多地方尤其庙堂之上，她这个年龄的人还都郁郁葱葱，可仅比她年长两岁的父亲却在2009年春天去世了。父亲患的是癌症。他的猝离，让我想到生命无常、逝不再来等令人沮丧和悲怆的词汇。2012年8月初的一天，当我带着十岁的儿子在熟悉的村口下车，看到村庄，新起的半边楼和青石斑驳的旧屋，山坡上年年枯荣的草木，蓦然觉得一种强烈的空洞感，还有一种凶猛的东西冰雾一样迎面袭来。

我打了一个冷战。这是我从来没有过的感觉。虽离家多年，几乎每年都要回一次南太行。以往，我总觉得，喧嚣时代，偏僻的乡野是最可安妥身心的，在外的一切嘈杂和纷纭恍若乌有。我开始想，可能是父亲不在了，作为他的儿子，我只是兀自觉得内心荒凉而已。

到家与母亲坐下，聊起一些村里最近发生的事情。那种凶猛的东西愈加明显，冲撞得我心脏发疼。母亲说，村里仅有的一对我还能叫爷爷奶奶的人前后两个月内去世了，都是癌症。邻村一个老人，血管瘤，有些部位都爆破了，忍不住那种疼，喝农药自杀了。还有一个，年近四十，养蜜蜂，赚了不少钱，前一年发现胃癌，做了手术后，活动如常，今年春天突然死了。本村一个堂大娘，也是癌症，以前胖得像碾磙子，炕上躺了几个月，就剩下一把骨头了。母亲讲的时候，我觉得全身发冷，骨头里面好像也结了冰霜。

站在一边山岭上，葳蕤草木接天连地，还如我幼时模样。眺望对面的村庄，我少年时代与众多伙伴白昼背着书包在窄路上奔跑，夜晚趁着明月啸聚石街，那种呼喊、亢奋和快乐，似乎就在耳朵背后。可是，现在的村庄，除了几声狗叫鸡鸣，连孩子的哭声和喊声都没有了。只看到几个老人，拄着拐杖，弓着腰身，在徐徐向上的石阶上蠕动。弟弟说，三堂哥、六叔、兆林、俊林……都携家带口进城了。

我叹息一声，想起缠着爷爷讲故事的夜晚，躺在他旱烟味道浓郁的身边，央求他给我讲神仙鬼怪、过往岁月里的旧事。而今，村庄的人渐渐减少，老掉的房子在冠盖庞大的梧桐、洋槐、椿树下，居住过它们的人，大都从村庄转移到荒野，从人转变为黄土。没了人住的房子，也逐渐风烛残年、自我败坏，有些房顶上长满茅草，与坟冢无异。

和母亲、弟弟坐在院子里聊天、说家常事儿，头上星空依旧，狂躁了一天的蝉鸣被蛙叫、鸟呓、虫唧代替。有风吹来，草木的腥味让人蓬动。近午夜，睡在当年老房子里，鼠们在房顶和里屋奔窜打闹，夜枭的叫声从另一面山坡传来。我想到父亲，那个六十岁出头就在人间消失了的人，我和弟弟是他与母亲栽在人间的两棵树。

尽管他离去三年多了，可房屋甚至房屋周边仍旧有着他的气息，强烈、持续、永不消散。我还想，从前的村庄极少听说"癌症"这个词，偶尔有一个罹难者，乡邻往往震惊得眼珠外凸、嘴巴半天合不拢。可就在前几年，与父亲同年罹患癌症的，附近村庄就有三十几个人。有的确诊一月而亡，有的三四个月。我在家侍候父亲期间，几乎每天都能听到断肠的哭声。

亲戚们一大早就来了。其实就只有小姨、姨夫一家和干姐姐一家。母亲很高兴。热闹了一番。亲戚们返家。儿子和弟弟的两个女儿在山坡上捉知了。我趁着落日，沿着茅草横行的河沟向后山走。从前日夜哗哗的水也不见了，只有一些泥塘当中，老人眼泪一样冒着一些水。再向后，两边都是田地，玉米、豆角、黄豆和谷子在微风中相互摩擦，嚓嚓有声。

到一座池塘边，俯身看，水泥坝偌大，蓄水区宽阔，竟然都是卵石和污泥。不多的水里，漂着盖草能、氟乐灵、扑草净、西玛津、辛硫磷、马拉硫磷、毒死蜱、氰戊菊酯、抗蚜威、溴氰菊酯、果尔等农药瓶子，好像水中棉花或贴花塑料，艳丽灿烂。

我知道，农药含砷，是致癌物之一种。蕾切尔·卡逊的环保名著《寂静的春天》即是对农药于自然和谐和生命破坏的科学论证。时隔六十多年，乡人仍不明就里，将废弃的农药瓶子丢弃在河水中，饮水也直接取之于这条日渐干涸的小河，也包括依次向下的数十座村庄。

再向后沟走，田地靠山傍河，只剩下巨大卵石的干河沟里，也随处可见丢弃的农药瓶子。仰望的山坡上，以前丰茂的荆条、酸枣、杨树、椿树、茅草和岩石被庄稼代替。母亲说，为了多打些粮食，都把山刨成了地。远远看起来，绵延数十里的山坡，苍绿的皮肤上尽是白斑。

黑夜落在鼻尖，吃过晚饭，我对母亲说了农药对人乃至植物、土地的破坏，叫他们以后不要乱丢，喷药也要有防护。母亲和弟弟叹气说，咱这儿人都这样，再说，不喷药，杂草管不住，虫子都把粮食吃了，人就得饿着。语气当中全是无奈。

离开的清晨，远山近野飘着一层薄雾。我看了看头发花白的母亲，还有弟弟，以及站在他身边的两个小侄女，又看了一眼生身和成长的村庄。满目苍翠中，感觉一切都是寂静的，不是诗意的那种，而是肃杀与沉寂。我忍不住又打了一个冷战。转身时，心骤然疼了一下，像要自己跳出来摔碎一样。

乡人刘文斌

他比我长不了几岁。他当兵第二年回来，在马路上遇到他。穿着黄军装，戴着一顶大檐帽，脸白得像山上的石英石。没过几天，人说，那小子肯定不是好鸟，才出去当了几年兵，说话就一口洋腔。再一段时间，人说他家里请媒人给他在邻村说了一个对象。有天傍晚，我正从一个同学家出来，在马路上迎面遇到他。果真一身黄军装、大檐帽，叼着一根香烟，大摇大摆地走。身边还有一个女的，个子高挑，与他并肩，但中间保留了至少二尺的距离。

他叫刘文斌，与我们家仅一岭之隔。我记得，他们家后山上有几棵大杏树，每年四月底，麦芒上刚落下蝴蝶，杏子就开始熟了。有几次，我和弟弟联袂，从山这一侧翻到山顶上，趁他们家人吃饭的空当，爬上树偷一些杏子。他爹或者娘发现了，大呼小叫，吓得我赶紧从树上溜下来，腿上胳膊上划了好几道血印，也顾不得疼，就仓皇地顺着山坡溜之乎也。

第三年夏天，刘文斌又回来了，而且是一年中的第二次回家。村里有当过兵的人嘀咕说，哪有那么随便，又不是干部，一年回来两回。准是偷跑回来的！这样一来，刘文斌在村里的名声就坏了，这人嘴巴一动，那人耳朵一闪，就人人皆知了。我又听人说，女方家知道刘文斌在部队不好好干，想和刘文斌退婚。刘文斌二话没说，跑到女方家里，提着一根棒子，要打未来丈母娘。丈母娘害怕，关门上闩，任他在院内叫骂，大气不敢出。

人说，这婚退定了！可没过几天，那女子又和刘文斌一起，一个大摇大摆，一个低头小步跟着走。人又说，猪贱了少卖个钱，人贱了皇帝他爹都没一点儿办法。看起来，那女的死心眼，跟定了刘文斌。

刘文斌对象叫曹月玲，大致比我大个三五岁的样子。一张方脸，很小却又很白。不管见到谁，嘴唇都嘟着。对她或者他们家人有意见的就说，曹月玲总是噘着个嘴，能拴十头大叫驴。喜欢她的人则说，人家曹月玲嘟着嘴，不怒自威，冷冷的冰冰的，估计只有刘文斌这种二货才能把她暖化了。

我倒觉得，刘文斌那样做也没错，甚至难能可贵，为了自己喜欢的人，和丈母娘干一仗又如何？不是孬种而是好汉。

三年后的冬天，刘文斌背着行李，和第一场雪同时返回村庄。只有一个人，头上冒白雪，脚下滑溜地回家。次年暮秋，北风沿着沟沟岔岔清扫树叶，还有灰土和茅草。空寂的村庄中，忽然传来邓丽君、董文华的歌声，刘文斌黑得连乌鸦都得撞死的家突然间热闹起来。刘文斌西装革履，胸前小红花，带着车，到邻村把曹月玲娶回了家。

乡间结婚，其实是几天的时间，一旦过了，日子便会平淡琐碎下来。一年后，曹月玲怀孕，不久生下一女。女儿长到五岁，曹月玲又怀孕了，紧接着又生下一女。这时候的南太行乡村及其附近丘陵地带，发现的铁矿越来越多，煤矿也在增加。到铁矿、煤矿去，成了南太行乡村人生财致富乃至贴补家用、攒钱供孩子上学、起房盖屋、娶媳妇的唯一钱财来源。尽管，总是有人在铁矿煤矿下死于非命。但乡人认命，罹难者被认为命该如此，即使不在煤矿铁矿干，也难逃一死。其他人也信命，但相信天底下人多如猪毛，灾祸不一定能看中自个儿。

刘文斌和曹月玲也是一样，新婚的快乐几乎在孩子出生之后，就变得平常。看着有些人在铁矿煤矿鼓起了腰包，刘文斌也扔下锄头镰刀，加入其中。先是跟着其他人一起下井，挣的钱虽然不多，但总比种地倒贴钱强。一年一年过去，他和曹月玲的日子过得水波不兴，在村里不属自己差，也不比别人强。两口子抱着两个女儿，心里嘴里都说，再有个儿子就好了。

在南太行乡村，有儿没儿仍旧被视为人生圆满与缺憾的重要标准。无奈，两口子同心戮力，怀了一胎，再一胎，瞧瞧找人看了，还是瘪嘴葫芦，又怕计划生育罚款，就偷偷做了。到大女儿十三岁的时候，刘文斌的大姐夫突然翻了个身，从贫下中农一下子就爬到了包工头的位置上。上阵亲兄弟，打仗父子兵。刘文斌就跟着他干。姐夫当包工头，怎么也不能让妻弟吃亏，就让刘文斌做副手。干了两三年，刘文斌的腰包也跟着鼓了起来。眼看到了年关，该回家关门喝酒抱老婆了。有天下午，刘文斌和姐夫几个外出喝了一顿酒，回到矿上，刘文斌说下井看看那帮孙子有没有偷懒。姐夫说，算了吧。刘文斌说，我偏偏要去看看，说不定能逮着俩懒虫，今晚的酒钱就有了！

这一下去，就遇到了祸事。铁矿冒顶，他被砸中后，其他工人鬼哭狼嚎，刚逃出来，"轰"的一声，整个井都塌了。

几年后，刘文斌家盖起了新房。曹月玲跟着两个女儿过，又要了一个小子，算是跟刘文斌找了个后人。这时候，我也离开家乡多年，关于刘文斌和曹月玲这些事情，都是回乡时断续听说的。记得第一次听到刘文斌的遭遇，震惊又叹息。路过他的新房子时，总觉得心里麻麻的。2012年我再回乡，却听说，曹月玲和本村一个小她十多岁的二流子相好，结婚不久，就生了一个大胖儿子。那二流子在饭店里摆了十桌，狠狠庆贺了一番。乡人对此总是若有所思，说，人真是蹊跷诡异，谁也不知道这一辈子会咋变。我又叹息一声，似乎又看到了穿绿军装、戴大檐帽，带着曹月玲在马路上大摇大摆的刘文斌。

隐隐作痛

每次回南太行乡村,我都想能在短暂的一个月或者二十天时间内,不刻意地遇到一个人。她叫什么名字,我忘了,只记得她是西岔村人,姓刘。如果我没记错,她母亲的娘家是我们村的。按照辈分,我该叫她姑姑。实际上,她小我一岁到两岁的样子,比我低两个或者三个年级。

可笑的是,我至今没和她正儿八经地打过照面,唯有的几次,也都是看一眼,转交了东西就走。她只留给我一张姣好的面孔,以及那张面孔上娴静、优雅、矜持和理解人的神情。

高中毕业后的岁月茫然无度,一会儿沮丧,一会儿振奋。沮丧的时候坐在黄昏的树杈上看墨色的天空和大地,听虫鸣和随即而来的秋风在山川之间奔腾呼喊;振奋的时候两腿在村路上摩托车一样狂奔,哪怕是一星半点的好消息,我都如惊马飞掠。邻村的同学三民也如我一般,但他条件好些,有在政府上班并任职的父亲。即使落榜,他也知道自己不会像我这样的纯农民一样，不可抗拒地落入庄稼地黄土天，他一定会有一份即使我们把脑袋削成锥子都难以获得的好工作。

秋天的某一晚，三民站在对面马路上扯着嗓子喊我。我正端着饭碗，站在院子里的椿树下闷头吃。听到就大声应他。三民让我去他家一趟。我说好。放下饭碗，我就萤火虫般从一边山路上飘到了三民所在的村子。在此之前，三民母亲开了一家小卖店。三民高考落榜后，他一直替母亲看店。

小卖店里有零星的客人，烟雾把整个房间弄得云霞蒸腾。十点多，客人都走了，只有北风不时掀起门帘，捧着灰尘窜进来。我说回家，三民说不要回了，晚上在我这儿睡。我说那不好。三民说，有啥不好的？我和你从光着屁股到穿上衣服，从光板到毛黑黑，多少年交情了。没那么多讲究！我只好应允。刚躺下，三民就对我说，他喜欢西岔村一个姓刘的女孩子。我说我知道，是好事。三民叹了口气说，怎么才能追到手？我煞有介事地想了一顿说，从家境看，你爹是领导，她爹当厂长。般配。从年龄看，你大她三四岁，也没啥嘛。

三民拉着灯，一咕噜坐起来，一脸兴奋地看着我说：你小子不是挺能写情书的嘛，帮帮我！我笑了笑。

关于这一点，我得承认，在我们那班同学里面，我的学习成绩堪称半吊子打酱油，可写情书之类的还在行。主要是自己有过实际操练。几年前一个上午，我实在忍不住内心熊熊大火，写了一封情书，希望暗恋很久的那位女同学赶紧送点沧海水。不料想，沧海有水不给我，反被添了一堆木柴，差点把我嘴边的绒毛都烧成炭了。

说干就干，三民拿出早就准备好的纸笔，又给我拿了一堆小吃。我写了几行，他忽然说：不行，这字体是你的，不是我的。到时候别阴差阳错，好闺女跑你家了。然后自己拿过纸笔，让我说，他写。折腾半晚，一封情书正式出炉。封好后，刚躺下，三民又爬起来说，咋送到她手里呢？我没吭声，也知道，送情书表面看是个好差事儿，可如果女方不同意，父母生气的话，肯定要把我劈头盖脸骂一顿。

三民叹息一声，转身，又叹息一声，再转身。我本来睡意袭身，双眼酸疼，却禁不住他这么折腾，就说：我去我去！三民高兴地拍了一下巴掌，又拍拍我的肩膀说：就知道你小子好人做到底的。

我没想到，那刘姓女子同意了。当我惴惴地站在他们家门口，看到她那一刻，差点转身就跑。颤抖着把信交到她手上后，扭头就射出了好几米远，背后扬起一团白烟。我也不知道那女子怎么把回信转到三民手上的。三民再次喊我，还是为了这件事情。这么一来二去，当年十一月，两家按照乡俗规矩，递了手巾，就是男女双方家长谈好后，男方由媒人和父母带着，买一双大红枕巾，并一千元钱，送到女方家。女方家收下了，就算关系正式生效了。

这一年腊月，我离家万里地到西北当兵。再次回来，是两年后的夏天。到家听到的第一个消息，就是三民哥哥大民因癌症去世，不久，三民就和他嫂子住在了一起。我惊诧莫名，脑子里迅速闪现出那位刘姓女子的姣好面容。更令我震惊的是,刚和嫂子成家一年多一点,三民也罹患喉癌。按照盹病人必须在上午的乡俗,第二天一大早,我和母亲买了一些东西,去看望三民。

三民躺在小房间里,满屋子苏打水味道。我进屋,他在床上只是撩了几下眼皮。我喊了他名字,他气息微弱地看了我一眼,嘟哝了一句。我知道他说的什么。抓了他的手,看着他只剩下骨头的脸,眼睛好像掉进黑色悬崖。他的手动了一下,我能感觉到他也在使劲攥我。眼泪哗哗而下,打在他床边的地上。

我想问问他为什么要和他嫂子在一起,而与那位刘姓女子退婚?还想知道,那位刘姓女子嫁到了哪里?而眼前的三民,已经说不出话了。我似乎能感觉到他在这件事情上的真实想法,甚至他的深层心理。

现在,近二十年过去了,三民早已成为一抔黄土。我在外,年年回家,却再也没有见到那位刘姓女子,甚至连问问她现在哪里都没有勇气。心里却总是觉得,当年撮合了三民和她的婚事, 三民半途却为了嫂子而与她分开。这多少有些不圆满,对她,似乎也是一种伤害。而我无意中扮演的角色,总是叫自己心怀惆怅,无法释怀。多年过去了,这种感觉依旧清晰,且隐隐作痛。

祖父的抗战时代

惭愧的是，我一直不知道祖父祖母的出生年月，只知道，四十五六岁，祖父患白内障，进而失明。8岁到12岁那几年，我天天晚上都去爷爷奶奶家睡。祖父抽旱烟，睡前也抽。我躺在他身边，睡不着，就要他讲故事。起初，一切都很新鲜，木匠在山西的奇遇、小商贩半夜惊险、开荒农民在野地的异象，乃至村里故人死亡时候的诡异表现。诸如此类，听得我汗毛直竖，手颤抖得连给他点烟都划不着火柴。

天长日久，我就把祖父道听途说的故事挖空了。每一躺下，我就要爷爷讲故事。祖父抽一口旱烟，赤红的火苗在漆黑的房间明灭。耐不住我的央求，祖父无奈重复他以前讲过的故事，再后来，就只能讲他自己的一些亲历往事和自身经验，都很遥远，含混不清。好像是几十万年前发生的事。

有几次，我问祖父的小时候，是不是也和我一样，过年有新衣服穿，有饺子吃，还能放鞭炮，一个村子的人在大年初一早上相互走动，磕头拜年，等等。祖父嗨一声说，那时候，整天打仗、逃日本鬼子，别说吃饺子，有榆树皮吃就是好福气了。

祖父说，我们那时候，吃没吃的，整天担惊受怕，脑袋都在裤腰带上悬着呢。吐了一口旱烟，祖父说：1938年春天一个早上，忽然见不远处的南山上面，有一些人骑着高头大马，吆喝着，向河沟而去。河沟很大，也没有路。有人大叫说，日本鬼子来了！随即是惊慌的奔逃，不一会儿，村人都散在了山上。祖父跟着曾祖父、曾祖母一溜烟上到一面悬崖边，拨开荆棘和茅草，撅着屁股往一个比较隐蔽的石洞里钻。正钻着，曾祖父忽然惊叫一声，跟在后面的人魂都吓没了。还以为遇到啥可怕的人和动物。稍停片刻，曾祖父继续向里面钻。

洞里有一个人，穿着一身军装，眼窝深陷，有气无力地靠在石壁上，怀里还抱着一杆枪。曾祖父拿出一只烧熟的红薯，那人一口就吞了下去。一连吃了几个红薯，那人才开口说话。说他是八路军，和部队走散了，躲到这洞里有些天数了。还说，他那杆枪锈得根本拉不开栓。又听说鬼子来了，只好在这洞里饿着。

和祖父一家一起逃到后山躲藏的，还有一个孤寡妇女，年龄大致在四十岁左右。叫蓝妮子。蓝妮子有个毛病，就是好吃。连上茅房嘴里都嚼着干柿子。村人在大小山洞里躲到下午，也没见鬼子到后山来。祖父趴在洞口，用一堆茅草挡住脑袋，往沟底和左右山坡上看。落日之下，遍野金黄，不知是谁，在山顶上点起了一堆火，上面还架着一口铁锅。曾祖父说，那肯定是蓝妮子，好吃鬼！曾祖父话音刚落，"嘣"的一声枪响。正在添柴的蓝妮子一声没吭，就栽倒在地。

尽管外面没了动静，可没有一个人敢爬出石洞，三天后，曾祖父才带着一家人回到村里。这时候，已经有不少人回到村里。原先鸡犬相闻的村子一片狼藉，猪、鸡、羊都不见了，有几座房子成了一堆废墟，有些灰烬当中，还有火星。再几天一个傍晚，从北面山岭上又过来一支队伍，村人毫无防备，只能听天由命。谁知道，那支部队只是从村子外围路过，向山西方向逶迤而去。

祖父说，那是石友三的部队，一看就是打了败仗，一个个歪戴帽子，破衣烂衫，低着脑袋，半死不活的。一年后的秋天某一个早晨，祖父一个人在地里拔萝卜。正在忙活，忽听身后有人喂了他一声。祖父转身一看，吃惊不小。那人倒不是鬼子，而是一个戴着日本军人帽子，上身黑褂子、下身粗布裤子的男人，要不是那帽子和腰里的匣子枪，和村里的男人没啥区别。

那人喊了一声老乡，问祖父说，从这里还能到哪里？祖父手里提着一根粗长的白萝卜回答说，到武安、辽州。那人哦了一声，随即一屁股坐在地沿儿上，掏出一盒纸烟，给了祖父一根。那人又问了一些情况，祖父支吾了一下，说他不是本地人，是从山西回来串亲戚的。那人哈哈笑了一阵，说：老乡，别给我耍那个心眼。我也不想害人，就是混碗饭吃。祖父笑了笑。那人掐灭烟头，起身，朝原路走了几步，忽然转过身说，皇军可能还要来。然后甩着大步子，从卵石横陈的河沟里走远了。

几天后，五里外砾岩村的张双柱被鬼子砍掉了脑袋。张双柱年老耳聋，起初，儿子要背着他去山里避避，张双柱拳打脚踢就是不去，还说：日本人，也是人，再凶还能把我老汉毬咬掉?!没想到，鬼子一进村，就找到了坐在柿子树下望天的张双柱。鬼子让汉奸问他八路军的窑洞在哪里。张双柱把窑洞听成了洋桶。问了好几次，张老汉还说洋桶。一个鬼子不耐烦，上去一刀，就把张双柱的头砍了下来。

我惊了一下，又问祖父窑洞是干啥的。祖父抽了一口旱烟说：那时候，八路军在咱这边山里藏了不少粮食、布之类的，鬼子找，肯定是想断粮草，把人逼出来消灭掉。讲到这里，夜很深了，不一会儿就睡着了。

那一晚，尽是梦，梦见自己一直跑，但不知被什么东西追杀。跑到一座悬崖边，后面的人就要扑上来的时候，我只好闭着眼睛跳了下去，飞速下落之后，却没摔死，而是陷入了一个大泥潭，泥潭却又是红色的。我使劲往岸边游，想抓住一根斜过来的树枝，可怎么挣扎都没用。就要被红色泥浆吞没的时候，我猛然惊醒，长吸了一口气。这时候，祖父已经起床，拄着拐杖，端着半碗玉米粒，正咕咕地给鸡们喂食。

存在与消失

从2003年开始，每次回到南太行，我都想搞一次同学聚会。表面看来，是想跟时尚随大流。内里，却有两个原因：一是借故炫耀。当年的同学中，我是最顽皮的，在学校乃至落榜之后，我名声最大，不是贤孝、有为、聪慧、规矩，而是吊儿郎当、大手大脚，且时常会有一些愚笨的冲动与对世俗的无度反抗。以至于村人皆说我乃是二流子一个，不成器。可如今，我还算混得不错。炫耀的是世俗，有着严重的、不自觉的恶俗和无耻；二是情感。分开多年，同学们虽都是一个乡的，这边打嗝儿那边可闻。可生存与生活的刀锋时刻锋利无比，无时无刻劳人形体。一些同学英年早逝，且遭受飞来横祸者居多。已经夭亡的几个，除了一个为癌症外，其他皆在煤矿铁矿罹难形销玉损。剩下的，虽生存状况不一，容貌渐渐变皱，满身沧桑，但依旧鲜活如初，可以把酒论盏，共忆过往。

这两个原因之外，还有一些，我自己都说不清楚。总是觉得，这么多年了，当年青葱的人，日渐中年或已经中年，在家乡那些，有的结婚早，现在已经做了爷爷；稍微迟一点儿的，也都是儿女齐身。每次回家偶遇他们，有时候表现冷，有时候热，此外，还有一种怪异的味道弥散出来。由此，我想了很多，诸如生命无常、人和人之间难以言传的微妙心理、世俗中的那些禁忌，文化、生活意识上的间距与错差，难以言传又心有不甘。搞一下同学聚会，也算是一种沟通，还有召集。

这种召集里面，还有清点之意。有些人不在了，如小民，我刚离开南太行乡村两年时间，他在一起公共汽车爆炸当中肉体四分五裂，只捡回几片碎骨肉安葬；另一个同学张如海，在砖厂时候被切断了胳膊，后花钱买了一个外地女人，没几年，媳妇跑了，自己也上吊死了；再一个叫如敏，在铁矿干活，好不容易自己入股做了领班，却因为突如其来的肚子疼，不日丧命；还有一个叫建平，在铁矿井下，跟几十个人一同被埋。我最好的同学三民得了癌症，二十六岁就死了。张梅，因为和老公赌气，喝了农药，没抢救过来，二十三岁就从人间转移到了坟丘。

每一听到这一类的消息，我震惊，而后长时间不语。想起多年前在学校，我和他们之间有过激烈的对抗，也有过情谊。夏天时候啸聚一起，违抗家长和老师，到水库去玩水，几个或者十几个人脱光，站在烈日的大坝上，排成一排，然后喊一二三，一齐跳入水中，溅起的浪花打疼太阳，连山坡上的草木都弯了身子偷窥。秋天的周末，会约好一起到山里摘野山楂、野葡萄，在森林里狼一样奔突，至月照流水返回。

数量可怜的女同学当中，有我暗恋多年的一位。她还是那么美。十多年来唯一一次见到，还怦然心动，脸发烧，步子轻飘。有一种激越，使得我身心充盈欲爆破。还有一刘姓女同学，其实我表示过爱意。有一次去看电影，我买吃的，又把二十块钱给她保管。我想那是表示情感的最佳方式，却不料，她回家后即对人说了。不久，传到我耳朵里的，却是我这小子不知道钱管用，胡吃海喝不管父母死活等话。有一次，她居然带着她母亲，到我家找我，要对我声明，嫁狗或者在家当一辈子老闺女也不会嫁给我之类的。当时我羞愧莫名，想一头撞死算了。

在乡间，同学情分当中，总是掺和了太多的乡邻因素。同学间的矛盾、斗争乃至关系好坏、感情铁否，也都牵扯了太多的家庭、血缘因素。而多年之后，这一切似乎都不复存在了，尤其对我这样一个离家多年，且于2013年正式四十岁的男人来说，虽然世事还不算洞明，人情还不够练达，也都有些万物豁然、俗世开朗之感。因此，搞同学聚会，功利因素退入其次。我只是想，请当年的同学们一起聚聚，不管他们是个体户、打工者、教师、农民、家庭主妇、校长、富商，甚至孙子的奶奶或再婚他乡者，这一切都不重要。

重要的是人。

唯有时间，生命唯一的利器和衡器。由此，同学聚会，更多的是一种站在时间某个段落当中进行检阅，对人，尤其是熟悉的，终生难忘的，一起哭过、笑过甚至无耻、无聊过的人，有几个小时在一起，这种现实和精神意义显而易见。

前几天，和一个同学聊天，又说到这一想法，他表示支持。他仍在村庄，与当年的同学距离最近。他说他可以联系到一些人。我说我要全部！他叹息说，全部？早就不可能了。我蓦然神伤，也觉得，人在时间中丢失，也自我丢失。人被时间证实存在，也被时间证实消失。人，都在这存在和消失之间做事情，以自己的姿态，在存在之中运动，却又被消失紧追不舍。

很多时候，我回乡心情迫切，想立马、现在就站在同学面前，和他们一起，说些旧时的话，做旧时的事，甚至癫狂、无度，都不要紧。就在前几天，我听说，一个同学，突然心肌缺血，若不是抢救及时，现在也就没了。我听了，良久没出声。心里边，忽然跳出一大群人，背着书包，站在冠盖庞大的核桃树下，女生羞涩，男生张狂，然后一起向着墨绿色的深山奔跑。

层层浸染

母亲常说,人跟庄稼一样,也是一茬茬、一层层的。

刚进大姨家门的时候,不论谁见了,都说:那可是一个好媳妇。长得又白,做饭很好吃,说话声音脆脆的,见到任何人,都是一脸的笑。栗岩坪村头一个!母亲也总说,你三表哥娶了个好媳妇,受苦受来的福气!

我大致十二岁。三表哥娶媳妇那天,我也去吃宴席了。还和一帮子年龄差不多的人闹洞房。南太行乡村闹洞房也很嚣张、原始,但必须都是叫新媳妇嫂子的年轻小伙子。几个人一起,把新媳妇按住,分别提了四肢,把人家屁股往墙上或者被子上面蹾,俗称“打油蹾”。

我是表弟,再加上母亲、大姨和小姨三姊妹关系一直很好,自然放肆一些。我幼年时代的大部分时光,都在大姨家度过,四个表哥凡事都护我。三表哥没结婚时,我和他,还有四表哥经常一起睡。有天晚上,四表哥说,三表哥上初中时就找了媳妇,还是同学，人长得很俏！我懵懂问，咋才算是好？四表哥嘻嘻笑了一声，让我问三表哥。三表哥却一脸正经，一只手挠着脑袋说，好媳妇就是对自己心事，也对她心事的。

三表哥三表嫂住在新房子里，和二表哥二表嫂同一个院子。二表哥四年前结婚，生了一个女儿。两年后，三表嫂和三表哥也生了个女儿。生了孩子的女人，浑身都溢着成熟的蓬勃味道，老远，就能觉得到三表嫂身上散发的那种母性的丰沛气息。我每次去到大姨家，不愿意再在大姨家多待，总是流窜到三表哥家。那些年，三表哥在五十里外的煤矿下井。我去到，三表嫂也不生疏，家里有啥就给我啥吃。我对三表嫂好感随之浓重。也想，自己以后找媳妇，一定要找三表嫂这样的。

转眼又是春天，周末，我从市里学校回家，刚进入山区，就闻到了汹涌的花香。那是洋槐花，波涛一样席卷而来。到自己家，却见铁锁横陈。奶奶老远就说：快去你大姨家吧，你二表哥上吊死了！

大姨家和我们村距离三里，我一身热汗地转过一道山岭，还没进村，就看到二表哥家人来人往，一口黑棺材横在小麦场上。看到四表哥，他摇摇头，三表哥和三表嫂也都一脸悲戚。大姨妈大小便失禁，神经失常。

埋葬了二表哥，二表嫂改嫁，大姨抚养二表哥二表嫂的女儿。没多久，这边院子就空落了起来。到秋天，就蒿草遍布，一派惨败。

我听母亲和小姨说，大姨家的几个表哥表嫂之间很不团结。二表哥死后，大表哥说给老二、老三盖房子时他出力最多，现在老二上吊死了，房子理应他住。三表嫂却说，那怎么可能？俺以前和二哥同一个院子，理应归俺！对此，大姨妈和大姨夫左右为难，觉得这财产应是二表哥女儿的。谁也不给最好。大表哥生气，自己不好发作，大表嫂站在房顶上骂大姨偏心，还带脏字。三表哥二话没说，上去把大表嫂打了一顿。

三表嫂也说大姨偏心，二表哥的房子闲着也不给用，老东西，不讲理！

大姨家乱成了一锅粥。再去三表哥家，我心里就有些隔，尤其是对以前丰腴、贤惠的三表嫂，有一种说不清的厌恶感。尽管她一如既往对我。

闹得实在不可开交，大姨、母亲和小姨姊妹仨决定请两位舅舅去调和。在南太行乡村传统中，舅舅是家长、威严，说话外甥们无条件服从。两位舅舅不仅在我们这些外甥心中凛然不可侵犯，在乡邻眼中也是权威之人。可大表嫂、三表嫂不仅不给两位舅舅面子，还当着他们的面，破口大骂大姨。

三表嫂的贤惠、漂亮形象轰然倒塌。有几次，我到三表嫂家，说了很多道理，三表嫂笑笑，然后说这不是她不对，而是大姨不对。还说大姨从来不给她帮忙干活，孩子也不帮带。我说，孩子是你自己生的，婆婆高兴了带，不高兴了不带，没理由强求，更不能骂婆婆！三表嫂说，你小孩子，不懂，俺不给你说！

我又去给大表嫂说。还没开口，大表嫂张口就骂，那老东西就是偏心！我气急，怒斥说：你自己马上也当婆婆了，到时候，你儿子媳妇也这样骂你你好受吗？大表嫂翻了一下眼皮说，俺就一个小子，俺到啥时候都不会像那个老不死的那样偏心！我说，二表哥虽然不在了，可人家还有女儿！女儿有权继承财产！大表嫂又哼了一声，轻蔑地说，一个闺女家，迟早都是别人家的人，房子她还能带走？

就这样闹着骂着，二表哥的女儿渐渐长大，大姨日见苍老，还自己种地、挑水、上山捡柴火。2007年秋天，大姨带着表姐、一个外孙、两个孙女、两个孙子，一起去给邢台县的四表哥收秋。三表哥的大儿子开三轮车，走到一下坡路上，刹车失灵，车翻，表姐和他十三岁的儿子当场死亡；大姨头部受伤，昏迷不醒，几个孙子孙女骨折或内伤。在床上疼痛了几个月，大姨只字没说，就闭上了眼睛。

现在再回家，我不愿意再往大姨家走。每一想起她，就忍不住叹息，说她命苦，心里仍旧记恨两个表嫂。有几次，三表嫂打电话叫我去她家，我不情愿去了，说起旧事，她好像有点后悔，但任凭我怎么说，她都不发表意见，有时故意岔开话题。母亲和妻子叫我不要再提旧事，可一看到三表嫂，就想到可怜的大姨。2010年，三表嫂的大儿子也娶了媳妇，很快也有了孩子。再次见到三表嫂，吓了一跳，生于1966年的她，身体干瘦，皱纹满面，头发也白了不少。我暗自叹息了一声，一时不知说什么好。

梦中长哭

我迄今为止的梦境几乎都模糊了季节特征。这一次，是我和前一个月回家时送我到武安县境乘车的堂哥一起，乘着一辆不知道是什么模样的汽车，好像从云端驶来的一样，忽然就落在了姑姑所在村庄的道路上。透过车窗，我看到以前是老水井的地方竟然陈列着一堆坟墓。大片土地是褐黄色的，坟丘也是，周边没有一根草，附近山坡上依稀长着几棵黑色的树。

我对堂哥说：前几年，这里少一座坟墓，现在却多了一座。要是俺爹在，这坟地要再短一点儿。堂哥说：可不就是的。紧接着是一声叹息。我胸腔憋闷，似乎被塞了许多茅草败叶。再后来，我在临近公路的姑姑家门前下车，表妹带着孩子在路边洗衣服，上衣是蓝色加白色的长袖衫。我下车，和表妹说了几句话，到姑姑家借了一辆自行车，又从包里掏出一本厚厚的书。然后告别，骑着往自己家走。公路陡峭，骑自行车向下不费什么力气。正走着，我忽然把厚厚的书籍捂在嘴上，扯着嗓子、声嘶力竭、极度悲伤地哭，前后哭了三声，似乎要把声带撕破一样。我的哭声还很讲究，是“嗳—嘿—吼—吼”，尾音拖得特别长。

我哭第一声，胸中就空了一些，感觉也舒服了一点儿。再哭一声，又觉得胸中发空，更舒服了一点儿。第三声，就有点神清气爽的感觉了。哭完，我把书从嘴巴上拿下来，看到书的翻页部分卷了进去，也湿了。

又来到姑姑家，表妹还在那里洗衣服，我放下自行车，背了包，告别，又和那位堂哥乘上了一辆车，向来路驶去。

梦境到此戛然而止，醒来，是2010年11月3日15时9分。初冬的阳光透过窗玻璃粗暴地打在床上，我想起这个突如其来的梦境，自觉诧异。我问自己，为什么会做这样一个梦？梦中的一切都跟真的一样。那村庄、姑姑的家居环境，还有早已出嫁的表妹，甚至连说话的腔调和表情都和现实没有差别。

我想：这可能是一种回忆。一个月前，即2010年9月29日到10月1日，我借到北京出差的机会，火急火燎地回过一次家，只待了一天，然后请那位堂哥骑摩托车把我送到有班车的武安县境，在邯郸一夜，于10月2日早上返回北京。这一次的梦境，大致是月前回家情景的一次回放。

可我又觉得不对。在梦中，一进村庄，就看到成片的坟丘，还和堂哥对话。说的都是我最想说的，在心里郁结很久的。——2009年3月9日，父亲故去，我家的祖坟上，又多了一座崭新的坟茔和一颗灵魂。一年多来，我最不甘心或者想不通的就是父亲为什么会在63岁罹患癌症逝去，他去之后，家里凭空多了一片巨大的空茫。2010年四五月间，我在北京，距离家只有三个多小时的路程，几次想回去看看，可就是不敢。九月底这一次，我到北京之前，给娘说了，弟弟得知后，诘问我说：到北京了还不回家看看，这能说得过去吗？

我无言以对。或许，弟弟终年在家，已经对父亲的病故没有了切身感受，也许是艰难的生存让他暂时忘记了疼痛与怀念。临回家前一个夜晚，躺在北京羊坊店路的床上，我打电话对妻子说：我不想回去，不是不想咱娘，是我回去后，不敢在自己家里待，家里到处都是父亲的遗迹，他一生劳作的农具，还有他栽种的树木，房子上每一块砖石都经过他的手掌摩挲……

现在，他不在了，我无法忍受回到家里张口喊爹没人答应的悲痛，也无法忍受没有了父亲的家，在任何时候都弥散的那种孤寂冷清。我没有了父亲，就是一个没有根的树了。

第二天回到家里，吃了一顿饭，和母亲一起去看望上年纪的亲戚。离家近二十年，亲戚们越来越少，令人心疼与怀念的坟丘越来越多，散落在南太行的草野间。晚上，也没有回自己家，和母亲在小姨妈家说了半夜的家事和心事。第二天下午走，也没敢过父亲的坟丘下的马路，而是从邻县武安转道邯郸。

在此之前，我总想：要回去的话，一定要跪在父亲坟前，扯着嗓子哭，大声叫爹，把从他罹患重病到故去两年多的憋屈和悲痛哭出来，哭他个昏天黑地，江河倒流。可回到家后，母亲说，不是清明、十月一，是不能去上坟的。我黯然。有时候，乡俗也是禁忌。我看了看母亲日益茂盛的白发，只好打消这个念头。心想，等来年清明节，我一定要回老家去，在父亲坟前哭出来，大声哭。

这可能就是这一个梦境的诱因和现实基础了，我也早该做了。没想到，在这一个中午突如其来。我知道，梦中的一切都极其真实，包括情感、感叹，乃至把书籍捂在嘴上的长哭。

我知道，人生是一种不断消失的过程，我们永远都在失去。这种宿命般的过程看起来顺乎自然，可落在每个人的心里的声响及印迹，是残酷且充满昭示意味的。父亲的逝去我觉得是家庭乃至我个人的一场致命的心灵浩劫，也是简洁有力的警告。在这一个梦境之中的那三声长哭，可能只是我蓄积悲痛以梦境方式的一次释放。因为，在现实当中，周围都是人，都是眼光，连长哭也是被无形限制的。至到现在我才明白，每个人的生命中，光阴无际，人乃至万物，不过是时间的祭品而已。我们所爱的，都是逐渐减少，且又无限增长的。每个人都一颗心，时刻盛放着与自己生命、生活乃至灵魂、信仰紧密相关的那一些人，或许，每个人真的是一个人类，每一个人生命，也都是一个世界。

时间之心

（代后记）

1

从2013年开始，不断做关于陈年旧事的梦。主题是乡村。不断梦到乡下的场景，过往的事物，朽掉的石磙子，枯了的水井，参天大树只剩下树桩，根部滋生了许多新枝；房屋摇摇欲倒，一根指头捅一下，就会是废墟；新土的坟茔冷不丁在眼前竖起来、曾经的村庄瞬间成为废墟，还有一些人，背靠石墙坐在太阳下面，转眼就跑到了黄土下面……醒来一身热汗，内心充满无奈和悲怆。我不知道为什么要在梦中与陈旧的人事物相遇，它们都是我经历过的，在山野之间穿梭，肩并肩甚至肌肤相亲，对面而居，一口铁锅里舀饭。而在时间之中，我长大了，他们却逐渐陈旧、松软、苍老，进而接二连三消失，遗下的那些躲在幽秘的阴影之中，发出遥远的腐朽气味。

对乡村的死亡印象始于爷爷奶奶。有血缘关系的人总是接触较多,一个炕上睡觉,一口锅里吃饭;一块地里锄草,一面坡上打柴,冷不丁拌嘴、说气话。1990年冬天,快进腊月了,日光一如既往温热、明亮,在整个村庄及其周边山野抚摸。那是一个周末,吃早饭时候,奶奶站在路边喊我。我去了,她让我和爷爷一起,把秋天的玉米秸秆一刀一刀地铡碎,再弄些湿土和水,把它们沤成肥,开春再运到地里。

这是乡村土粪的基本来源,相当于秸秆还田。铡刀起落,玉米秸秆发出齐刷刷的断裂声。一个上午,我和爷爷铡满了粪堆。吃过午饭,我回家,奶奶去一岭之隔的姑姑家。我还在午睡,就听父亲一声干号,箭矢一样往爷爷奶奶家跑去。我惊恐莫名,跟着越过山岭并一条河沟,还没到爷爷奶奶家,就听到父亲和姑姑的凄厉哭号。进屋一看,上午还抡铡刀的爷爷已经死了。面色红润,神态安详,似乎还在睡眠。

几天后,爷爷就从那座房子转到了坟地里,陪着他的,只有三棵老柏树。柏树在老坟里不知道长了多少年。我记事时它们就在。柏树下面多了一座新起的土堆,家里少了一个人。奇怪的是,我并没有因此感到特别悲伤。不是不觉得爷爷亲近,而是潜意识里觉得这不可能。他的死完全像个梦。等我觉得爷爷的死毋庸置疑,板上钉钉的时候,我已经告别家乡,去西北的巴丹吉林沙漠当兵。同班战友聊天,有人说,他爷爷当乡长;还有人说他爷爷在县政府工作。我神情黯淡,想起自己的爷爷。他是个农民,还在我当兵之前离开了人世。那个时候我对爷爷的念想出于自私,希望他也有点社会身份,用来为自己的出身增添哪怕一星半点的荣耀。

很多事情并不可靠，对亲人也是如此。爷爷奶奶当中，爷爷对我最好。奶奶喜欢和我同岁的外孙，有好吃好玩的先给表弟。爷爷趁奶奶不在，拿给我，或者小声告诉我东西放在哪里。及至现在，我仍旧怀念爷爷不屈不挠地给我讲故事的情景，也算是一种精神传导和恩惠。七八岁到十一岁，我总是和他睡在一张炕上。临睡前，他抽旱烟，我央求他讲故事。神仙鬼狐僵尸一大堆，听得我用被子蒙住头脸、浑身冒汗、心跳如雷。天长日久之后，实在没什么可讲了，就把村里和邻村的一些古怪人事说给我听。我读小学五年级时候，爷爷还专门叫我找了一大摞旧报纸，他盲着一双眼睛大声背诵马列毛选部分章节，一边催促我在旧报纸上速记。他讲的故事里，除了惊悚部分，大多是北方乡村一以贯之的文化和精神传统，是一方民众的生存状态和信仰。一代代的人，就是靠这种口述接续自己的文化。从中，我总是能够觉得时间的幽深与久远，也还能够触摸到乡村那庞大而绵延的根系。

可当他去世，我至今没有感到悲伤。每次回家，到他坟头上去点一排香烟，再跪下磕个头，叫一声爷爷。

爷爷去世十年后，奶奶也走了。两个人一前一后，虽然分开一段时间，可最终还是被拢在了一起。坟堆又大了一些。跪下时候，爷爷奶奶一起叫。有时候悲伤，眼泪落在坟头上；有时候匆匆，香烟还没燃完就起身离开。

他们住过的老房子彻底空闲了。没人住了，父母亲就把不常用的家什放进去。没有了人体温的房子，神速腐朽起来，门口长草，多而高，势头很猛，不几年时间，就遮住了朽烂的门楣。与此相比，爷爷奶奶住过的另一座房子朽坏速度更快。那一座房子，位于村子中间，属于一座小四合院的一部分。好像是我三岁的时候，曾奶奶在一个早晨因病去世。把人埋进坟地，原先住在邻村的爷爷奶奶就搬进来住了。再几年后，父亲母亲牛马一样在别处盖起了新房子，我们前脚走，爷爷奶奶后脚就搬了进去。爷爷奶奶离开曾奶奶的房子不久，以前烟熏火燎，台阶光滑的房子就没了一点儿生气，窗缝和门框上挂起无数蛛网。有几次，母亲让我去里面拿东西——锈蚀的锁孔，长满红锈。开门，一股冷风扑面而来，即使在炎热的夏天，也忍不住起一身鸡皮疙瘩。

2

灰尘聚集在房屋内外，丝瓜藤一样密集而柔韧，破败的窗棂有阳光钻进来，曾经被肉体和衣服摩擦的木头炕沿黑漆漆的，并且开始朽烂；土炕坑洼不平，落着一层厚厚的黄色灰尘。我飞快拿了东西，急忙跑出，回身拉门扇的手竟然也是颤抖着的，总感觉阴暗的旧房子里，会有一只冰冷的手掌猝然将我拉住。一直小跑到远处台阶上，回头再看那扇门的时候，又忍不住胡思乱想——是不是真的有些东西在那里关闭，在旧时的空间隐藏？我不知道自己的恐惧来自什么。即使是自己出生的那座房子，第一声啼哭和第一口呼吸，张开眼睛看世界的地方，也好像和现在的自己毫无瓜葛。

我觉得了残酷,遗忘源自恐惧。莫须有的事物,消失的威力。但我还是愿意相信,有些事物是不可磨灭的,即使形体消匿,不复存在,但总会有些东西留下来,哪怕只是一种气味。就像我先后故去的爷爷奶奶,除了各自一张黑白照片、一些他们制作(购买)和用过的家具。这个人世间,再没有属于他们的痕迹了。更悲哀的是,在消逝的时间中,他们俩好像从没有过一样。我悲哀地想,废弃的房屋中布满灰尘似乎是有意味的——从灰尘开始,也由灰尘结束。

奶奶故去不久,和他们做了一辈子邻居的一位孤寡老奶奶也死去了。她没有儿子,只有一个哑巴女儿。某个黄昏,她一个人,一点儿动静也没有,就再也没有醒来。丧事是闺女和女婿操办的。相对于其他老人,她的消失尘土不惊,相邻的人看了看,也不过叹了口气,一个人的死亡就那么过去了。可这些年里,我总是会顽强地想起她。小时候,我在这些老人中口碑不错。没事的时候,就给他们挑水、抱柴火、洗晾衣服。她很会讲故事,而且还是一个少见的女才人。听爷爷说,她父亲是地主,很有钱,也叫她念书。干完活,我就坐在她家的炕沿上听她讲故事——很多年后,房子还在,被雨打烂的门楣一点点朽了。我总是奇怪地想:她佝偻的身体是怎样被运送到坟墓里的呢?她女儿之后,还有谁可以在每年的清明跪在她石头的墓前痛哭失声?

有些消失是一种断绝。我终于理解了北方乡村,人们为什么要生儿子,期待接续香火的俗世理想。对于帝王将相和贤达豪绅而言，自身的传衍可以有或者借助多种多样手段。平民则只可以利用自身——肉体、精血于他们而言，最简便也最具体。这真是人的一种意味复杂的习性。而在我们家，父母亲把亲近的逝者收集在墙壁的镜框里。成像技术真是替人解决了情感问题，从以前的画像留念到真实摄像，科技为人类带来了一种消失的抚慰和补偿。

我们家的镜框常年悬挂在父母起居房屋的正墙上。墙中间是一面大镜子，镜子上方，还有祝福毛主席万寿无疆等字样。镜框四周是年画。与尺幅较大、多是名人名角名品的年画相比，装着家人影像的镜框显得很小，但很丰富具体。里面的人距离我们最近、最亲。爷爷奶奶和父亲、姑妈、曾曾祖母一起照的。那时候他们还在一起生活。逐渐地，有人离开了，什么都没有了，只是把肉身的影像留在墙壁上。再后来，大舅在一个秋天的傍晚，从房顶上跌进后巷道，好久没人发现，等大妗子大呼小叫时，他已经全身冰凉。

母亲热爱她的大哥哥。大舅也确实是一个如父的长兄，对母亲姊妹儿几个都非常照顾。可他一生无子。听母亲说，某年冬天，姥姥姥爷为省钱，在同一天为大舅二舅娶了媳妇。第二天早上，两个新入门的妗子不约而同死去。人说，这可能犯了某种禁忌。两位新婚妗子猝死，肯定是冥冥中的惩罚。几年后，二舅又娶了一位黄花闺女为妻，接连生养了五个孩子。大舅和一个比自己大几岁的寡妇结婚。再没生养。费尽半生，替他人养了几个孩子连同孙子。他怕自己老来孤独，又收养了一个弃女。可大妗子不喜欢,养女也十分惧怕大妗子。长大后,嫁到了三十公里以外的村庄。

其实,我家墙壁上悬挂的不是大舅的生活照,而是他的一张身份证,上面只有一张寸照。

这是母亲的一颗心。她常对我说,姥姥姥爷很早就没了,哥哥就像父亲。即使姊妹几个成家以后,大舅仍旧对每个人好。把各家的事情当成自己的,尽心尽力,也不偏向。我们家盖新房子,大舅天天来,扛石头、抬大梁、和泥,别的帮忙的人坐下来吃饭,他还在忙。母亲说,人都是有心的。善心好心比钱还管用。对大舅,我敬仰,但也怵怕他。对我们这些外甥,他总是很严厉,时刻教我们学好,稍微有点忤逆或不对的,他就训斥。以至于我小时,心里敬他却不敢亲近他。

他猝死时候,我探家刚离开,到部队,才知道大舅忽然不在了。黯然一阵子,悲伤就被其他事务冲淡了。人何其悲哀,死都引不起亲人的多少念想。每次回家,有意无意地总是能够看到大舅的照片,一个满面愁苦的男人,眼睛还在单向度地看着这个世界。我叹息一声,心里喊一声舅舅。一张遗像存放在生者的眼睛里,也镶嵌在内心。只是我亲爱的大舅,消失已久的人,应该是不会得知了吧。

3

每年春节的前几天,父母亲都要用白粉或者黄泥浆涂刷一遍墙，去掉或者盖住一年来的烟熏火燎和岁月堆积。那个镜框坏了几次，父亲修好；左面的木头框折断了，他又重新做了一根。照例把那些照片镶进去，挂在墙壁上。

接下来是二舅相片，坐在他的五个儿女中间，旁边是至今还健在的二舅妗子。

大舅二舅，亲弟兄两个，人生命运却截然不同，一个儿女满堂，一个老而无终。据母亲说，大舅临死前，二舅还对他有意见。大致是因为一座有争议家产的事情。上午，二舅还跳着脚把大舅骂了一顿。下午大舅就死了。二舅得知，双膝跪倒，痛哭失声。几天后，他因脑血栓卧床不起。这一躺就是十年，直到死。

二舅去世，我去看望二妗子。坐在他睡过的床上，忽然问二妗子说：俺二舅呢？话出口，才知道唐突。二妗子和表哥表嫂都听到了，看看我。谁也没说话。

有几次，我和大姨妈家几位表哥、小姨家的一个表弟商议，各自出点钱，分别给两位舅舅竖块墓碑。母亲说，咱这里不兴这个。大姨妈说，可以倒是可以，就是这事情不该外甥子做。你们做了，谁知道舅舅的孩子们咋想呢？

我想想也是这个道理。乡间事，看起来复杂，可人心无处揣度。

为尊敬的逝去的老人竖碑这个想法已经很久了。很小的时候，偶然在市区的烈士陵园看到一些墓碑。觉得很高贵，有尊严。从那时开始，我就想，为故去的亲人竖块墓碑是后人该做的一件事。在石头上刻下他们的名字和生卒年月。虽不如英雄墓碑那么高大，可说的多，但他们也是曾经活过的人。人和人，不管怎么生，怎么死，作为生命和亡灵，他们都配享一块石头墓碑吧。

可又想，人去灯灭，空洞无物，立碑何以，纪念何为？

亡者肉体和灵魂虽然飘然上升和沉埋，但他们毕竟存在过，怎么说忘了就忘了呢？

每个人都会在时间的心脏上停留，并保存自己的遗像。然后再轮番风吹水洗，光照土埋。最终，都不过是一把快刀下的一粒碎屑。

世间所有飘浮不尽的灰尘，都该是一颗颗过往人的遗像或者微缩存在吧。

在外十多年，每次回到老家，万物尚好，只是总有熟悉的人再也看不到了。他们生前所住的房屋，栽种的树木，说过的话，做过的令人觉得有趣的事儿，却都还在。记得的和还时常说起的一些村事儿，还都与他们发生关联。可我一直担忧，倘若知道他们的人也都不见了呢？再有趣的事情也会消失，不被人传。多年以后，对于层叠的后人来说，他们之前，一切乌有。

这大致是一个出发点，这些年来，我都坚持为熟悉的逝者写一篇文章，记叙他们的生平。像司马迁《史记》那样。只不过，他记叙的都事关宏大，在时间中浓墨重彩且影响他人。而一个村庄的农民，连自己的子孙都无法影响。他们卑微，我也卑微。卑微者为卑微者树碑立传，当是对等的吧。

那么多人没了，世界也没见寂寥。村庄也是，一些人没了，一些人新来。这种交替和轮值，有些残酷意味。新来的人厌倦了乡村，远走城市；实在走不了的，也不愿在老地方住，在村子别处修建了房屋。如此一来，先前的村庄逐渐空了。荒草野地、鸟雀做窝、蚊虫成家。再后来，有些房子倒塌了，成为废墟。

这一印象在父亲患病的时候特别强烈。我们知道他不久于人世，按照风俗，先给他打制棺椁。一来为他的后事做准备；二来也期望民间说法真的灵验，用提前做好的棺椁来为父亲祛病消灾。为不让父亲发现，心里不高兴，就放在早就没了人间烟火的老村曾祖母住过的四合院里。做好后，母亲让弟弟带着我去看。蓦然看到一片荒草里横着一口庞大的白色棺椁，顿觉全身冰冷，继而全身颤抖。呆愣了几分钟，忽然冲过去，抡起拳头，在棺椁盖子上狠狠砸了一拳。

手臂生疼，但当时不觉得。看了一会儿那个白色的肉体收容器，再看四周依然存在但已经腐朽不堪的房屋，心里悲凉，比刀子穿心还疼。那是我幼年玩耍的场所，夜晚和爷爷奶奶睡觉的地方。那时候，四合院里还住着很多人家，老人，中年，青年，小子闺女们一大堆。不论何时，这里都是村子当中最热闹的地方。可现在，老了的去世了，活着的离开了。

时间真是一尊庞大的神，把世间所有的东西都作为他的祭品。

疼痛了半年时间，父亲去世了。他和母亲一手修建起来的居住地和生活场域里，一石一木都是他的。院子里的椿树、梧桐树、苹果树和山楂树都是他亲手栽种并呵护长大的。

头七去给父亲上坟。痛哭。可是没用。离开的时候，我对妻子说，再多年后，我也会像父亲一样，躺在爷爷奶奶的下面。妻子说她也会。俩人在路上抱头痛哭。然后抬头看着湛蓝的天空，起伏的山峦，忽然觉得，人真的脆弱，每一个人都不同，高贵、贫贱，最终都是一个方向。

时年八岁的儿子在巴丹吉林沙漠听说爷爷去世后，要姥姥帮他买了一些柏香，自己用纸杯子在楼下装了一些沙子，在阳台上祭奠爷爷。我问他怎么会那样做。儿子哭着说，爷爷对他很好，他每次跟我们一起回去，爷爷都给他烧花生、核桃吃；还帮他抓知了、摘苹果；背着他去河沟里抓螃蟹。

我使劲抱了抱儿子，泪水落在他背上。

儿子这一作法，让我想起自己小的时候，别的同学放学可以去姥姥家，可我的姥姥姥爷早就不在人世了。每次见到别人喊姥姥姥爷，心里想：他们要是我的姥姥姥爷该多好！可他们谁也没有留下一张照片。问母亲姥姥姥爷长得什么模样。母亲也说不上来。有些时候，我一个人无端地想起他们，就觉得了一种令人发晕的遥远和空。无限的时间就像一条柔韧的血线，于绵长时空中联系起来的每一个人。

身体是人在世上的唯一证据，所谓的强大存在是肉体与精神联合起来的雕像，剩下的才是靠不住的记忆和想象。

父亲去世前后，还有几位亲戚先后去世。有些年龄不大。大姨妈的长子，即我的大表哥，因为痴迷基督，再加上家产纷争，以致精神失常，滚下山坡死亡；二表哥用一根绳子将自己吊在了春天的核桃树上。父亲去世前一年，大姨唯一的女儿，也因车祸惨死，还带走了她和表姐夫唯一的儿子。再一年，同时遭遇车祸的大姨妈也故去了。我悲怆，幸好他们都有照片。每次看到，总不敢相信。时间久了，就有一种强烈的隔世感。那么亲切的面孔，怎么转瞬就到了地下？

大表哥和大姨都是虔诚的基督徒。仁慈的人是有福的。有些年，大表哥抱着《新旧约全书》荒芜了田地，门楣和墙壁上贴满基督画像；大姨每个星期都做礼拜，拖着七十多岁的病体，踩着冬天的积雪，跟着别人背诵箴言唱赞美诗。而他们却都横祸而死。

每次回到乡下，有时候路过一些早夭孩子的埋骨之地，还忍不住朝那里看看，总觉得有一种不可忽视的存在和说不清的气味，在空阔和寂静中蔓延；到亲人的坟头或者废的人居面前，还能够清晰感觉到一种人的生活气息，以及生命、灵魂在人间的那种力量。近在咫尺，熟稔的人，竟然会有那么离奇甚至伟大的作为和内心——他们逝去或还健在，每一个人在时间中绘制的影像都与众不同，也都不可轻视。

4

时间以生命作为背景、建筑和雕像。那么多人，在它的刀刃之下变成了悲哀的灰烬和静止而又不断耗损的遗像。2005年夏天，在乡村，路过一座严重焚烧，成为一堆黑色废墟的房屋。弟弟说，这里的一家人在风高之夜被人杀害了，女儿和母亲被裸体丢尸门外，满身的伤痕和沙土——胸口好像堵了一团破烂的棉絮，我的呼吸和心情严重阻滞，情绪抑郁了好多天。后来去田里看到爷爷奶奶乃至其他熟悉亡者的坟墓，就像是一群集体靠拢的岩石，在翠绿的青纱帐内，安静、松软，充满别异的气味但又不具备更深的意义。

人间很多的悲伤都太个体化。作为相同的一个人，我能看到更多，但看不到更远。自然的消亡意外，一些人事如出一辙。前些年，我在老家听说，一个村子和另一个村子的一对男女，可能是真的相爱，即使在寒风刺骨的冬天，只要有机会，就借助枯败的庄稼秸秆或其他自然物的遮蔽疯狂做爱。可凡是人事儿，再隐秘也会败露。女的被丈夫打得奄奄一息，可旧伤还没痊愈，两个人遇到一起，就又电光石火，疯狂如昔。

时间可以改变一切，两个人双双老了，时间让身体臣服，掠走激情和本能，余下的是安静，好像什么也没有发生过。一切都已成为过往。留在内心和灵魂的遗像，再怎么风吹雨打，颜色变迁，也只是两个人的。与世界无关，与他人无关。还有一对乡村男女，一个总是借故在一座山顶放牛，看着那个女的在另一个男人的院子里点火做饭，撒谷喂鸡，日光从东到西，从光明到黑暗。如此几十年。冷酷的时间却没有教会他们遗忘和厌倦。有一个冬天，夕阳下落时，有人发现在村子背后的山冈上，两个老迈的身体紧紧抱着，头同枕一块红色岩石，身下是焦黄的茅草——飞鸟落在四周的树巅之上，一声接一声叫喊。

听到这个故事，我哭了，站在故乡的空地上，看到那座山冈，就会想起他们，身后遭受非议甚至责难的老人——我相信他们的内心是安详的，有被北风吹净了的积雪一样的仁慈和忧伤。

也很多次走在幼年读书的路上，往事历历在目，只是我已成年。道路上依旧纵横着南来北往的车辙；人的脚印也一层摞着一层。可熟悉的面孔越来越少，背着书包读书的孩子们我一个也不认识。有些还可以清晰地看出昔日同学的模样。那些时常坐在路边小房子前面晒太阳，抽旱烟的老人人数不减，可面孔变得太快。总是有远去的，有新加入的。新来的多年前他们也年轻，还没时间蹲在老人堆里。可一根香烟的工夫，他们也都老了，吧嗒的旱烟，沿着曲折的皱纹氤氲蜿蜒，越过灰白的发际，消失在头顶上的空中。有几次我忽然想起几位曾经熟悉的外村老人，母亲说，那谁谁，死了，前年的事儿；那谁谁，也是，刚不久……我低下头来，胸中有一股凉意，骨头也觉得了疼痛。

2014年春节过后，我正式四十岁。看到这个数字，骤然悲伤。翻读诗歌时候，不期然又看到博尔赫斯的《界限》：

有一句维尔伦的诗，我已回忆不起，
有一条街道，是我双脚的禁地。
有一面镜子，最后一次看到我，
有一扇门，我在世界的尽头将它关闭。

读了这几句，忽然想哭。生命流转，人人如此。可是时间总是让一代代的人成为了它的遗像。从内心里，我总奢望，世上的每一个人都应当是永生的。只要相互见到，就永不消逝；即使疏远，也还会再见。能够和世上所有的人同在一个时空生活，并且无休止地继续下去，那该是一件多么美好的事情！好在，时间有心，它肯定会详细记住在这世界上生活过的每一个人。